Peregrinos

Elizabeth Gilbert

Peregrinos

Tradução
Daniel Estill

ALFAGUARA

© 1997 Elizabeth Gilbert
Todos os direitos reservados

Todos os direitos desta edição reservados à
Editora Objetiva Ltda.
Rua Cosme Velho, 103
Rio de Janeiro — RJ — Cep: 22241-090
Tel.: (21) 2199-7824 — Fax: (21) 2199-7825
www.objetiva.com.br

Título original
Pilgrims

Capa
Andrea Vilela de Almeida

Imagem de capa
© DLILLC/Corbis/Corbis (DC)/Latinstock

Revisão
Rita Godoy
Juliana Santana
Joana Milli

Editoração eletrônica
Abreu's System Ltda.

A poesia de Geoffrey Chaucer na página 7 tem tradução de Paulo Vizioli,
em http://www.ufrgs.br/proin/versao_1/textos/chaucer.rtf

CIP-BRASIL. CATALOGAÇÃO-NA-FONTE
SINDICATO NACIONAL DOS EDITORES DE LIVROS, RJ

G393p

    Gilbert, Elizabeth
      Peregrinos / Elizabeth Gilbert; tradução Daniel Estill. - Rio de Janeiro: Objetiva,
    2011.

    208p.   ISBN 978-85-7962-078-2
    Tradução de: *Pilgrims*

    1. Conto americano. I. Estill, Daniel. II. Título.

11-0779   CDD: 813
                                        CDU: 821.111(73)-3

*para minha mãe e meu pai,
com muito amor*

Quando o chuvoso abril cortou feliz
A secura de março na raiz,
E banhou cada veia no licor
Que tem o dom de produzir a flor;
Quando Zéfiro com o alento doce
Para as copas e os campos também trouxe
Tenros brotos, e o sol de pouca idade
Do curso em Áries percorreu metade,
E a passarada faz o seu concerto,
E dorme a noite inteira de olho aberto
(Que a natureza acende o coração),
Então se vai em peregrinação

— Geoffrey Chaucer

Sumário

Peregrinos — 11

Conversa de alce — 27

Alice rumo ao Leste — 39

Tiro ao pombo — 55

Tall Folks — 75

Aterrissagem — 89

Venha logo pegar essas crianças idiotas — 99

As muitas coisas que Denny Brown não sabia (aos quinze anos) — 111

Nomes de flores e de garotas — 131

No Mercado Central de Hortaliças do Bronx — 149

O famoso truque do cigarro aceso e cortado que reaparece inteiro — 175

A melhor das esposas — 199

Peregrinos

Quando meu velho disse que a tinha contratado, questionei:
— Uma garota?
Uma garota, quando havia não muito tempo as mulheres não podiam trabalhar neste rancho nem como cozinheiras, pois os vaqueiros acabavam baleados por causa delas. Trocavam tiros até pelas cozinheiras feias. Até mesmo pelas mais velhas.
— Uma garota? — eu perguntei.
— Ela é da Pensilvânia — meu velho respondeu. — Tem jeito para a coisa.
— Ela é de onde?
Quando meu irmão Crosby soube, disse:
— Acho que é hora de arrumar um emprego novo quando uma garota aparece para fazer o meu.
Meu velho olhou para ele.
— Ouvi dizer que você não foi para Dutch Oven Pass nenhuma vez nessa temporada, não passou uma só noite sobre o cavalo nem leu uma droga de um livro. Talvez seja mesmo a hora de arrumar outro trabalho.
Ele nos contou que ela aparecera por lá, vinda da Pensilvânia, dirigindo a lata velha mais lamentável que ele já vira na vida. Pediu cinco minutos para convencê-lo a lhe dar um emprego, mas não levou todo esse tempo. Ela contraiu os músculos do braço para que ele tocasse, mas não foi preciso. Gostou dela na mesma hora, ele nos disse. Após todos esses anos, confiava no que os seus olhos lhe diziam, explicou.
— Vocês também vão gostar dela — disse. — Ela é sexy como um cavalo pode ser sexy. Elegante e grande. Forte.
— Com oitenta e cinco de seus próprios cavalos para alimentar e você ainda acha que um cavalo pode ser sexy — eu disse, e meu irmão Crosby completou:

— Acho que o que temos de animais sexy por aqui já é suficiente.

O nome dela era Martha Knox, dezenove anos de idade, da mesma altura que eu, pernas grossas, mas não era gorda, com botas de vaqueiro que qualquer um podia ver que tinham sido compradas naquela semana, as mais baratas da loja e, certamente, o primeiro par que tinha na vida. Tinha o queixo grande, que só não destoava porque a testa e o nariz também eram grandes, e uns dentes do tipo que tomam conta do rosto mesmo com a boca fechada. Mas o que mais chamava a atenção era uma trança no cabelo castanho-escuro que descia até o meio das costas, grossa como o braço de uma menina.

Dancei com Martha Knox uma noite, no início da temporada. Foi num dia de folga em que podíamos descer a montanha, ficar de porre, dar uns telefonemas, lavar a roupa e arrumar uma briga. Martha Knox não era nenhuma grande dançarina. Não queria dançar comigo. Informou-me disso repetindo algumas vezes que não ia dançar comigo, e então, quando finalmente aceitou, não quis largar o cigarro. Ficou segurando-o numa das mãos, que deixou pendurada e inacessível. Então, fiquei com a minha garrafa de cerveja, para equilibrar as coisas, e usamos apenas um braço cada para dançar. Ela não era dançarina e não queria dançar comigo, mas, de qualquer jeito, chegamos a um balanço lento e agradável, cada um de nós com um braço pendurado, como o braço direito de um peão de rodeio, o braço direito de alguém montando um touro, sem segurar em nada. Ela não olhava para lugar nenhum, apenas por cima do meu ombro esquerdo, como se a parte dela que poderia ser uma boa dançarina comigo estivesse em algum lugar do qual ela não fizesse a menor ideia de onde fosse, e não fizesse a menor questão de saber onde era.

Meu velho também disse isso sobre Martha Knox:

— Ela não é bonita, mas acho que sabe vender seu peixe.

Bem, é verdade que eu queria segurá-la pela trança. Foi o que quis fazer desde a primeira vez que a vi e, mais do que nunca, eu queria fazer aquilo naquela dança, mas não tentei, nem larguei a minha garrafa de cerveja. Martha Knox não estava vendendo nada.

Não voltamos a dançar naquela noite, nem em nenhuma outra, pois a temporada era longa e meu velho botava a gente para trabalhar duro. Não houve mais nenhuma folga de dia inteiro, para dançar ou arrumar uma briga. E às vezes, quando conseguíamos tirar uma tarde de folga no meio de uma semana difícil, íamos para o alojamento, para dormir; rapidamente, mortos de cansaço, em nossas próprias beliches, sem nem mesmo tirar as botas, como bombeiros ou soldados.

Martha Knox me perguntou sobre os rodeios:
— Crosby diz que é uma boa maneira de conseguir se matar — ela disse.
— É a melhor maneira que eu conheço.
Estávamos de frente um para o outro, com a pequena fogueira de lenha de pinheiro entre nós, só os dois, bebendo. Na barraca atrás de Martha Knox, havia cinco caçadores de Chicago, dormindo ou exaustos, furiosos comigo porque não consegui que disparassem um só tiro preciso o bastante para acertar qualquer um dos alces que tínhamos visto esta semana. Na barraca atrás de mim, ficavam os fogões e a comida, e dois colchonetes de espuma com um saco de dormir para cada um. Ela dormia sob as mantas dos cavalos, para ficar mais aquecida, e nós dois estávamos com os jeans que íamos usar no dia seguinte, para que não congelassem. Estávamos em meados de outubro, a última caçada da temporada, e todas as manhãs, quando íamos selar os cavalos, o gelo pendia em longas agulhas das suas narinas.
— Você está bêbada? — perguntei.
— Vou te dizer uma coisa — disse ela. — Essa é uma pergunta danada de boa.
Ela olhava para as mãos. Eram limpas, com todos os cortes e queimaduras previsíveis, mas eram mãos limpas.
— Você monta em rodeios, não é? — ela perguntou.
— Muito — respondi.
— Touros?
— Potros.
— E por que te chamam de Buck?
— Me chamam de Buck porque eu tinha um canivete dessa marca e enfiei ele na minha perna quando era garoto.
— Já se deu mal num rodeio?

— Montei num potro numa noite e na mesma hora, ali mesmo na baia, vi que ele não ia me aturar. O bicho queria mais é que eu me danasse e caísse morto, só por tentar subir nele. Nunca tive tanto medo de um cavalo quanto naquele dia, em cima daquele filho da puta.
— Você acha que ele sabia?
— Se sabia? Como ia saber?
— O Crosby diz que o primeiro trabalho de um cavalo é descobrir quem está montando nele e ver quem é que manda.
— Isso quem diz é o meu velho. Diz isso para botar medo nos caras. Se os cavalos fossem tão inteligentes assim, eles é que montavam na gente.
— É o que o Crosby diz.
— Não — dei outro gole. — Isso também é coisa do meu velho.
— Então ele te derrubou.
— Mas fiquei com o pulso preso nas cordas e fui arrastado três vezes pela arena, debaixo da barriga do desgraçado. A multidão adorou. O cavalo adorou. Me deixou no hospital por quase um ano.
— Me dá aquilo ali — disse, esticando a mão em direção à garrafa. — Quero montar potros — disse. — Participar de um rodeio.
— Era isso que eu pretendia fazer — eu disse. — Exatamente o que eu queria te convencer a fazer contando essa história.
— Seu pai ficou furioso?
Não respondi. Levantei e fui até a árvore, onde todo o material do acampamento estava pendurado nos galhos, como se faz com a comida para ficar fora do alcance dos ursos. Abri o zíper da calça e disse:
— Feche os olhos, Martha Knox, estou prestes a libertar a coisa mais grandiosa das montanhas do Wyoming.
Ela não disse nada enquanto eu mijava, mas quando voltei para perto do fogo, disse:
— Isso quem diz é o Crosby.
Achei uma lata de fumo no bolso.
— Não é, não — respondi. — É o meu velho também.
Bati a lata na minha perna, para juntar o fumo, e peguei um pouco. Era minha última lata de fumo, estava quase vazia.

— Meu velho comprou aquele potro — eu disse. — Foi atrás do proprietário e pagou duas vezes o que o desgraçado valia. Aí, tirou-o da tenda, deu um tiro na cabeça dele e enterrou o bicho na pilha de compostagem.

— Tá brincando — disse Martha Knox.

— Não fale sobre isso com ele.

— Claro que não. De jeito nenhum.

— Ele ia me ver todos os dias no hospital. Nós nunca conversávamos porque ele estava completamente arrasado. Só fazia fumar. Jogava as pontas de cigarro por cima da minha cabeça, direto na privada, onde elas aterrissavam com um chiado. Fiquei com o pescoço imobilizado por uns meses e não dava nem para virar a cabeça e olhar para ele. Um tédio só. Minha vida era apenas ver essas pontas acesas voando sobre a minha cabeça e caindo na privada.

— Que saco — Martha Knox disse.

— Meu irmão Crosby apareceu lá algumas vezes, também, com umas fotos de mulheres.

— Claro.

— Bom, isso também era legal de olhar.

— Claro. Todo mundo tinha alguma coisa para te manter aceso.

Ela deu um gole. Peguei a garrafa e depois devolvi para ela, que deu mais um gole. Havia neve ao nosso redor. Tinha caído granizo no dia em que chegamos, e nevado quase todas as noites. À tarde, grandes áreas de neve derretiam no pasto, deixando pequenos montes que pareciam roupa branca lavada, e os cavalos atravessavam. O pasto tinha praticamente desaparecido e os cavalos se afastavam à noite em busca de mais alimento. Tínhamos pendurado sinos nos pescoços deles, e ouvíamos o som seco e alto dos badalos enquanto pastavam. Era um som agradável. Estava acostumado com ele, e só me dava conta disso depois que parava. A ausência dos sinos indicava a ausência dos cavalos, um silêncio que poderia me acordar no meio da noite. Então tínhamos que sair atrás deles, mas eu sabia aonde normalmente iam e era lá que os procurávamos. Martha Knox também saía para procurá-los e não reclamava de ter que se vestir no meio da noite, no frio, e ir atrás do som de badalos, em plena escuridão. Até gostava. Estava se acostumando.

— Quer saber uma coisa sobre o seu irmão Crosby? — Martha Knox perguntou. — Ele realmente acha que entende de garotas.

Não respondi nada, e ela continuou.

— Mas como é que pode, Buck, se não tem nenhuma por aqui?

— Crosby conhece as mulheres — respondi. — Ele morou na cidade.

— Qual cidade? Casper? Cheyenne?

— Denver. Crosby morou em Denver.

— Tá certo, Denver.

— Bem, tem uma ou duas garotas em Denver.

— Claro. — Ela bocejou.

— Então, ele pode ter aprendido a lidar com as mulheres em Denver.

— Percebe-se, Buck.

— As garotas adoram o Crosby.

— Pode apostar.

— Verdade. Crosby e eu vamos para a Flórida num desses invernos para acabar com todos os casamentos que conseguirmos. Tem um monte de mulher rica por lá. Um monte de ricaça entediada.

— Devem estar mesmo entediadas — Martha Knox disse, e deu uma risada. — Devem chorar de tanto tédio.

— Você não gosta de meu irmão Crosby?

— Eu adoro o seu irmão Crosby. Por que não ia gostar do Crosby? Acho Crosby o máximo.

— Bom para você.

— Mas ele acha que sabe lidar com as garotas, e isso é um saco.

— As garotas adoram o Crosby.

— Dia desses, mostrei uma foto da minha irmã pra ele. Ele disse que ela tinha a cara de alguém que se meteu com muito pau ruim. Isso lá é coisa que se diga?

— Você tem uma irmã?

— Agnes. Ela trabalha em Missoula.

— Em uma fazenda?

— Não, não numa fazenda. Ela é stripper, na verdade. Odeia esse trabalho, porque é numa cidade universitária. Ela diz que os estudantes não dão gorjeta, não importa o que você esfregue na cara deles.

— Você já saiu com o meu irmão Crosby? — perguntei.

— Ei, Buck — ela disse. — Não seja tímido. Pode perguntar o que você está pensando.

— Ah, merda. Deixa pra lá.

— Sabe como eles me chamavam na escola? Fort Knox. Sabe por quê? Porque eu não deixava ninguém me levar para cama.

— Por que não?

— Por que não? — Martha Knox cutucou o fogo com um graveto e depois o jogou na fogueira. Ela afastou o bule de café das chamas e bateu com uma colher na lateral, para soltar o pó que estava fervendo. — Por que não? Porque não achava que fosse uma ideia muito boa.

— Que apelido horrível.

— Buck é bem melhor.

— Verdade — eu disse.

Martha Knox levantou-se, entrou na barraca e saiu de lá carregando uma pilha de lenha nos braços. Perguntei:

— O que está fazendo?

— O fogo está quase apagando.

— Deixa apagar. Já está tarde.

Ela não me respondeu.

— Tenho que acordar às três e meia da manhã — eu disse.

— Então, boa noite!

— E você também tem que se levantar.

Martha Knox colocou uma acha de lenha sobre o fogo e se sentou.

— Buck — ela disse —, deixa de ser criança. — Ela deu um grande gole e cantarolou uma música de Willie Nelson, *Mama, don't let your cowboys grow up to be babies...*

— Quem canta isso é o Crosby — eu disse.

— Deixa eu te perguntar uma coisa, Buck. Quando acabarmos por aqui, você e o Crosby me levam para caçar?

— Não acho que meu velho vá gostar muito dessa ideia.

— Não pedi para ir caçar com o seu velho.

— Ele não ia gostar.

— Por quê?

— Você já deu algum tiro na vida?

— Claro. Quando eu era pequena, meus pais me mandaram para Montana para passar o verão com o tio do meu pai. Liguei para meus pais umas semanas depois e disse: "O tio Earl colocou uma lata de café num tronco e me deixou atirar nele, acertei seis vezes." Eles me fizeram voltar para casa mais cedo. Não gostaram muito da história.

— É, e pelo jeito, parece que o seu pai também não gostaria muito dessa ideia de você ir caçar por aqui.

— Não precisamos nos preocupar com o meu pai — ela disse. — Não mais.

— Ué?

Ela tirou o chapéu e o apoiou na perna. Um chapéu velho. Era do meu primo Rich. O velho o deu para Martha Knox. Um dia de manhã, ajeitou o formato do chapéu no vapor de um bule de café e fez uma prega caprichada no topo. O chapéu coube nela. Combinava com ela.

— Agora, preste atenção, Buck — ela disse. — Essa história é boa, você vai gostar. Meu pai cultivava árvores de Natal. Não eram muitas. Exatamente cinquenta árvores de Natal, que ele cultivou por dez anos. No quintal da frente. Podava elas com uma tesoura de cozinha o tempo todo, e eram bem bonitas, mas não passavam dessa altura.

Martha Knox levantou a mão a cerca de um metro do chão.

— O problema é que a gente morava no campo — prosseguiu. — Todo mundo tinha uma floresta nos fundos de casa. Ninguém jamais comprou uma árvore de Natal naquele lugar. Então, aquela não era uma boa ideia de negócio, cinquenta árvores perfeitas. Não ia dar muito dinheiro. Mas foi isso que ele fez, e minha mãe trabalhava. — Ela pegou o chapéu da perna e colocou-o de volta na cabeça. — Enfim. Em dezembro do ano passado, ele abriu o negócio, mas ninguém apareceu e ele achou aquilo esquisito demais, porque as árvores eram realmente uma beleza. Então ele saiu pra beber. Eu e minha irmã, a gente cortou umas vinte da porra daquelas árvores. Jogamos tudo na caminhonete. Dirigimos durante uma hora até a estrada e começamos a acenar para os carros e a distribuir as árvores. Quem parasse, levava uma árvore de graça. Foi como... Bem, droga. Foi como o Natal.

Martha Knox catou um cigarro no bolso do casaco e acendeu.
— Então — continuou —, voltamos pra casa. E lá estava o meu pai. Ele empurrou a Agnes, se virou e me deu um soco na cara.
— Ele já tinha batido em vocês antes? — perguntei, e ela negou com a cabeça.
— E não vai bater nunca mais.
Ela olhou pra mim, um olhar fixo e frio. Observei-a fumar seu cigarro, a cinco mil quilômetros de casa, e pensei nela acertando a porra da lata de café seis vezes. Ficamos em silêncio por um longo tempo até eu falar:
— Você não o matou, não é?
Ela não desviou o olhar, nem teve pressa de responder, mas disse:
— Matei, sim.
— Meu Deus! — eu disse finalmente. — Puta que o pariu!
Martha Knox entregou a garrafa para mim, mas eu não peguei. Ela veio para perto de mim e se sentou. Colocou a mão na minha perna.
— Meu Deus — eu disse de novo. — Puta que o pariu!
Ela suspirou.
— Buck — ela disse. — Querido. — Ela deu um tapinha na minha perna e me deu uma cotovelada de leve. — Você é o cara mais crédulo que eu já conheci neste planeta.
— Vá se foder.
— Dei um tiro no meu pai e o enterrei na pilha de esterco. Não conte para ninguém, ok?
— Vá se foder, Martha Knox!
Ela se levantou e se sentou do outro lado do fogo novamente:
— Mas foi uma noite e tanto, apesar de tudo. Deitada de costas na entrada da garagem, com o nariz cheio de sangue. Eu sabia que já estava fora de lá.
Ela me estendeu a garrafa novamente, e, desta vez, eu bebi. Ficamos sem falar durante um bom tempo, mas acabamos com a garrafa, e, quando o fogo começou a baixar, Martha Knox colocou mais lenha nele. Meus pés estavam tão perto das cha-

mas que as solas das minhas botas começaram a arder e cheguei mais para trás, mas não muito. Em outubro, lá por aqueles lados, não é fácil se esquentar e eu não queria me afastar daquele calor rápido demais.

Os sinos dos cavalos se movimentando ali por perto badalavam na campina, badalos na pastagem, um som agradável. Eu poderia dizer o nome de cada um daqueles cavalos e adivinhar perto de qual cada um deles estava, pelo jeito como gostavam de se emparelhar; e poderia dizer como cada um cavalgava, e também como o pai e a mãe deles cavalgavam. Havia alces por ali, silenciosos, mas moviam-se mais para baixo, para onde os cavalos gostariam de ir em busca de melhores pastagens. Havia também carneiros das montanhas, ursos e alces, todos descendo a encosta, e eu ouvia todos eles. A noite estava clara. Nenhuma nuvem, a não ser a névoa rápida de nossa própria respiração, que sumia a cada fôlego, iluminada por uma lua quase cheia.

— Escuta — eu disse —, que tal ir dar uma cavalgada?

— Agora? — Martha Knox perguntou, e eu fiz que sim com a cabeça, mas ela já sabia que eu queria dizer agora, isso, agora mesmo. Antes mesmo de perguntar, ela já estava olhando para mim, ponderando as coisas, principalmente a grande regra do meu velho, que era: nada de diversão com os cavalos durante o trabalho, nunca, jamais. Nada de brincadeiras com os cavalos, nada de cavalgadas noturnas, riscos equestres, trotes tolos, galopes arriscados, nunca, não, jamais e, sobretudo, durante acampamentos de caça. Antes mesmo de perguntar "Agora?", ela já tinha pensado nisso, e pensado também que estávamos cansados e bêbados. Havia caçadores dormindo na barraca atrás dela, e ela pensou nisso também. E eu também tinha pensado em tudo isso.

— Tudo bem — disse ela.

— Ouça — eu disse, e me inclinei mais para perto do fogo que estava entre nós. — Eu estava pensando em subir até a Washakee Pass esta noite.

Olhei para ela. Eu sabia que Martha nunca tinha ido tão longe, mas ela sabia do que se tratava, pois Washakee era o único caminho em quilômetros, em qualquer direção, para ultrapassar a Continental Divide e avançar pelas Montanhas Rochosas. Meu irmão Crosby chamava de a Espinha. Era uma passagem estreita e gelada, e subia até quase 4 mil metros, mas atravessava e avançava, e Martha Knox nunca tinha ido tão longe.

— Certo — ela disse. — Vamos lá.

— Bem, escute só. Eu estava pensando em não parar por lá.

Ela continuou olhando para mim e não mudou a expressão, que era a expressão de um bom caçador observando a aproximação de um bom tiro. Então, eu disse a ela:

— Cada um leva um grupo de cavalos e toda a comida e equipamento que puderem carregar. Eu monto o Stetson; você, o Jake, e não voltamos nunca mais.

— Vou montar o Handy.

— Não aquele porcaria de bunda pintada.

— Vou montar o Handy — ela disse novamente, e eu tinha esquecido que ela havia conversado com o meu velho sobre comprar aquele cavalo maluco.

— Tá certo. Mas ele é inadequado.

— E os caçadores?

— Vão ficar bem, se não surtarem.

— Eles vão surtar.

— Vão ficar bem.

— Estamos falando de um bando de peregrinos, Buck — ela disse. — Esses caras nunca foram nem mesmo ao quintal dos fundos.

— Se forem espertos, vão sair caminhando amanhã assim que perceberem que a gente se mandou. A trilha está marcada como uma avenida. Eles vão ficar bem. O mais cedo que conseguem chegar à fazenda é amanhã à noite, bem tarde. O mais cedo que o serviço florestal pode vir atrás de nós é no dia seguinte. Se cavalgarmos direto, já vamos estar a uns 150 quilômetros ao sul.

— Diga que está falando sério, Buck — Martha Knox disse. — Porque eu vou fazer isso.

— Imagino uns quatro ou cinco dias até chegarmos aos montes Uinta, e se não nos pegarem antes disso, não nos pegam mais.

— Tá certo. Vamos fazer isso.

— Depois, vamos para o sul. Seremos obrigados, por causa do inverno. Não há motivo no mundo que nos impeça de estar no México em poucos meses.

— Vamos fazer isso.

— Jesus Cristo! Estou com tudo planejado. Deus do céu! Vamos roubar gado e ovelhas para vender em todos aqueles ranchos no meio das montanhas, onde ninguém nunca pergunta nada.

— Buck — ela disse.

— E vamos passar por todas aquelas cidadezinhas ridículas ao pé das montanhas de Utah e do Wyoming e roubar os seus bancos. A cavalo.

— Buck — ela disse novamente.

— Deve ter uns cem anos desde a última vez em que alguém assaltou um banco em cima da porra dum cavalo. Não vão saber como lidar conosco. Vão nos perseguir de carro, e lá vamos nós, saltando as cercas das estradas e voltando para as montanhas com o dinheiro. Sumindo.

— Buck — disse ela, e eu continuei sem responder, mas, desta vez, parei de falar. — Buck. Você só está falando um monte de merda, não é mesmo?

— Acho que duramos uns quatro ou cinco meses, até nos derrubarem com um tiro.

— Você só está falando um monte de merda. Não vai a lugar nenhum.

— Você acha que eu não faria uma coisa dessas?

— Eu não quero nem falar sobre isso.

— Você acha que eu não faria isso?

— Você quer se mandar com alguns cavalos e ver se conseguimos nos matar por lá? Tudo bem, estou pronta para isso. Mas não venha tomar o meu tempo com essa baboseira de foras da lei.

— Vamos lá — eu disse. — Vamos lá, Martha Knox.

— Você é limitado. Limitado.

— Você não iria simplesmente se mandar assim, de qualquer jeito.

Ela me olhou como se fosse dizer algo cruel e louco, mas, em vez disso, se levantou e derramou o café sobre o que restava do fogo, para apagá-lo.

— Vamos lá, Martha Knox — eu disse.

Ela se sentou novamente, mas não dava para vê-la direito na nova escuridão, sobre as cinzas molhadas.

— Não desperdice meu tempo desse jeito novamente — ela disse.

— Vamos lá. Você não pode simplesmente se mandar assim.

— O cacete que não posso.

— Você simplesmente ia roubar os cavalos do meu velho?

— Handy é a porra do meu cavalo.

— Vamos lá, Martha Knox — eu disse, mas ela se levantou e entrou na barraca que estava atrás de mim. Em seguida, o interior da tenda se iluminou, como nas manhãs antes de o sol nascer, quando ela preparava a bagagem do dia, para a caça, e do pasto em que eu estava começando a selar os cavalos, eu via a luz dentro da barraca, mas muito fraca, porque ela só acendia uma lanterna.

Esperei, e ela saiu da barraca com a lanterna. Carregava também um freio, que tirou do gancho próximo ao fogão, onde pendurávamos as rédeas para que o metal não ficasse cheio de orvalho congelado e não machucasse a boca dos cavalos de manhã. Ela passou por mim e foi em direção ao pasto. Caminhava rápido, como sempre, e, como sempre, andava como um garoto.

Fui atrás dela. Tropecei em uma pedra solta e segurei no seu braço.

— Você não vai sair por aí sozinha — eu disse.

— Vou sim. Estou indo para o México. No meio da noite. Só eu e este freio.

E então, embora eu não tivesse respondido nada, ela disse:

— Estou brincando, Buck.

Segurei o braço dela e caminhamos. O chão estava irregular, molhado em algumas partes e em outras coberto de neve fina. Tropeçamos pelas pedras um sobre o outro, mas não caímos, e a lanterna ajudou um pouco. Seguimos os sinos até encontrar os cavalos. Martha Knox colocou a lanterna sobre o toco de uma árvore. Olhamos para os cavalos e eles olharam para nós. Alguns se afastaram, movendo-se de lado ou recuando. Mas o Stetson veio para perto de mim. Estiquei minha mão e ele a cheirou e apoiou o queixo nela. Então, afastou-se e baixou a cabeça para voltar a pastar, e o sino pendurado no seu pescoço soou como se aquele fosse um movimento importante, mas o sino badalava sempre, não era nada demais.

 Martha Knox estava entre os cavalos, dizendo aquelas coisas que sempre dizemos aos cavalos: "Ei, eia, calma agora, devagar, amigo", como se compreendessem as palavras, quando, na verdade, só o que importava era a voz, e as palavras podiam ser qualquer uma.

 Ela encontrou Handy e eu a vi colocando a rédea nele. Observei-o deixá-la colocar-lhe o freio, as manchas em suas costas e nas ancas, naquela meia escuridão, eram feias, como manchas acidentais, como se fossem erradas. Cheguei mais perto e ela estava conversando com Handy, colocando o freio por trás das orelhas dele.

 Eu disse:

— Sabe que meu pai comprou esse cavalo do outro dono por cem dólares? O cara tinha ódio dele.

— Handy é o melhor. Olha só que belas pernas.

— Meu velho diz que ele tinha que se chamar Merreca.

— O nome tinha que ser Meu Rico — ela disse, e eu ri, só que alto demais e Handy jogou a cabeça para trás. — Calma aí — ela falou com ele. — Calma, rapaz, calma.

— Sabe por que os índios usavam cavalos appaloosas nas batalhas? — perguntei.

— Sei.

— Assim eles chegariam lá bem furiosos.

Martha Knox respondeu:

— Tem ideia de quantas vezes eu já ouvi essa piada neste verão?

— Odeio appaloosa. Odeio todos eles.

Ela ficou ao lado de Handy e passou a mão sobre o dorso dele. Pegou as rédeas e um bocado da crina e saltou sobre o animal, rápida, exatamente como eu lhe ensinei em junho. Ele deu alguns passos para trás, mas ela encurtou a rédea, tocou-lhe o pescoço e o fez parar.

— Você vem ou não? — ela perguntou.

— Não tem dinheiro que pague para eu montar nessa porcaria de bunda pintada.

— Suba logo.

— Ele não aguenta nós dois a pelo.

— Ele pode com nós dois. Sobe logo.

— Firme, garoto — eu disse, e tratei de montar, atrás de Martha Knox. Ele andou de lado antes de eu me firmar, mas desta vez ela o deixou dançar e, em seguida, cutucou-o com o calcanhar e ele saiu trotando enquanto eu a abraçava pela cintura com os dois braços, para conseguir segurar firme na crina. Ela deixou-o trotar, depois ele reduziu o trote e começou a caminhar. Ela deixou-o ir aonde ele queria, e ele deu duas voltas em torno da lanterna, lentamente. Farejou uma égua, que se afastou rapidamente. Caminhou até uma árvore e ficou imóvel sob ela.

— Uma bela cavalgada — eu disse.

Ela enfiou o calcanhar nele, para valer dessa vez, e ele começou a andar, e com mais duas esporadas, passou a cavalgar a passos largos. Estávamos bêbados demais para isso, também estava escuro demais para isso, e havia muitas coisas naquele pasto para um cavalo tropeçar, mas galopávamos a passos largos. O sino e os cascos ressoavam alto, assustando os outros cavalos, que se espalharam atrás de nós. Ouvi alguns deles nos seguindo, rápidos, com os sinos tocando.

Martha Knox segurava a rédea, mas não a usava, o meu chapéu tinha saído voando, assim como o dela. Handy pode ter tropeçado, ou pisado em falso, como os cavalos que gostam de galopar às vezes fazem, ou então nós estávamos mal acomodados, mas caímos. Com os meus braços ainda ao redor dela, caímos juntos, sem poder dizer quem caiu primeiro, ou de quem era a culpa. Aquele pasto era o melhor lugar para os cavalos em viagens longas, mas, naquela caçada, estava gasto. Na próxima primavera seria diferente, com a grama nova molhada pela água da chuva, mas naquela noite estava coberto de terra e congelado, e caímos no chão duro. Levamos o mesmo tombo, juntos. Recebemos a pancada no quadril e nos ombros. Eu sabia que não tinha me machucado e que ela também não, mas antes que eu pudesse perguntar, ela estava rindo.

— Ah, cara — ela disse. — Que merda!

Tirei meu braço de debaixo dela e girei para ficar deitado de costas, e ela fez o mesmo. Estávamos longe de qualquer lanterna, mas a lua estava grande e iluminada. Virei minha cabeça para olhar Martha Knox cara a cara. Seu chapéu tinha voado, e ela estava esfregando o braço, mas não olhava para lugar nenhum, só para cima, direto para o céu, o tipo de céu que não costumamos ver, por causa das árvores ou do mau tempo, ou porque vamos dormir, ou ficamos olhando para uma fogueira.

Handy voltou, primeiro o seu sino e, em seguida, sua cara enorme sobre os nossos rostos, quente e próxima. Ele nos cheirou como se fôssemos plantas, ou talvez algo que ele pudesse apreciar.

— Você é um bom cavalo, Handy — Martha Knox disse, não com a voz que sempre usamos para falar com os cavalos, mas com a sua voz normal, e era de propósito. Não acho que ela quisesse que eu a beijasse, embora fosse verdade que eu queria beijá-la. Ela estava incrível. Naquela terra congelada, ela parecia tão linda e imponente como a relva fresca ou os frutos.

— Você é um bom cavalo — ela disse para Handy de novo, e parecia absolutamente certa disso. Ele a cheirou mais uma vez, com cuidado.

Olhei para cima também, para o céu, e as estrelas não eram estrelas que eu nunca tinha visto, mas pareciam mais próximas e desconhecidas. Olhei por tempo suficiente para ver uma delas cair sobre nós, por um caminho longo e baixo. Era comum ver isso no céu limpo por aqui. Esta estrela, porém, traçou um arco fino e lento, como um cigarro aceso lançado sobre as nossas cabeças. Se Martha Knox viu isso, foi só quando já estava se erguendo com a mão esticada para pegar as rédeas do seu cavalo, e não foi algo que ela chegou a mencionar.

Conversa de alce

Benny morava com Ed e Jean já havia mais de um ano. A mãe dele, irmã de Jean, ainda estava internada em um hospital em Cheyenne, em coma, porque tinha batido com o carro em um caminhão limpa-neve, à noite, quando voltava para casa após uma aula de artes. Jean ofereceu-se para ficar com o sobrinho de 8 anos assim que soube do acidente, e todos na família concordaram que esse arranjo seria o melhor para Benny. Quando perguntavam para Jean onde estava o pai de Benny, ela simplesmente respondia: "Ele não está disponível no momento", como se fosse um homem de negócios impossibilitado de atender ao telefone.

Ed e Jean tiveram uma filha, já estavam casados e morando em Ohio, e quando se mudaram da cidade para a cabana na montanha, não esperavam vir a compartilhar o lugar com uma criança. Agora, Benny estava lá, e todas as manhãs Jean dirigia 8 quilômetros pela estrada de terra para que ele pudesse pegar o ônibus escolar. Todas as tardes ela o encontrava no mesmo lugar. Era mais difícil no inverno, por conta da neve pesada e inevitável, mas eles davam um jeito.

Ed trabalhava para o Departamento de Caça e Pesca e tinha um grande caminhão verde com o emblema do estado nas portas. Estava semiaposentado e, nos últimos meses, criara uma bela barriga, redonda e firme, como a de uma adolescente grávida. Quando estava em casa, cortava e empilhava lenha, ou então cuidava da cabana. Procuravam deixar a casa cada vez mais isolada do frio, sempre descobrindo falhas e se preparando para ficarem mais resistentes ao inverno. Durante os meses de julho e agosto, Jean preparava conservas com os legumes de sua horta e as congelava e, quando saía para caminhar, trazia para casa pequenos gravetos secos que ia juntando ao longo do caminho, para acender o fogo. A cabana era bem pequena, com uma varanda reduzida voltada para a floresta. Jean transformara a sala no quarto de Benny, e ele dormia no sofá, coberto por um edredom.

Era o fim de outubro, e Ed tinha ido passar o fim de semana fora, para dar uma palestra sobre caça ilegal em uma convenção em Jackson. Jean estava dirigindo para buscar Benny no ponto de ônibus quando uma caminhonete se aproximou em alta velocidade, puxando atrás de si um enorme trailer. Ela desviou rapidamente, quase provocando um acidente, encolhendo-se enquanto a lateral do carro roçava a vegetação à sua direita. Ao ficar em segurança, ela olhou pelo espelho retrovisor e tentou distinguir a traseira do trailer que se afastava em meio à poeira recém-levantada.

Não conseguia se lembrar da última vez que tinha visto algum carro naquela estrada. Ed e Jean eram os proprietários da única casa em quilômetros, e o tráfego ocasional consistia apenas em um caminhão carregado de caçadores, ou talvez em um casal de adolescentes atrás de um local isolado para estacionar. Não havia qualquer motivo para uma caminhonete com um trailer aparecer por ali. Imaginou que podia ser uma família de férias, que tinha se perdido a caminho de Yellowstone, com crianças infelizes no banco de trás e um pai dirigindo e se recusando a parar para pedir informações. Naquela velocidade, ele poderia matar a todos.

O ônibus de Benny passou cedo naquele dia, e quando Jean chegou à rodovia, ele já esperava por ela, segurando a merendeira junto ao peito, em pé, pouco mais alto que a caixa de correio ao seu lado.

— Mudei de ideia — disse ele quando entrou no carro. — Quero ser um lutador de caratê.

— Mas sua fantasia já está pronta, Benny.

— Não é uma fantasia de verdade. É só o meu uniforme do time, só isso.

— Ben, era o que você queria usar. Foi o que me disse que queria usar no Halloween.

— Quero ser um lutador de caratê — ele repetiu. Não choramingou, mas falou alto e lentamente, como sempre fazia, como se todas as pessoas de sua vida ouvissem mal ou fossem estudantes começando a aprender inglês.

— Bem, sinto muito. Não vai dar — disse Jean. — Tarde demais para fazer uma nova fantasia agora.

Benny olhou para fora da janela e cruzou os braços. Após alguns minutos, disse:

— Eu queria ser um lutador de caratê, com toda a certeza.

— Ben, por favor, me ajude. Não complique tanto as coisas, ok?

Ele não respondeu, mas suspirou resignadamente, como se fosse a mãe de alguém. Jean dirigiu em silêncio, mais lentamente do que o habitual, lembrando-se da caminhonete em alta velocidade a cada curva. Perto da metade do caminho de casa, perguntou:

— Você teve aula de artes hoje, Benny?

Ele negou com a cabeça.

— Não? Teve educação física, então?

— Não — ele respondeu. — Tivemos aula de música.

— Música? Você aprendeu novas músicas?

Ele deu de ombros.

— Que tal cantar para mim o que você aprendeu hoje?

Benny não disse nada, e Jean repetiu:

— Por que não canta para mim o que aprendeu hoje? Eu gostaria de ouvir suas músicas novas.

Após outro silêncio, Benny tirou uma bolota de chiclete azul-cinzento da boca e grudou na alça da merendeira. Em seguida, olhando fixamente para o para-brisas, recitou em voz baixa e monocórdia:

— Era uma vez um fazendeiro, que tinha um cachorro chamado Bingo, Bingo era o seu nome, ah! B-I-N-G-O — e soletrou cuidadosamente, enunciando cada letra. — B-I-N-G-O. B-I-N-G-O. E Bingo — Benny cantou — era o seu nome. Ah!

Ele arrancou o chiclete da merendeira e colocou-o de volta na boca.

Naquela noite, depois do jantar, Jean ajudou Benny a vestir o uniforme do seu time e recortou pedaços de fita fluorescente para colar sobre os números da camiseta.

— Você tem que fazer isso? — ele perguntou.

— Quero que os carros vejam você tão bem como você os vê — ela respondeu.

Ele aceitou sem protestar. Depois de vencer uma discussão anterior sobre usar gorro e luvas, ele a deixou ganhar essa. Jean encontrou a velha câmera Polaroid na gaveta da mesa e trouxe para a sala.

— Vamos tirar uma foto para mostrar ao tio Ed quando ele voltar para casa — ela disse. — Você está tão bonito. Ele vai querer ver.

Ela o enquadrou no pequeno visor e recuou até poder vê-lo por inteiro.

— Sorria — disse para ele. — Aqui vamos nós.

Ele não piscou, nem mesmo com o flash, ficou firme no lugar e sorriu no último segundo, como um favor para ela. Ambos observaram a câmera produzir lentamente a fotografia enevoada e úmida.

— Segure pelas bordas com todo o cuidado — Jean instruiu, entregando a foto para Benny — e veja o que vai aparecer.

Alguém bateu na porta. Jean levantou-se rapidamente, assustada. Olhou para Benny, que estava segurando a foto que se revelava entre o polegar e o indicador, olhando para ela com um ar surpreso.

— Fique aí — ela lhe disse, e foi até a janela dos fundos da cabana. Já estava escuro, e ela teve de pressionar o rosto contra o vidro frio para ver algumas vagas figuras na varanda. Bateram outra vez, e uma voz alta e abafada através do carvalho espesso gritou:

— Doces ou travessuras!

Jean abriu a porta e viu dois adultos e uma criança pequena, todos vestindo trajes de neve marrons, todos com galhos longos presos com fitas adesivas aos capuzes. A mulher deu um passo à frente e esticou a mão.

— Somos os Donaldson — ela disse. — Seus vizinhos.

— Somos alces — a criança acrescentou, tocando os dois galhos em seu capuz. — Esses são nossos chifres.

— São galhadas, querida — a mãe a corrigiu. — Bisões e cabras têm chifres. Os alces têm galhadas.

Jean olhou da menina para a mãe e depois para o pai ao lado delas, que calmamente tirava as luvas.

— Você está perdendo calor com a porta aberta — ele disse, com uma voz que era mais baixa e uniforme do que grave.

— Provavelmente, seria melhor nos deixar entrar.

— Ah! — Jean disse, e deu um passo para o lado a fim de deixá-los passar. Em seguida, fechou a porta e encostou as costas nela, tocando-a com as palmas das mãos.

— Ora, o que é isso? — a mulher perguntou, ajoelhando-se junto a Benny e pegando a foto que ele deixara cair — É uma foto sua?

— Perdoem-me — Jean interrompeu. — Peço desculpas sinceras, mas não sei quem são vocês. — A família dentro da cabana virou-se para ela, os três juntos, e olhou-a.

— Somos os Donaldson — disse a mulher, franzindo a testa levemente, como se a confissão de Jean a tivesse desconcertado. — Somos seus vizinhos.

— Não temos vizinhos — Jean disse. — Não no caminho até aqui.

— Nós acabamos de nos mudar, hoje. — O homem falou novamente, com a estranha voz baixa. A garotinha estava em pé ao lado dele, segurando-se em sua perna, e ele apoiou a mão sobre a cabeça dela, entre a galhada.

— Se mudaram para cá? — Jean perguntou.

— Compramos um acre de terra a mais ou menos um quilômetro daqui. — O tom sugeria que ele tinha achado rude Jean insistir no assunto. — Estamos em nosso trailer.

— Trailer? — Jean repetiu. — Vi vocês hoje, não foi? Na estrada?

— Sim — o homem disse.

— Você estava dirigindo a uma velocidade altíssima, não acha?

— Sim — ele disse.

— Estávamos com pressa para chegar aqui antes de escurecer — a esposa completou.

— Vocês realmente precisam ter cuidado nessas estradas — Jean disse. — Você foi muito imprudente dirigindo daquele jeito.

Não houve resposta; os três olharam para Jean com uma polidez inexpressiva, como se esperassem que ela dissesse mais alguma coisa.

— Eu não tinha ideia de que havia terreno à venda no fim da nossa estrada — Jean disse e deparou-se com as mesmas expressões vazias. Até Benny a observava com um olhar levemente curioso.

— Não esperávamos ter vizinhos — Jean continuou.

— Não aqui perto. — Novamente, silêncio. Não havia nada abertamente hostil no olhar coletivo deles, mas lhe parecia algo estranho, que a deixou desconcertada.

A garotinha, que parecia ter cerca de quatro anos, virou-se para Benny e perguntou:

— Então, o que você é?

Ele olhou rapidamente para Jean, esperando uma resposta, e depois voltou a olhar para a menina. A mãe dela sorriu.

— Acho que ela quer saber de que é a sua fantasia, querido.

— Sou um jogador de beisebol — Benny disse.

— Somos alces — a menina lhe respondeu. — Essas são nossas galhadas.

A mulher sorriu para Jean. Seus dentes eram grandes e regulares, muito juntos da gengiva, como os dentes daquelas velhas mulheres esquimós, que passavam a vida mascando couro.

— Meu nome é Audrey — ela disse. — Esse é meu marido, Lance, mas ele prefere ser chamado de L.D. Não gosta muito do nome verdadeiro. Ele acha que parece nome de procedimento médico. Essa é nossa filha, Sophia. Inventamos essas fantasias de última hora, mas ela ficou muito animada. Insistiu para que viéssemos bater na porta e falar "doces ou travessuras" depois que vimos sua cabana hoje de tarde.

— Nós já estávamos de saída — Jean respondeu. — Estou indo levar Benny para a festa de Halloween da escola.

— Mas que divertido! — Audrey vibrou. — Será que deixam as crianças menores participar?

— Não — Jean respondeu rapidamente, ainda que não tivesse a menor ideia sobre qualquer regra a respeito.

— Então, essa será nossa única parada esta noite — Audrey disse. — Embora a gente talvez ainda saia para dar uma caminhada mais tarde, para conversar com os alces.

— Você os ouviu? — L.D. perguntou.

— Como? — Jean franziu as sobrancelhas.

— Perguntei se você ouviu os alces.

— Ouvimos os alces o tempo todo. Acho que não estou entendendo muito bem do que vocês estão falando.

L.D. e Audrey trocaram um rápido olhar de triunfo compartilhado.

— O L.D. é músico — Audrey explicou. — Passamos as férias aqui no Wyoming no último verão e ele ficou muito impressionado com o bramido dos alces. É um som maravilhoso, realmente.

Jean o conhecia bem. Quase todas as noites de outono, os alces bramiam uns para os outros pela floresta. Era impossível saber se estavam muito perto da cabana, mas o som era intenso e arrebatador: um guincho longo, quase primata, seguido de uma série de grunhidos. Algo que ela conhecia desde a infância. Já vira cavalos pararem no meio da trilha diante do som e ali ficarem com as cabeças erguidas, a respiração nervosa saindo das narinas, as orelhas tensas, ouvindo, prontos para disparar.

— O L.D. fez várias gravações. Achou um som muito inspirador para a própria música — Audrey prosseguiu. — Você já morou na cidade?

— Não — disse Jean.

— Bem. — Audrey revirou os olhos. — Vou te contar uma coisa, tem um limite, um limite absoluto, para o que se pode aguentar lá. Há uns três meses, eu estava me arrumando para ir fazer umas compras e me dei conta de que tinha tirado todos os meus cartões de crédito da bolsa, de modo que, se eu fosse assaltada, não teria o trabalho de substituí-los. Sem nem pensar, eu tinha feito isso, como se fosse perfeitamente normal viver dessa maneira. Naquela noite, eu falei para o L.D.: "Estamos indo, temos que dar o fora dessa cidade louca." Claro que ele ficou mais do que feliz com a ideia.

Jean olhou para Benny, que ficara quieto o tempo todo, ouvindo a conversa. Havia esquecido, por um momento, que ele estava lá, e sentiu o mesmo lampejo de culpa de quando, durante o jantar, olhava em torno da mesa e se surpreendia ao ver Benny comendo com eles, sentado entre ela e Ed.

— Bem. — Jean ajeitou os óculos no nariz. — Nós temos que ir.

— Ouça — L.D. disse e tirou um disco preto achatado do bolso. Enfiou-o na boca e emitiu o bramido agudo de um alce a plenos pulmões dentro da pequena sala da cabana totalmente isolada de Jean. Ela viu Benny dar um pulo ao ouvir o som súbito. L.D. tirou o disco da boca e sorriu.

— Ora, querido. — Audrey recuou. — Isso ficou muito alto aqui dentro. Você não deveria tocar essa corneta na casa das pessoas. Não tenha medo — ela disse para Benny. — É apenas o conversador de alces.

Jean já tinha ouvido um desses antes. Um amigo de Ed era um guia de caça e usava algo assim para chamar os alces machos. Tinha feito uma demonstração para Jean certa vez, e ela deu uma risada pela falsidade do som. "Você também pode ficar de pé no meio de uma clareira e chamar: 'Aqui alce, alcinho, vem cá'", ela dissera então. L.D. tinha o mesmo dispositivo, mas o seu som era abosluta e assustadoramente real.

Benny riu para Jean.

— Você ouviu isso?

Ela assentiu com a cabeça.

— Você sabe que só pode caçar alces na temporada e com uma licença, não é? — ela perguntou para L.D.

— Não queremos caçá-los — disse Audrey. — Queremos apenas conversar com eles.

— Você acha que isso soou real? — L.D. perguntou. — Andei praticando.

— Como você faz isso? — Benny perguntou. L.D. entregou-lhe o disco.

— Isso se chama diafragma — L.D. explicou, enquanto Benny virava o objeto nas mãos e o colocava na luz. — É feito de borracha, você põe no fundo da boca e sopra o ar através dele. Não é fácil, tem que ter cuidado para não engolir. Existem tamanhos diferentes para diferentes sons. Este é para um macho adulto, um chamado para o acasalamento.

— Posso tentar?

— Não — disse Jean. — Não ponha isso na boca. Não pertence a você.

Benny devolveu-o relutantemente para L.D., que disse:

— Peça ao seu pai para comprar um para você.

Jean contraiu-se diante da referência, mas Benny apenas concordou, considerando a sugestão.

— Certo — disse. — Pode deixar.

Jean tirou o casaco do gancho junto à porta e o vestiu.

— Vamos lá, Ben — ela disse. — Está na hora.

L.D. ergueu Sophia de onde ela estava, agachada sobre as botas. Uma de suas galhadas tinha se soltado da fita adesiva e estava pendurada como uma trança por suas costas.

— Ela não é um tesouro? — Audrey perguntou.

Jean abriu a porta e a segurou para deixar os Donaldson saírem em fila para a varanda. Benny seguiu atrás deles, pequeno, sem galhadas. Ela apagou as luzes e saiu, fechando a porta. Pegou uma chave-mestra do fundo do bolso e, pela primeira vez desde que tinha ido morar na cabana, trancou a porta.

A noite estava clara, com a lua quase cheia. Ainda não havia nevado, nada que tivesse durado, mas Jean desconfiou, pelo cheiro acentuado do ar frio, que poderia nevar um pouco no dia seguinte. Ela se lembrou de ter lido que os ursos esperam pela primeira neve para hibernar, para que os rastros até seus refúgios de inverno sejam cobertos imediatamente. O fim do ano já estava chegando, ela pensou, e os ursos locais deviam estar ficando cansados de esperar pela chegada da neve adequada.

Os Donaldson estavam na varanda, olhando para o pequeno quintal de Jean à beira da floresta.

— No verão passado, consegui que um alce respondesse — L.D. disse. — Foi uma experiência bárbara, me comunicar dessa maneira.

Ele enfiou o diafragma na boca e soprou novamente, mais alto do que tinha feito dentro de casa, um som mais potente, Jean achava, do que um homem tinha o direito de fazer por lá, e desconcertantemente realista.

Depois houve silêncio, e todos olharam para o outro lado do quintal, como se esperassem que as próprias árvores respondessem. Jean tinha se esquecido das luvas. Suas mãos estavam frias, e ela, ansiosa para chegar ao carro e se aquecer. Ela avançou e tocou o ombro de Benny.

— Vamos, querido — disse, mas ele colocou sua mão sobre a dela, de uma forma surpreendentemente adulta e sussurrou:

— Espere — e, em seguida —, ouça.

Ela não ouviu nada. L.D. tinha colocado Sophia no chão, e agora toda a família estava na beira da varanda, as galhadas delineadas contra o céu noturno. Era melhor não se fantasiarem de maneira muito autêntica, Jean pensou, ou arriscavam levar um tiro. Ela enfiou os punhos nos bolsos do casaco e sentiu um arrepio.

Depois de algum tempo, L.D. repetiu o chamado, um grito agudo, muito alto, seguido de vários grunhidos. Todos ficaram ouvindo, no silêncio que se seguiu, ligeiramente inclinados para a frente, as cabeças inclinadas, como se temessem que a resposta fosse fraca demais para ser ouvida, mas não era necessário prestar tanta atenção: se um alce adulto bramisse de volta, não teriam de se esforçar para ouvir.

L.D. soou o chamado outra vez e, imediatamente, de novo, e, quando o último bramido desfez-se no silêncio, Jean ouviu. Foi a primeira a ouvir. Quando os outros se retesaram ao perceber, ela já estava achando que devia ser um urso fazendo toda aquela algazarra na vegetação. E então adivinhou o que era, pouco antes de o alce irromper de dentro da floresta. O frio deixara o chão duro, e seus cascos batiam em um ritmo rápido e leve, enquanto ele circulava. Ele parou sobre o solo escuro e congelado do jardim de Jean.

— Ai, meu Deus! — ela exclamou ao respirar, e rapidamente contou as pontas da galhada, que se espalhava em uma silhueta escura, misturando-se aos ramos e às formas das árvores atrás dele. O animal aproximou-se rápida e inesperadamente, deixando-se ver por completo, para confrontar ou ser confrontado. Claramente, este alce não queria conversa com os Donaldson. Queria saber quem estava no seu território, procurando uma parceira. E agora, erguia-se diante deles, exposto, olhando-os diretamente. Mas a cabana estava escura e o telhado da varanda deixava-os na sombra, então não havia como o alce distinguir suas formas ali. Não havia nenhuma brisa para transportar qualquer odor, e ele olhava cegamente para o local exato de onde tinha vindo o desafio.

Jean viu Sophia levantar a mão lentamente e tocar a perna do pai, mas, fora isso, não houve qualquer outro movimento. Após um momento, o alce caminhou lentamente para a esquerda. Parou, fez uma pausa e voltou para onde estivera antes, dando alguns passos para a direita. Mostrou os dois lados ao se movimentar, mantendo-se totalmente à vista, o olhar fixo na varanda. Não sacudiu a cabeça, como um cavalo faria, nem adotou uma postura mais agressiva ou intimidadora. Novamente, andou de um lado para outro, lentamente, deliberadamente.

Jean viu L.D. levar a mão à boca e ajustar o diafragma. Ela inclinou-se para a frente e colocou a mão em seu antebraço. Ele se virou para olhar para ela, e ela balbuciou a palavra *não*.

Ele franziu o rosto e se virou. Ela viu que ele começava a inspirar e pressionou seu braço mais forte e disse, tão baixo, que alguém a um metro dela não teria escutado:

— Não.

L.D. tirou o diafragma da boca. Jean relaxou. De dentro da floresta, saíram duas fêmeas, uma completamente adulta, e a outra esguia, aparentando um ano. Primeiro olharam para o macho, depois para a cabana, e lentamente, de maneira quase consciente, atravessaram toda a extensão do quintal até o jardim. Todos os três alces ficaram em pé juntos, por algum tempo, em um silêncio que Jean sentiu como o mais penetrante que já tinha vivenciado. Sob o olhar cego dos animais, ela sentia como se estivesse envolvida em uma sessão espírita, iniciada como uma brincadeira, mas que acidentalmente tinha invocado um fantasma real.

Finalmente, o alce começou a se retirar. Os dois mais velhos pareciam decididos, mas a jovem olhou duas vezes para trás, para a cabana, dois olhares longos que Jean não conseguiu decifrar. O alce entrou na mata e imediatamente saiu de vista. Na varanda, ninguém se moveu até Sophia falar muito baixinho:

— Papai.

Audrey virou-se e sorriu para Jean, balançando a cabeça lentamente.

— Alguma vez — ela perguntou — em toda a sua vida, viveu algo tão incrivelmente privilegiado assim?

Jean não respondeu, mas pegou Benny pela mão e levou-o bruscamente para o carro. Não olhou para os Donaldson em pé, no limiar da sua casa, nem mesmo enquanto esperava o motor esquentar na entrada da casa.

— Você viu aquilo? — Benny perguntou, a voz embargada de admiração, mas Jean não quis lhe responder.

Ela dirigiu apenas com o farol baixo, descuidadamente, desviando para o outro lado da estrada e ignorando a possibilidade de haver tráfego no sentido contrário ou até mesmo algum obstáculo. Dirigiu pela estrada mais rápido do que nunca, dando vazão a uma fúria que levou 6 perigosos quilômetros para controlar, e não reduziu até perceber que não só tinha sido manipulada, mas também fora participante de uma manipulação. Eles não tinham o direito, ela pensava repetidamente, não tinham o direito de fazer uma coisa assim apenas porque podiam. Ela se lembrou, então, de que Benny ainda estava com ela, ao seu lado, que ele era inteiramente sua responsabilidade, desacelerou o carro e voltou ao controle outra vez.

    Desejou, rapidamente, que seu marido estivesse com ela, um pensamento que logo afastou, considerando que já havia pessoas demais ao redor.

Alice rumo ao Leste

O caminho da casa de Roy até o centro de Verona dura vinte minutos através de campos de girassóis que se estendem pelos dois lados da estrada, planos e contínuos como o sotaque do Meio-Oeste. Uma estrada boa e bem asfaltada, interrompida somente pela linha do horizonte e pelos trilhos da estrada de ferro da Northern Pacific. Quando Emma, a filha de Roy, era criança, ele a ensinou a pedalar a bicicleta pela linha amarela que separava os que iam para o leste daqueles que se dirigiam para o oeste. Era bastante seguro; havia menos tráfego na época e os poucos carros que passavam podiam ser vistos a quilômetros de distância. Havia sempre bastante tempo para tomar uma decisão, continuar avançando, estar preparado.

Uns quinze quilômetros depois da cidade, era possível ver o silo de grãos erguendo-se com toda a arrogância que se podia esperar da única estrutura na área com mais de dois andares de altura. Roy tinha acabado de passar por esse ponto quando notou um objeto desconhecido mais à frente, que acabou por se revelar, enquanto se aproximava: uma caminhonete, uma picape branca estacionada no acostamento com as luzes de alerta piscando. Ele reduziu, viu que a placa era de Montana e tirou o pé do acelerador, parando atrás da caminhonete de maneira tão deliberada que parecia ter o costume de estacionar ali todos os dias.

Roy saiu do carro e andou alguns metros até vê-los na valeta. Parou e levantou a mão lentamente até tocar na capota quente do motor do seu carro, que estalava. Eram apenas dois adolescentes. A garota estava em pé. O garoto ajoelhado diante dela, cortava uma das pernas da calça jeans da moça, no meio da coxa, com um canivete. Roy surpreendeu-se e depois se sentiu constrangido pela estranha intimidade da cena: a garota em pé, com as pernas ligeiramente afastadas, as mãos na cintura, o garoto de joelhos, o brilho inesperado da lâmina, a revelação gradual de uma porção maior da pele enquanto as calças jeans se transformavam em shorts.

A garota logo se virou e olhou para Roy com um interesse vago. O cabelo, curto e escuro, estava amassado junto à cabeça, como se tivesse acabado de tirar um boné de beisebol. Vestia uma camiseta masculina branca, os óculos escuros pendurados na gola em V por uma das hastes.

— Oi — disse.

— Vi vocês parados — Roy respondeu. — Achei que talvez precisassem de uma mão.

Ela fez um gesto para a caminhonete.

— Sim. Ele simplesmente parou de repente.

— Bomba de combustível — o garoto completou. — Quebrou.

— Posso dar uma olhada, se quiserem.

A garota deu de ombros.

— Só um segundo — disse.

Roy esperou o garoto cortar a última costura grossa da calça e a garota tirou a perna de dentro do tubo de tecido, uma ponta com a bainha feita e a outra desfiada. Com uma perna nua e a outra coberta pela perna da calça, ela foi até a picape, abriu a porta e soltou o capô. Roy deu a volta até a frente do carro e notou as borboletas e os gafanhotos mortos na grade do radiador. Ele e a garota olharam para o motor sujo, ela apontou com a mão fina para o emaranhado de tubos e mangueiras e disse:

— O Pete acha que foi isso que quebrou. A bomba de combustível.

— Se for isso, vão precisar de uma nova — Roy disse.

— É o que o Pete também acha.

— Que motor é esse, um 350?

— É um Chevrolet — ela respondeu.

— Não, estou falando do motor. Qual é?

— Um 350 — o garoto respondeu do outro lado da picape.

— Até achei que ele poderia dar algum problema — a garota disse. — Mas, poxa! Achei que chegaríamos pelo menos até Dakota do Norte.

— Vocês são de Montana?

— Isso. Logo depois da fronteira. Você é daqui?

— Sim — Roy respondeu. — Moro perto de Verona.

— Ele achou estranho falar assim, como outras pessoas dizem que moram perto de Chicago, ou a dez minutos de Manhattan. Como se isso significasse alguma coisa. Não havia muita coisa em Verona, e também não havia nada por perto, a não ser os campos de girassóis e a casa de Roy.

— Não tem nem dois dias que estamos na estrada, e agora... — Ela não completou o pensamento e sorriu para Roy.

— Meu nome é Alice — disse. Com o som de "s", a ponta da língua mostrou-se entre seus dentes e logo desapareceu.

— Sou Roy. Conheço uma pessoa em Verona que pode ter essa peça. Posso lhes dar uma carona. Se quiserem.

— Deixa eu perguntar para o Pete. Ele é meu irmão.

Ela voltou para a valeta e Roy ficou em pé, no canto da picape, olhando. Não acreditou que fossem irmãos. Alguma coisa no jeito como ela falou "meu irmão" depois do nome de Pete. Alguma coisa na ênfase, a hesitação.

Pete tinha ficado deitado de costas sobre a grama seca e sentou-se quando Alice se aproximou, esfregou a testa com o braço e reclamou do calor.

— Termine de fazer meus shorts e ele vai nos dar uma carona até a cidade — Alice disse. — Ele disse que conhece um cara que pode ter a peça.

Pete tirou o canivete do bolso, abriu a lâmina e começou a cortar o que restava dos jeans de Alice. Roy observou-a ali, em pé, imóvel e relaxada, olhando para a frente. Viu que Pete, com a cabeça inclinada em profunda concentração, não tocou em parte alguma de Alice, sequer roçando com os nós dos dedos na pele dela. Apenas as pontas desfiadas dos shorts encostavam-se às suas coxas, e Roy pegou-se espiando. Ele olhou para baixo, para suas próprias calças, analisou as bainhas simétricas que repousavam sobre os laços de seus sapatos pesados.

Quando Pete acabou, Alice tirou o segundo tubo da mesma maneira que fizera com o primeiro, juntou os dois e os dobrou no braço, como toalhas em um suporte.

— Você está pronto, Roy? — ela perguntou, chamando-o familiarmente pelo primeiro nome.

— Claro. — Ele assentiu com a cabeça.

Pete levantou-se com esforço e tirou a sujeira dos joelhos com as mãos.
— Então, vamos — disse.

Carl estava atrás do bar, bebendo café, quando eles entraram. Roy perguntou se Artie estava por lá, quase desejando que Carl dissesse que não. Estava fresco e escuro no bar, e Roy não se sentia disposto a ir atrás de qualquer pessoa naquele final de tarde quente.

— Os moleques dele acabaram de passar por aqui, para comprar picolé — Carl disse. — Disseram que ele estava nos fundos de casa, limpando tartarugas mordedoras. Desejam alguma coisa? — disse Carl, olhando para Pete e Alice.

— O carro deles quebrou a uns quinze quilômetros daqui. Achei que talvez Artie pudesse ter uma bomba de combustível que funcionasse no carro deles.

— Bem, é verdade, pode ser que tenha — disse Carl. — Se alguém tiver, vai ser o Artie. — Ele olhou para Pete e Alice novamente. — Vocês tiveram sorte de quebrar aqui perto. Não iam achar ajuda em outros lugares.

— Bem, então que tal uma cerveja? — Pete disse. — Alice? Uma cervejinha?

Ela negou com a cabeça.

— Só uma, então. A que tiver no barril.

Carl levantou uma sobrancelha, e Roy sabia que ele estava se perguntando se o rapaz era menor de idade. Roy não sabia quantos anos Pete tinha e não se importava, embora se perguntasse quando fora a última vez que Carl servira alguém de fora.

— Volto logo — Roy disse, e foi para a casa de Artie.

Havia apenas uma calçada na cidade, e ele já no meio dela quando Alice o alcançou.

— Ei — ela chamou. — Se importa se eu for junto?

Roy balançou a cabeça.

— Esse Artie tem algum tipo de oficina? — ela perguntou. — Uma garagem?

— Não. Só um quintal cheio de motores.

— E se ele não tiver a nossa peça? A bomba de combustível.

— Então nós vamos ter que ir para La Moure.

— É muito longe?

— Uma meia hora, mais ou menos. Uns quarenta e cinco minutos, talvez.

Roy se viu tentando acompanhar o passo de Alice, embora estivesse quente demais para algo mais rápido do que passos lentos.

— Aquele cara não devia ter dado a cerveja para o Pete.

— Carl? Por que não?

— Ele só tem dezessete anos.

— Bem. O bar é dele.

— Mesmo assim, não devia vender cerveja para o Pete. A última coisa de que preciso é do Pete bebendo às quatro da tarde.

Seguiram pelo caminho, e Alice olhou ao redor, mas não havia muito para ver. Não havia uma loja na rua que não estivesse atrás de tapumes ou fechada, à exceção do bar do Carl e da agência de correio. Não havia mais banco em Verona. Nem mesmo uma mercearia.

Quando chegaram à casa de Artie e Roy viu a porta da frente caída na varanda, ao lado de uma pilha desordenada de calotas, começou a desejar que Alice tivesse ficado para trás, no bar do Carl, com Pete. Não queria que ela achasse que todo mundo em Verona cuidava de suas casas daquele jeito. Um dos garotos de Artie correu para fora da casa e parou quando viu Roy e Alice no quintal.

— Olá, sr. Menning — disse. Roy sorriu, mas não conseguiu se lembrar do nome da criança. Havia três delas, todas aproximadamente da mesma idade, todas com a cabeça raspada em casa e as barrigas duras e roliças de crianças que comem muito, mas correm muito mais por aí.

— Seu pai está em casa? Limpando tartarugas?

— Ele fez isso de manhã — disse o menino. — Agora está consertando uma motosserra.

Artie veio dos fundos da casa, limpando as mãos nos jeans, e, como se pensasse que o quintal da frente só pudesse comportar três pessoas de cada vez, o menino desapareceu para dentro da casa. Eram bons meninos, todos os três. Todo mundo dizia isso. Mas morriam de medo do pai, pelo que Roy tinha ouvido.

— Será que você tem uma bomba de combustível para um Chevy 350? — Roy perguntou. — Tem um pessoal com o carro quebrado perto da cidade.

Artie olhava interessado para Alice.

— O que posso fazer por você? — perguntou, como se Roy não tivesse dito nada. Ela pareceu entender o jogo e perguntou novamente pela bomba de combustível. Não pareceu abalada pelos cabelos compridos de Artie, ou pelas tatuagens que, como as luvas de uma senhora, iam das mãos até os cotovelos. Artie havia deixado a cidade quando era adolescente e voltou para o funeral do pai, quase uma década depois, com os meninos, o cabelo e as tatuagens. Roy não gostava dele, mas era o que havia de mais parecido com um mecânico na cidade, agora que o posto de gasolina tinha fechado.

— As únicas peças de Chevy que tenho são para aquele troço. — Artie apontou para um pequeno sedan sem rodas, apoiado em quatro tocos de árvore. O capô parecia estar aberto havia anos.

— Tem certeza? — Roy perguntou, mas Artie o ignorou e perguntou para Alice de onde ela era.

— Montana.

— De que lugar em Montana?

— Fort Peck. Do outro lado da fronteira.

— Conheço — disse Artie. — Perto da reserva.

— Isso.

— Caceta. Você não é nenhuma índia, é?

— Não.

— É o que achei. Seria melhor tomar conta do meu couro cabeludo, se você fosse, certo? — Artie sorriu, mas com uma expressão artificial, quase dolorosa, como se tivesse um anzol preso no canto da boca e alguém o estivesse puxando.

— Se você não tiver a peça, vamos para La Moure — disse Alice, e Roy admirou-se ao vê-la expressar a sua ideia como se fosse dela. Como se ela tivesse alguma ideia de onde ou o que fosse La Moure.

— Hoje você não vai, não — disse Artie. — Vai estar tudo fechado na hora em que chegar lá.

Alice olhou para Roy, parecendo desanimada com a informação. Ele notou que Pete tinha cortado o jeans de forma desigual, e o cinza desbotado do algodão do bolso direito estava saindo cerca de um centímetro sob a perna da calça. Estava pendurado com algum peso, como se ela estivesse carregando um monte de moedas. Roy não gostou da ideia de Artie poder dizer o que havia nos bolsos de Alice. Não gostou do jeito como Artie olhava para Alice.

— Iremos para La Moure amanhã, então — disse Roy, e antes que Alice pudesse responder, Artie disse:

— Você se parece com uma garota que eu conheci em Beaumont, no Texas.

Ela olhou para ele, silenciosa.

— Você não toca flauta, né? — continuou ele.

— Não — ela respondeu —, não toco.

— Porque esta garota de Beaumont tocava flauta, por isso que estou perguntando. Vocês podiam ser irmãs. Imaginei. Qual é mesmo o seu sobrenome?

— Zysk.

— Como se escreve?

— Z-Y-S-K.

— Zysk. — Artie assobiou. — Taí uma palavra que pode valer mais de mil pontos em um jogo de Palavras Cruzadas.

— A não ser pelo fato de não ser uma palavra verdadeira — disse Alice.

— Verdadeira o suficiente para mim — disse Artie, e Roy concluiu que já era hora de ir embora. Agradeceu a Artie, que perguntou, quando estavam saindo do quintal:

— Estão todos indo para o Carl?

— Não vamos ficar muito mais tempo por lá — respondeu Roy.

— Vou me limpar e aparecer por lá.

— Como eu disse, provavelmente, já teremos ido embora.

— Encontro vocês lá — disse Artie, e passou por cima de uma calota para entrar na casa debilmente protegida por uma porta telada.

Pete soltou um palavrão diante da notícia e disse a Roy:

— Vamos ter que ficar na sua casa hoje à noite.

— Porra, como você é mal-educado! — Alice disse, e Pete foi para o outro lado do bar conferir a lista de músicas na jukebox, desligada da eletricidade desde que Carl comprara o micro-ondas.

— Vocês são bem-vindos para ficar na minha casa, é claro — Roy disse. — Tem espaço de sobra.

— Vamos ficar na picape. Ele é um idiota. Um idiota mal-educado.

Roy pediu um sanduíche para Alice e uma cerveja para ele. O bar estava tão silencioso quanto uma biblioteca.

— O que você faz? — Alice perguntou.

— Eu? Dirijo um caminhão limpa-neve no inverno e uma colheitadeira no verão.

— Você não é fazendeiro?

— Não mais.

Carl trouxe a cerveja para Roy e dispensou o pagamento com um gesto, mas Roy dobrou a nota e a colocou debaixo do porta-guardanapos quando Carl lhes deu as costas.

— Você gosta desses trabalhos? — Alice perguntou.

— Com certeza. Sempre encontro pessoas com o carro quebrado quando estou no limpa-neve.

Alice riu.

— Você também os resgata?

— O que eu faço é levar uma pilha de revistas comigo.

— Revistas? Para quê?

— Mando ficarem sentados nos seus carros, lendo uma revista até o socorro chegar. Arrumo algo para fazerem. Caso contrário, ficam agitados e resolvem sair caminhando, e é aí que eles morrem.

— De caminhar.

— Na neve.

— Morrem por se aborrecerem. Morrem de tédio. Nossa! Se a gente tivesse saído andando hoje, só íamos ter ficado com calor.

— O melhor é sempre ficar no carro — Roy disse, e Alice concordou com a cabeça.

— Você é casado? — ela perguntou.

— Minha mulher morreu de um ataque cardíaco, neste inverno faz dois anos.

Alice não disse que lamentava, como em geral as pessoas dizem, e, assim, Roy não precisou responder que estava tudo bem, como normalmente tinha que fazer.

— Eu quero ser enfermeira — Alice disse. — Talvez.
— É mesmo?
— É. Estou indo para a Flórida, para a escola de enfermagem. Pete está indo para cuidar de mim, e para trabalhar, se eu precisar de dinheiro.
— Isso é bom.
— Minha mãe o obrigou a ir.
— Ah.
— Você tem filhos?
— Uma garota. Tem trinta e dois anos.
— Ela mora aqui?
— Trabalha em Minneapolis. É modelo, para catálogos e jornais.
— Ela deve ser bonita.
— É, sim.
— Eu gostaria de ser modelo, mas o meu nariz é muito grande.
— Não entendo muito disso.
— Ela deve ganhar um monte de dinheiro.
— Ganha.
— Ela sempre visita você?
— Nem tanto — Roy respondeu. — Não desde que a mãe morreu.
— Sabe o que seria um trabalho fantástico? — Alice perguntou. — Fotógrafa.
— Não entendo muito disso.
— Eu também não. — Alice olhou para trás, para Pete na jukebox, e para a caixa registradora alta, de madeira.
— Aquele tal de Artie é mesmo uma figura — ela disse.
— Conheci o pai dele.
— Ele é um encrenqueiro, né?
— Sei lá.
— Ele me lembra meu irmão. Meu irmão mais velho. Com as tatuagens e tudo. Todos os meus irmãos são estúpidos, mas esse mais velho, vou te contar, ele parece um retardado. Imagina só. Quando ele estava no Exército, na Alemanha, a na-

morada dele ficou grávida, lá na nossa cidade. Lá estava ele, há cinco meses longe de casa, e de repente ela aparece grávida. Então, o que ela fez? Escreve uma carta dizendo: "Sinto tanta falta de você, quero ter um filho seu." E mais: "Se eu tiver um bebê seu, ele vai me fazer lembrar de você e não vou me sentir tão sozinha." O que você tem que entender aqui, Roy, é que o meu irmão sempre quis se casar com essa garota. Então ela mandou uma revista pornô e um vidro vazio de mostarda para ele e disse para ele fazer — sei lá como se diz isso —, fazer dentro do vidro e mandar de volta para ela, para que ela então ficasse grávida com aquilo. Entendeu?

— Sim — Roy respondeu.

— Aí o meu irmão, um completo idiota, fez isso. E depois acreditou quando ela escreveu de novo para dizer que eles teriam um filho. Dá para acreditar numa coisa dessas?

— Esse é o seu irmão mais velho? — Roy perguntou.

— Sim. Uma besta. O mundo inteiro sabia dessa armação, e as pessoas até disseram para ele que era uma armação, mas ele ainda acredita nela. Eu mesma disse a ele que era uma armação e mesmo assim ele ainda acredita. Ainda acredita que o menino é filho deles. Como se aquele troço que ele mandou da Alemanha para Montana tivesse gerado o bebê depois de vários dias no correio.

Roy não sabia o que dizer e assentiu com a cabeça.

— Me desculpe — Alice disse. — Isso foi grosseiro.

— Tudo bem.

— Mas mostra como a minha família é estúpida. Os meus irmãos, pelo menos.

— Bem, é uma boa história.

— É mesmo.

Artie entrou no bar. Tinha prendido o cabelo num rabo de cavalo e estava com um boné de beisebol verde, com umas iniciais bordadas. A camisa tinha botões de pressão brancos e, quando passou por um raio de sol, brilharam como pérolas turvas e simétricas.

— Parece que vocês têm nova companhia — ele disse a Carl, sentando-se ao lado de Alice. — Visitantes das distantes terras de Montana.

— Seus filhos passaram hoje por aqui — Carl disse.

— Algum problema?

— Disseram que você estava às voltas com umas tartarugas mordedoras, só isso.

— Se os garotos criarem algum problema, você trate de me falar.

— É melhor você me convidar para a sopa — Carl disse, e Artie perguntou para Alice:

— Você gosta de mordedoras?

— Tartarugas? Nunca experimentei.

— Talvez eu te convide então. Quem sabe você não goste?

Alice virou-se para Roy e disse:

— Meu segundo irmão mais velho chama-se Judd e também não é nenhum gênio. Ele se mandou, e, por três anos, não tivemos mais nenhuma notícia dele. Achávamos que estava morto. Então, uma tarde, minha mãe recebeu um telefonema...

— Ela *já* está te contando a história da vida dela? — Artie perguntou para Roy, mas Alice prosseguiu.

— Atendeu ao telefone e era o Judd. "Oi, mãe", diz ele, como se só tivesse ido passar a tarde fora. "Oi, mãe. Estou em Nova Jersey, no centro de recrutamento, e tem uma senhora simpática aqui dizendo que posso ter três refeições por dia e roupas novas se eu me alistar no Exército. Então, mãe", disse o Judd, "qual é o meu número da previdência social?"

— E qual era? — Artie perguntou.

— Então o Judd se alistou — Alice continuou, ignorando-o. — Minha mãe diz que o Exército é o único refúgio para gente burra como o meu irmão. Se Pete não estivesse indo para a Flórida comigo, provavelmente acabaria no Exército também.

— Já estive na Flórida — disse Artie. — Trabalhei num barco de pesca lá. Morava numa casa rosa. De frente para o mar.

— Poxa — disse Alice.

Carl trouxe um sanduíche e ela comeu metade antes de continuar falando.

— Meus sisos estão nascendo. Você já passou por isso? — ela perguntou para Roy.

— Opa! — disse Artie. — Dói pra cacete, mas o juízo não vem sem dor. — Ele deu uma risada, uma gargalhada áspera, como um motor girando no frio, e então perguntou para Alice:

— Por que você usa o cabelo curto?

— Eu gosto dele assim — ela respondeu.
— As meninas deviam ter cabelos compridos.
— E os meninos deviam ter cabelo curto. — Ela apontou para o rabo de cavalo dele.
— Você tem sal na língua, não é?
— Não sei o que isso quer dizer.
— Que você é uma sabe-tudo, é isso que significa — disse Artie, e Pete chegou ao bar tão rápido que Roy se deu conta de que ele devia estar de pé atrás deles o tempo todo, esperando.
— Não fale assim com a minha irmã — disse Pete.
Artie riu de novo, aquela risada engasgada, como um motor.
— Olha o Billy the Kid por aqui — murmurou. — Sujeito durão.
— Vá se foder, cara — disse Pete. — Eu disse para não falar com a minha irmã.
Roy ouviu Alice dizer:
— Ai, meu Deus. — Ela escorregou para fora da banqueta do bar e se afastou, de alguma forma antecipando o que estava por vir. Os reflexos de Roy não foram tão rápidos. Quando Pete acertou seu soco, empurrou Artie com força contra o ombro de Roy. Então Pete ficou quieto e indefeso enquanto Artie se levantava e, sacudindo a cabeça uma vez, ajeitou o boné. Com precisão experiente, ajeitou-se, acertou Pete no meio do rosto e observou-o cair para trás em uma diagonal perfeita, acertando a quina do bar com a cabeça. O estalo foi mais alto do que qualquer barulho que tinham ouvido na sala durante toda a tarde e, em seguida, não havia mais nada.
Para surpresa de Roy, Alice aproximou-se primeiro dele, até mesmo passando por cima do irmão, para tocar no ponto machucado do seu ombro, onde Artie tinha caído.
— Você está bem? — ela perguntou. Roy fez que sim com a cabeça.
— Me desculpe — ela disse.
— Seu irmão devia ter ficado com a boca fechada — disse Artie.
— Prefiro que você não fale comigo. — A voz de Alice soou baixa, e ela sequer olhou para Artie. — Eu realmente gostaria que você me deixasse em paz.

Foi então que Carl disse, sem malícia ou intensidade:
— Acho melhor você voltar para casa agora, Art. — Ele falou do mesmo jeito que o médico de Roy, um ano antes, tinha lhe dito: "Acho melhor você parar de comer sal de uma vez." Da mesma maneira que a mulher de Roy costumava dizer para Emma: "Acho melhor você vestir um casaco mais quente hoje de manhã." Um comando delicado.

E Artie saiu, como se repreendido pelo próprio pai, xingando em meio à respiração, mas obediente.

Carl ajoelhou-se junto a Pete e disse:
— Ele vai ficar bem. Foi só uma pancada, só isso.
— Me desculpe — Alice repetiu e, em seguida, perguntou:
— Será que podemos levá-lo para algum lugar? O que você acha?
— Vamos para a minha casa — Roy respondeu. Quando ele se levantou, surpreendeu-se ao descobrir que suas pernas tremiam tanto que precisou se encostar no bar por alguns instantes antes de conseguir andar. Os três ergueram Pete e o arrastaram pela porta, desceram a escada e foram para o carro de Roy.
— Ponha-o no banco de trás — Roy instruiu, e Alice disse:
— Mas olha o nariz dele. Vai sujar tudo de sangue.
— Tudo bem.

Quando empurraram Pete para dentro do carro, ele abriu os olhos por um instante, focalizou o rosto de Alice com dificuldade e disse:
— A mamãe mandou eu...
— Cala a boca, Pete. Será que dá para você só calar a boca? — Alice o interrompeu, e Roy achou que ela fosse começar a chorar, mas isso não aconteceu.
— Está saindo mais caro que a encomenda, hein, Roy? — Carl riu.
— Nem posso lhe dizer o quanto lamento por isso tudo — Alice disse novamente, mas Roy apenas a guiou para o banco dos passageiros e ajudou-a a entrar no carro, como fizera com Pete.

Seguiram. Para o oeste, saindo de Verona. O sol tinha acabado de se pôr sem qualquer cerimônia, cor ou esforço. Anoitecia, mas ainda fazia calor. Alice desculpou-se novamente, e Roy disse que a culpa não era dela.

— Todos os meus irmãos são idiotas, todos eles. Minha mãe disse que eu sou a única na família capaz de me virar.

— Quantos irmãos você tem? — Roy perguntou. A pergunta lhe pareceu tola, considerando as circunstâncias, mas ela respondeu imediatamente.

— Cinco — disse. — Steven, Lenny, Judd, Pete e Eddie.

— E você.

— E eu. Todos estão no Exército, menos Pete e Eddie, que são jovens demais. Eddie tem só seis anos. Meus irmãos não conseguem fazer nada direito.

Eles passaram em silêncio pelos campos de girassol. Roy pensou em dizer para Alice que os girassóis sempre se voltavam para o leste de manhã e para o oeste ao anoitecer. Achou que isso talvez a interessasse, ou que até mesmo pudesse ajudá-la, caso algum dia se perdesse em Dakota do Norte. Ela não parecia querer falar, no entanto, e ele preferiu ficar quieto. Passaram pela picape branca, parada no acostamento, sem nenhum comentário, e Alice falou novamente.

— Meu irmão caçula, Eddie, quase morreu no ano passado — disse ela. — Quase morreu. Estava na casa do vizinho e a casa pegou fogo. Todo mundo saiu da casa, menos ele, e quando o bombeiro entrou no quarto, Eddie se escondeu debaixo da cama. Ele viu aquela máscara de oxigênio e achou que era um monstro vindo atrás dele.

— Que coisa horrível.

— Mas acabou tudo bem. Encontraram ele e ficou tudo bem. Mas quando me disseram o que tinha acontecido, a primeira coisa que pensei foi como o meu irmão já era um garoto idiota. Ele tem apenas seis anos, eu sei, mas se esconder de um bombeiro no meio de um incêndio... O negócio é que, se ele morresse, eu não ia achar que ele era idiota. Só ia sentir saudades. Acho que tem uma grande diferença entre quase morrer e morrer de verdade.

Roy quase disse: *Na sua idade, é fácil pensar assim*, mas aquilo soou amargo demais até mesmo para ele, então não disse nada.

Dirigindo pela estrada familiar, Roy pensou nas casas vazias e arruinadas de pessoas que cresceram com ele, pessoas que agora já tinham partido: mortas, ou quase mortas. O que Roy achou que podia muito bem ser a mesma coisa. A própria cidade de Verona estava quase morta, assim como inúmeras outras cidades que ele conhecia, exatamente como aquela. Pensou em sua esposa, que quase tinha morrido duas vezes antes do derradeiro ataque cardíaco que a matou. "Estou com frio", sua esposa dissera, depois de caminhar sem sapatos e sem casaco pela neve de janeiro até a garagem, onde Roy dava novo acabamento à mesa da sala de jantar. "Estou com frio", disse ela, e depois morreu, mas não foi quase, morreu de verdade. Agora Roy, com o ombro machucado, um garoto inconsciente no banco de trás do carro que ele tinha comprado para a esposa e uma moça ao seu lado com metade da idade de sua filha, sentia como se ele também estivesse muito próximo da morte, quase morto.

Como se estivesse acompanhando todos os seus pensamentos, Alice se moveu no assento e colocou a mão sobre a dele. Seu toque foi, de uma só vez, o toque de uma mãe, uma amante e uma filha, e havia tanto tempo que ele não tinha quaisquer dessas coisas que Roy suspirou e deixou a cabeça tombar para a frente. Fechou os olhos. Alice segurou o volante e ele a deixou dirigir, sabendo que a estrada era reta e segura, e que agora o melhor seria deixá-la guiar.

— Está tudo bem — disse ela, e esticou a mão sob o volante para ligar os faróis. Ainda não estava escuro, mas as luzes ajudariam a serem vistos por qualquer um que se dirigisse para o leste, ou que pudesse estar acompanhando seu percurso através das planícies vazias de Dakota do Norte.

Tiro ao pombo

Johnson Gasoduto foi buscar Tanner Rogers pouco antes do meio-dia. Bateu na porta dos Rogers e aguardou, andando pela varanda e examinando o madeirame. Seu cão, Snipe, seguia-o, mancando como um homem com uma bala na espinha. A mãe de Tanner, Diane, apareceu à porta. Ela estava com o cabelo louro completamente puxado para trás, afastado do rosto.

— Diane — disse ele.
— Gasoduto.
— Quero levar o Tanner comigo para o tiro ao pombo hoje.

Diane ergueu as sobrancelhas. Gasoduto esperou por uma resposta, mas ela não disse nada.

— Acho que ele ia gostar — disse Gasoduto. — Acho que ele ia gostar de ver um pombo sendo acertado.
— Ele não vai — disse Diane.
— Mas eu com certeza gostaria de levá-lo, assim mesmo. Por causa do pai dele.
— Ele nunca foi. Nem com o pai.
— O que é isso, Diane? Algum tipo de regra da casa?
— Pode ser que sim.
— Vamos lá, Diane.
— Acho que é uma coisa doentia. De verdade. Acho que atirar em pombos é a coisa mais doentia do mundo.
— Você costumava adorar.
— Nunca gostei. Muito menos adorei.
— Mas você costumava ir.
— Costumava ir. Mas nunca gostei daquilo.
— Ed adorava.
— Tanner não vai — Diane disse novamente. — Nem mesmo se interessa por isso.

— Tem gente lá que adora o Ed. Um menino deveria conhecer as pessoas que amam o pai dele. É saudável para um garoto conhecer essas pessoas.

Diane não disse nada.

— Vou atirar no lugar do Ed hoje — Gasoduto disse. — Até encontrarem alguém que possa substituí-lo permanentemente. Ou até ele melhorar, quero dizer.

— É muita gentileza sua.

— Eu atiro bem, Diane. Eu atirava bem pra cacete quando éramos crianças.

— Que bom.

— Claro que não sou o Ed.

— Quantos pombos estão planejando matar hoje?

— Vários. — Gasoduto sorriu. — Vou matar um monte daqueles malditos pombos. E vou cuidar para que Tanner também mate uma tonelada de pombos.

Diane assentiu, cansada.

— Nossa, vou matar tantos pombos que vai dar para fazer um casaco para você — disse ele, e então Diane sorriu. O sorriso de Johnson Gasoduto abriu-se ainda mais. — Que tal, Diane? Deixa eu levar seu filho lá e nós vamos trazer um belo casaco de pena de pombo para você.

Diane olhou além de Gasoduto Johnson, para Snipe, que estava tentando se deitar.

— O que aconteceu com o seu cachorro? — ela perguntou.

— Está velho.

— Está horrível. Parece que foi atropelado.

— É apenas velhice.

— Aquilo lá não é lugar para um cachorro — Diane disse. — Nem para crianças também. Os cães acabam levando um tiro.

— Nada disso. Quem leva tiro por lá são os pombos. Ninguém nunca atirou num cachorro, nem em nenhuma criança.

— O Ed atirou uma vez num cachorro que foi atrás dos pombos mortos.

— Nunca soube disso. — Gasoduto tirou um lenço do bolso e assoou o nariz.

— Gasoduto — ela falou —, você quer entrar?

— Não, não quero incomodar.

Snipe estava deitado junto a um par de botas, perto dos degraus da varanda, mastigando o próprio rabo. A cabeça dele era grossa e marrom, como as próprias botas, e observava Diane enquanto mastigava. Sua expressão canina era vazia.

— Quantos anos ele tem? — Diane perguntou.

— Onze.

— A mesma idade do Tanner.

— Espero que seu filho esteja aguentando as pontas um pouco melhor que o meu cachorro. — Diane sorriu de novo. Olharam-se. Instantes depois, ela perguntou:

— Você foi visitar o Ed no hospital?

— Hoje de manhã.

— Foi ele quem te disse para vir até aqui ver como eu estava? É por isso que está aqui?

— Não.

— Ele te disse para ficar um pouco com o Tanner?

— Não.

— O que foi que ele disse?

— Ed? Ele disse: "Você acha que o primeiro cigarro do dia é gostoso? Espere só para fumar o primeiro cigarro depois de colocar três pontes de safena."

Desta vez, Diane não achou graça.

— Ele também fez essa piadinha para mim — ela disse. — Só que eu não fumo.

— Eu também não. Eu masco tabaco.

— Bem — Diane disse —, eu bebo.

Gasoduto olhou para baixo, observando as mãos. Fitou o polegar por um longo tempo. Diane disse:

— Tem uma sujeira na sua barba. Parece uma migalha de alguma coisa.

Ele limpou a barba e disse:

— Pode ser de torrada.

— Parecia uma penugem.

— O que Tanner está fazendo agora, Diane? Vamos lá, Diane. Por que você não pergunta para o seu filho se ele quer ir comigo ver um tiro ao pombo na vida real?

— Você é um cara otimista, Gasoduto. É isso que você é.

— Vamos lá, Diane. O que ele está fazendo agora?

— Se escondendo de você.

— Ele vai adorar — Gasoduto disse. — A não ser que leve um tiro...

— Ele pode nem querer ir — Diane disse, e Gasoduto contestou:

— Pergunta para ele. É só ir lá e perguntar.

Mais tarde, Tanner Rogers e Johnson Gasoduto seguiam pela estrada na caminhonete de Gasoduto. O garoto vestia um casaco pesado de inverno, um boné vermelho de caçador e botas amarradas com cadarços. Era tímido e demorou algum tempo até perguntar a Gasoduto algo que estava ruminando.

— Esse negócio é contra a lei? Atirar em pombos?

— Que nada — Gasoduto disse. — Atirar em pombos não tem nada de ilegal. Apostar em pessoas que atiram em pombos é que é ilegal.

— E o meu pai?

— Seu pai? Ora, ele não aposta. Ele só atira nos pombos. Todo mundo aposta nos atiradores. Tá entendendo? Todo mundo aposta no seu pai, para adivinhar quantos pombos ele acerta. Seu pai não precisa apostar.

— E você?

— Eu aposto feito um desgraçado. E quanto a você?

Tanner deu de ombros.

— Quanto dinheiro você tem aí, filho?

Tanner tirou um punhado de moedas do bolso misturadas com fiapos de tecido.

— Um dólar e dezoito.

— Aposte tudo — disse Gasoduto. Então riu e gritou:

— Dobre! — E bateu com a mão no volante. — Duplique! Triplique! Ha!

Snipe deu um latido, quase um resmungo canino. Gasoduto virou a cabeça e olhou para Tanner, de um jeito repentinamente sério.

— Você disse alguma coisa, rapaz?

— Não — Tanner respondeu —, foi o cachorro.

Gasoduto inclinou-se para a frente e limpou o lado de dentro do para-brisa com a manga.

— Filho — disse ele —, eu estava brincando com você. Foi o meu cachorro latindo. Eu sei disso.

— Claro — disse Tanner. — Eu também.

— Bom garoto. Estamos todos de brincadeira então, certo?

— Com certeza — disse Tanner. — É isso aí.

Na saída da cidade, Gasoduto parou no mercado de Miles Spivak para comprar cartuchos para a espingarda. O próprio Miles estava atrás do balcão, parecendo triste e envelhecido. Pegou os cartuchos que Gasoduto pediu.

— Miles! — Gasoduto exclamou. — Vou atirar no lugar de Ed Rogers hoje. Você devia aparecer por lá dessa vez. Você pode se divertir, Miles! Pode me ver dando uns tiros muito bem dados.

Miles olhou ao redor da loja lentamente, como se esperasse ver alguma outra pessoa aparecendo atrás dele.

— Que droga, Gasoduto. Você sabe que estou sozinho aqui. Sabe que não posso ir.

— Mas eu vou atirar hoje, Miles! Vale a pena fechar a loja mais cedo. Eu costumava ter uma mira danada de boa.

Miles refletiu sobre o assunto.

— Você conhece o filho do Ed? — Gasoduto pôs a mão grande sobre a cabeça de Tanner.

— Eu tenho cinco garotos. O mais novo só tem dois meses. Nasceu de cesárea. Você já viu uma coisa dessas? — Miles perguntou para Tanner.

— Pelo amor de Deus, Miles — Gasoduto disse. — Ele é só um garoto.

— Ela fez a ligação das trompas ali mesmo. Então, não vamos ter outro filho. Agora, taí uma coisa que não se esquece, ver a própria esposa com a barriga aberta daquele jeito. As mulheres têm uns trequinhos pequenininhos lá dentro. Vocês já viram essas coisinhas? Já viu aqueles tubinhos que tem lá?

— Cruz-credo, Miles! — Gasoduto disse. — Queria ver sua cara se o garoto dissesse que já viu uma coisa dessas.

— Trocinhos do inferno — disse Miles. — As coisas mais minúsculas e danadas que já se viu.

— Vamos dar o fora daqui, Tanner — Gasoduto disse.

— Estamos diante de um homem louco!

Ao saírem, Miles gritou para eles:

— Ela é uma mulher maravilhosa, a minha esposa!

— Quer saber uma coisa sobre aquele ali? — Gasoduto perguntou quando estavam do lado de fora. — Ele é burro demais até mesmo para piscar os dois olhos ao mesmo tempo.

De volta à caminhonete, Gasoduto tirou a caixa de cartuchos para a espingarda do bolso e leu o rótulo atentamente.

— Droga — disse —, não sei, não.

Virou a caixa e leu novamente.

Tanner esperou e então perguntou:

— Que tipo de arma você tem?

— Calibre 12. — Ele olhou para o menino. — Isso quer dizer alguma coisa para você?

— Meu pai tem uma de cano duplo, calibre 18.

— Calibre 16 — Gasoduto corrigiu, colocando a caixa de volta no bolso. — O Ed tem uma cano duplo, calibre 16. Já faz muito tempo, filho. Vou tratar de te dizer isso logo de cara. Já faz um bocado de tempo desde que atirei com uma espingarda.

Gasoduto suspirou e bateu com a mão no volante novamente.

— Ei! Mas vamos lá! A arma não é nem minha! É a espingarda do Dick Clay! Ha!

Snipe grunhiu novamente do chão.

— Não falei nada — Tanner disse.

— Ha! — Gasoduto bateu no joelho. — Ha! Você entendeu a piada, filho! Entendeu mesmo!

Gasoduto deu a partida na caminhonete e manobrou para fora do estacionamento.

— Ainda bem que você gosta de uma piada, porque estamos a caminho de uma boa farra hoje, com toda a certeza. Se tiver alguma dúvida até lá, pode perguntar.

— Por que é que te chamam de Gasoduto? — Tanner perguntou.

— Peidos — respondeu sem hesitar. — Alguns capazes até mesmo de rachar uma tora. Verdadeiros quebra-gelos. Agora eu melhorei, pelo menos estou melhor do que antes. Cortei os laticínios.

— O meu pai te chama assim?

— Sim.

— Minha mãe te chama assim?
— Tanner — Gasoduto disse —, é um tipo de consenso. Você sabe o que é um consenso?
— Não.
— Bem — Gasoduto disse —, é isso.
No cruzamento seguinte, Gasoduto baixou o vidro e gritou para uma mulher ruiva na calçada:
— Ei, você aí! Você aí, sua pequena pilha de panquecas!
Ela sorriu e lançou-lhe um aceno como se jogasse fora um papel de bala.
— Ei, você aí! Você aí, meu molhinho de batata frita! Você aí, minha tigela de torta de maçã!
A mulher mandou-lhe um beijo e continuou caminhando.
— Nos vemos mais tarde! — gritou. — Gracinha!
Gasoduto Johnson subiu o vidro da janela e disse para Tanner:
— Lá vai a minha garota. Dá para acreditar que ela tem cinquenta anos? Quem ia dizer uma coisa dessas?
— Acho que conheço ela da escola — Tanner disse timidamente.
— É possível — disse Gasoduto. — É possível, porque ela dá aula lá, às vezes, substituindo alguém. Ela é maravilhosa, não acha? Uma mulher muito bonita. Você nunca iria adivinhar a idade dela, certo? Pelo menos, não antes de ela tirar a blusa, não é?

Tanner ruborizou-se e se abaixou para fazer um carinho na cabeça de Snipe. O cachorro acordou e bafejou satisfeito, o hálito quente e curtido. O homem e o menino seguiram em silêncio. Saíram da cidade, passaram pelo depósito de lixo, pelo cemitério, pelas fazendas, por um milharal com um caminhão de bombeiros estacionado ao lado. Após passarem ruidosamente por um mata-burros, a estrada passou a ser de terra. Gasoduto continuou avançando, subindo a estrada abandonada. Subitamente, virou para a esquerda, por uma estrada de mineração, dirigindo lentamente por valas profundas que podiam ter sido escavadas por pneus, mas também podiam ser o resultado da ação da água. Quando a floresta que margeava a estrada chegou ao fim abruptamente, saíram na beira de um enorme platô de pedra e lama, o túmulo grosseiro de uma mina a céu aberto abandonada.

Algumas picapes já estavam lá, alinhadas organizadamente, como carros em um drive-in. Os homens conversavam em um grupo pequeno, chutando pedras, os cães circulando em torno de seus pés enlameados. Gasoduto e Tanner saíram da picape. Snipe seguiu-os com dificuldade.

— Ei! — Gasoduto cumprimentou Dick Clay. — Façam suas apostas!

— Não vai dar — Dick disse. — Nada de pássaros! O negócio da Willis foi fechado.

— Por quem? Pelo amor de Deus, por quem?

— Foi... — Dick hesitou. — Foram as autoridades.

— Ora — disse Gasoduto. — Parece até que levei uma chinelada na bunda.

— Acontece. — Dick deu de ombros.

— Não, em vinte anos, nunca aconteceu — disse Gasoduto. — O negócio foi interditado pelas autoridades é? Filho da puta. *Que* porra de autoridades?

Os outros homens entreolharam-se. Um deles tossiu e disse:

— Só uns policiais fazendo o trabalho deles.

— Uns bons rapazes, só isso — disse outro. — Só uns caras cumprindo a lei, para variar.

— Atirar em pombos não é contra a lei. — Os homens olharam para ele.

— Gasoduto? — Dick Clay perguntou em voz baixa. — Esse aí é o filho de Ed Rogers?

— Com certeza. — Gasoduto pôs sua enorme mão sobre a cabeça de Tanner novamente.

— Ed não quer o filho dele por aqui, Gasoduto — Dick disse.

— Isso não é verdade, Dick. É a *Diane* quem não quer que o menino venha para cá.

— O que foi que você fez? Sequestrou o menino?

— Eu o convidei — disse Gasoduto. — Convidei ele para vir até aqui e me ver substituir o pai dele. Convidei ele para vir até aqui e me ver atirar nuns pombos no lugar do pai.

Os outros homens entreolharam-se, olharam para suas botas, olharam para os cães.

— Vim até aqui para acertar uns pombos, e é isso que vou fazer, por Deus que vou! — disse Gasoduto. — Vou ligar para o Willis. Quero descobrir que diabos está acontecendo. Saber que negócio é esse. Que história é essa de levar tiro das autoridades? Quero ver se tem alguma coisa que eu possa fazer a respeito.

— Na verdade — disse Dick —, na verdade, não importa. Ninguém está pretendendo aparecer, de qualquer jeito. Porque Ed está no hospital. Nada de tiro ao pombo enquanto isso.

— Mas *eu* vou atirar no lugar do Ed — Gasoduto disse e sorriu, como se tivesse resolvido alguma coisa. — Vou atirar no lugar do Ed, e qualquer um que normalmente aposta em Ed Rogers vai poder apostar em mim, ora.

Dick não disse nada.

— Pelo amor de Deus, Dick. Você sabe que eu vou atirar hoje. Você me emprestou a porra da sua espingarda, Dick.

— Tenho que te dizer uma coisa — Dick disse —, porque você é um bom amigo meu. A verdade, Gasoduto, é que nenhuma autoridade fechou o negócio de Willis. A verdade é essa, Gasoduto.

Alguns dos homens começaram a voltar para suas caminhonetes, quase que de maneira casual.

— Dick? — Gasoduto perguntou. — Para onde diabos o pessoal está indo?

— Gasoduto — Dick disse —, vou te falar um negócio. E só estou te dizendo o que ouvi. Não sou eu quem está falando. É o que os caras estão dizendo. Falei para alguns caras que você queria atirar no lugar do Ed e alguns disseram que prefeririam cancelar a brincadeira. Alguns caras não acham que uma aposta em você possa valer alguma coisa. Alguns caras acham melhor ficar em casa até encontrarmos outra pessoa.

Os homens estavam em silêncio, como se fossem os parentes de um morto num velório, ou inspetores.

— Bem — Gasoduto disse, por fim. — Ora, ora, ora. Não vamos culpar ninguém por isso. Será que vamos, Tanner? Será que vamos, filho?

No celeiro de Willis Lister, havia dezenas de pombos. Os pombos ficavam em gaiolas, sobre a sujeira das penas antigas e fezes. O barulho que todas aquelas aves juntas faziam era um gorgolejo coletivo, como um caldo grosso prestes a começar a ferver.

— Dick Clay me disse para não aparecer por lá — Willis Lister explicava para Johnson Gasoduto. — Por conta do Ed. Ele me disse que estavam cancelando o tiro aos pombos por enquanto.

— Veja só — Gasoduto disse —, já entendi isso. Mas achei que o Tanner aqui poderia querer me ver atirando no lugar do pai. O pai de Tanner está no hospital, você sabe.

— Estou sabendo.

— E achei que poderia ser uma coisa especial para o garoto assistir a uns disparos nos pombos. Por conta da grande estima que todos os caras têm pelo velho dele. Achei que ele poderia querer me ver acertando uns pássaros no lugar do pai. Por conta da alta estima que tenho pelo pai dele. E por conta da alta estima que tenho pela mãe dele.

O criador de pombos agachou-se e olhou para Tanner.

— Sinto muito — disse ele —, sinto muito pelo seu pai.
— Willis era um homem velho. Ainda assim, seu rosto era liso e sem marcas, com exceção de uma pequena cicatriz na forma de uma foice, um contraste rosado sobre a bochecha, brilhante como uma lasca de mica.

— Agradeça ao homem. — Gasoduto cutucou Tanner.

— Obrigado — Tanner disse.

Willis continuou agachado.

— Filho — disse ele —, seu cabelo está realmente arrepiado hoje. — Ele tirou um pente do bolso no peito do seu macacão e ofereceu para Tanner.

— Estou legal — Tanner disse.

Willis continuou olhando para ele, esperando.

Tanner disse:

— Já me penteei hoje.

— Mas está arrepiado mesmo. Um menino deve procurar se manter asseado.

— Dormi com o cabelo molhado essa noite. Não dá para ajeitar.

Mas Willis ainda segurava o pente para ele. Gasoduto cutucou Tanner mais uma vez.

— Por que não usa o pente do homem, filho?

Tanner pegou o pente da mão de Willis Lister e passou-o pelo cabelo uma vez e o estendeu de volta.

Gasoduto disse:

— Que tal agradecer ao homem por ter emprestado o pente para você?

— Obrigado, senhor.

— De nada, filho — Willis respondeu. — Não está melhor agora?

Willis levantou-se e encarou Gasoduto.

— Do que você está precisando?

— De pássaros.

— Não tem ninguém lá para apostar, Gasoduto. Não vai ter tiro nenhum hoje.

— Não precisa haver apostas — Gasoduto disse com um sorriso. — Eu só preciso das aves. Vou atirar nelas bem aqui.

Willis não respondeu, e Gasoduto bateu os pés e deu uma gargalhada alta o bastante para que os pombos se alvoroçassem e começassem a arrulhar.

— Ei! Quero dizer, não *aqui*! Não vou atirar nos seus pombos dentro da porra das gaiolas. O garoto não veio aqui para me ver atirando nos bichos dentro de uma gaiola! Vou acertar alguns deles aqui no seu quintal. Só para o garoto ter uma ideia.

— Ele parou de rir, tirou o lenço do bolso e assoou o nariz. Willis olhou para ele e também para Tanner, que estava alisando o cabelo com as duas mãos. Willis olhou para Snipe, que estava lambendo o arame da porta de uma gaiola vazia.

— Quantos? — Willis perguntou. — Quantos pombos para a sua pequena aventura?

Gasoduto colocou o lenço de volta no bolso e pegou a carteira, tirando uma nota de vinte dólares de dentro dela.

— Você me vende quatro pombos por vinte dólares? Dá para fazer isso, Willis?

Willis pareceu aflito.

— Quatro pássaros? O que são quatro pássaros? Eu perco mais aves do que isso para os ratos em uma semana. — Ele virou-se para Tanner. — Quantos pombos você quer matar, filho?

— Eu? — Tanner olhou nervosamente para Gasoduto.

— Eu que vou atirar, Willis — Gasoduto disse. — Vou explicar tudo de novo para você. O ponto é o seguinte: quero que o garoto veja como é que o pai dele faz isso. Quero que o garoto saiba como o pai dele ficou tão famoso.

— Quantos pássaros? — Willis perguntou.
— Eu só preciso matar um, acho.
— Que diabos, Gasoduto, eu posso te *arrumar* um pássaro. Que porra é um pássaro para mim?
Gasoduto olhou para o polegar cuidadosamente.
— O problema é que eu posso precisar de algumas aves até conseguir matar uma...
— Credo, homem!
— Vamos lá, Willis. Já faz um bocado de tempo. Eu posso errar o primeiro pássaro ou coisa assim. — E fez uma pausa. — Sabe, eu costumava ser um demônio com uma espingarda quando...
— Você pode ficar com três aves — Willis interrompeu.
— Eu costumava ser um demônio com uma espingarda na mão.
— Você consegue acertar uma ave em três, não consegue?
— Meu Deus — disse Gasoduto. — Acho melhor que eu consiga, caramba!
Willis foi em direção à gaiola mais próxima, passando por cima de Snipe, que ainda lambia a porta de arame como se ela estivesse coberta de molho. Ele abriu a porta e tirou as aves, uma de cada vez — por um pé, por uma asa —, franzindo o rosto devido à poeira levantada pelo pânico das aves. Enfiou um pombo sob cada braço, como se fossem livros escolares, e entregou um terceiro para Tanner.
— Segure as asas dele para baixo — explicou Willis — para ele não se debater como um bicho possuído pelo capeta.
Tanner seguiu os homens para fora do celeiro, carregando cuidadosamente o pássaro, afastado do corpo, como se fosse algo que pudesse entornar. Ele esperou no campo com Willis, enquanto Gasoduto ia até o caminhão buscar a espingarda. Snipe sentou-se na frente de Willis Lister, que olhava esperançosamente para os pombos.
— O que você acha, cão? — Willis disse. — Você acha que eu tenho um biscoito para você?
Então fizeram silêncio. Tanner sentia-se miseravelmente desconfortável, ali sozinho com Willis Lister. A grama no quintal estava alta e grossa, chegando até o meio das pernas de Tanner, além de úmida. O céu tinha uma cor cinzenta, que podia

significar chuva a qualquer minuto ou chuva nenhuma, por meses. O pombo de Tanner estava quente e viscoso, maior do que a concha de suas duas mãos. Ao lado dele, Willis respirou fundo pela boca, como alguém profundamente adormecido, e depois de um longo tempo disse em voz baixa:

— Acha que tenho um biscoito para você, cachorro? É isso que está pensando?

Johnson Gasoduto voltou com a espingarda e a munição. Ajoelhou-se na grama para carregar e Willis disse:

— Que diabo de munição você está usando? Está planejando matar algum urso por aqui?

Gasoduto olhou para a caixa e não respondeu.

— Isso não é para pombos, homem. Se acertar um pássaro com um negócio desses, vai ter sorte se encontrar alguma coisa do desgraçado. Assim você vai explodir o bicho em pedacinhos.

Gasoduto carregou a espingarda e se levantou.

— Você realmente pretende atirar com essas granadas de mão? — Willis perguntou.

— Quer saber de uma coisa? — Gasoduto respondeu. — Honestamente não dou a mínima para o tipo de cartucho que estou usando. Acho que só quero matar esses pombos e ir para casa.

Posicionou a arma no ombro, esperando.

— Sabe o que rapazes como você fazem no tiro ao pombo? — Willis perguntou para Tanner. — Tem sempre um trabalho por lá para um garoto da sua idade. Você acha que dá conta de um trabalho de garoto?

— Claro — Tanner prontificou-se sem ter ideia do que se tratava.

— Esse é o trabalho dos garotos: você espera o atirador derrubar o pássaro do céu. Então, vai atrás do pássaro, e, se não estiver morto, deve matá-lo. Basta uma torção do pescoço e pronto. Acha que dá conta desse trabalho fácil?

Tanner olhou para o pássaro gordo nas mãos.

— Esse é o trabalho dos garotos — disse Willis. — Muito bem. Fique atrás do homem, filho, ou então ele pode estourar os seus miolos com esses tiros de merda.

Tanner afastou-se para trás.

— Muito bem — Willis disse —, vamos lá.

Willis tirou um dos pombos de debaixo do braço e jogou-o para o ar. O pássaro agitou-se indeciso sobre suas cabeças.

— Espere um pouco — Willis disse para Gasoduto. — Deixa ele subir mais um pouco.

O pássaro voou. Voou para longe e afastou-se deles, direto para as árvores no fundo do quintal. Gasoduto atirou uma vez, uma enorme explosão que o jogou para trás, quase caindo em cima de Tanner. O pássaro continuou voando e se escondeu nas árvores. Willis, ainda com o segundo pombo nas mãos, olhou para Gasoduto, que estava sentado no capim molhado, esfregando o ombro.

— Muito bem — Willis disse. — Pronto?

— Essa arma dá um coice e tanto — Gasoduto disse. — Joga um homem de bunda no chão.

— São os cartuchos — Willis disse. — Firme-se melhor. Pronto?

Gasoduto se levantou e ergueu a arma. Willis jogou a segunda ave para cima e ela voou na mesma direção que o primeiro.

— Agora! — Willis gritou.

Gasoduto atirou, errou, disparou outra vez e errou de novo. Eles observaram o pombo seguir para as árvores e desaparecer. Snipe deitou-se aos pés de Tanner, gemendo, insatisfeito por causa do barulho. Willis Lister olhou para o fundo do campo.

— Deixa eu te perguntar uma coisa — Gasoduto disse. — Esses pássaros vão acabar voltando para o seu celeiro, não vão? Provavelmente, não é? Não quero que você perca dois belos pombos à toa.

Willis virou-se para Tanner.

— Quando eu falar, quero que você jogue esse seu pombo para cima. Sem muita força. Pronto? Agora! Vai!

Tanner abriu as mãos e ergueu-as. O pássaro se mexeu ligeiramente, mas continuou no mesmo lugar.

— Vai — ele sussurrou.

Tanner sacudiu as mãos e o pombo caiu para a frente, de suas palmas abertas. Voou brevemente e pousou sobre uma pedra na frente de Willis Lister.

— Xô! — Willis abanou o chapéu para o pássaro. — Xô!

O pássaro voou mais alguns metros e aterrissou na grama. Willis praguejou e foi pegá-lo.

— Está doente — disse, e entregou-o para Tanner. — Vai lá pegar um outro. Coloque esse numa gaiola vazia.

Tanner caminhou de volta para o celeiro levando o pássaro molhado e pesado. Achou uma gaiola vazia. O pássaro, quando caiu ali dentro, permaneceu imóvel, de costas para Tanner. Ele fechou a porta de arame, ainda úmida das lambidas de Snipe. Nas outras gaiolas, os pombos movimentavam-se de um lado para outro, tropeçando e se empurrando para se acomodarem melhor. Achou a gaiola com o menor número de aves, e, colocando a mão lentamente dentro dela, segurou um pela pata. O pombo debateu-se terrivelmente e ele o soltou. Fechou os olhos, enfiou a mão novamente, agarrou uma asa e puxou o pombo para fora. Saiu correndo com o pássaro se debatendo dentro do casaco, como se tivesse roubado e estivesse sendo perseguido.

Johnson Gasoduto e Willis Lister observaram-no chegando e, quando Tanner parou diante deles, Gasoduto disse:

— Bom garoto. — E Willis pegou o pássaro.

— Pronto? — Willis perguntou e jogou o pombo para longe deles. A ave circulou e depois saiu voando.

— Agora — Willis disse. — Agora!

Gasoduto deu um tiro e o pássaro caiu. Direto na grama. Snipe disparou atrás da ave e encontrou-a quase que por acidente ao passar sobre ela. O pombo ainda estava vivo. Não tinha caído longe deles. Caminharam até ele rapidamente. Tinha perdido uma asa.

— Pegue-o — disse Willis Lister. Não para Gasoduto. Nem para o Snipe. Mas para Tanner.

— Vai lá e pegue-o — disse. — Basta uma torção no pescoço para dar cabo dele. — Tanner não respondeu, tampouco se mexeu.

Gasoduto disse:

— Mas o seu *pai*, ele podia derrubar até vinte dessas aves, uma atrás da outra, simples assim. Já imaginou uma coisa dessas?

— Meu Deus. — Willis Lister disse, e agachou-se ao lado do pássaro. Levantou a ave apenas o suficiente para colocar as mãos em volta do pescoço dela e torcê-lo, e, quando fez isso, o pássaro se revirou, um pequeno movimento em busca de conforto ou resistência, e morreu. Willis largou o pássaro no chão.

— Fique longe da porra desse bicho — disse para Snipe, e limpou as mãos no macacão.

Eles caminharam de volta para a caminhonete.

Gasoduto disse:

— Se eu tivesse errado essa última ave, ia começar a mirar na porra da parede do celeiro. Ia ver se pelo menos eu acertava o diabo da lateral de um celeiro! Ha!

— Cuidado com a arma — disse Willis abruptamente para Gasoduto. — Não vá detonar a droga da sua perna feito um idiota.

— Já foi tempo de eu ser bom de tiro. — Gasoduto riu. — Claro que isso já tem mais de vinte anos. Pode ser que naquela época eu também ruim pra cacete e simplesmente me esqueci disso. Ha!

Willis Lister falou com Tanner sem olhar para ele.

— No tiro ao pombo — disse sem alterar a voz — quando um homem derruba um pássaro, é sempre um garoto que torce o pescoço dele.

Tanner assentiu.

— Esse é o trabalho dos garotos — disse Willis. — Sempre foi o trabalho dos garotos.

— Que tal uma cerveja? — Gasoduto Johnson perguntou para Willis.

— Não.

— E você, Tanner? Topa um refrigerante?

— Leve o garoto para casa — Willis disse. — Também não tem ninguém aqui a fim de refrigerante.

O vestido que Diane Rogers tinha usado de manhã estava pendurado sobre a pia da cozinha, recém-lavado, quando Gasoduto Johnson voltou com Tanner. Era um vestido de algodão grosso e pingava ininterruptamente nos pratos sob ele, como se estivesse derretendo. Ela tinha vestido uma calça comprida. Olhou para Gasoduto enquanto ele se sentava à mesa, com Snipe a seus pés.

— Conte para a sua mãe o bom de tiro que eu sou — Gasoduto disse para Tanner.

— Bom de *lábia* — Diane o corrigiu.

— Vamos lá, Diane. Foi uma bela coisa de se ver.

— Você ganhou algum dinheiro?

— Eu não estava apostando. Estava atirando.

— Estava perguntando para Tanner.

— Eu não estava apostando — Tanner disse.

— Melhor para você.

— Não tinha ninguém apostando — Gasoduto disse. — Nem tinha ninguém lá. Por respeito ao Ed. — Gasoduto inclinou-se para a frente e apontou para Diane. — Por *respeito*. Cancelaram por uma questão de respeito ao homem.

Olharam-se com uma expressão séria. E então Diane deu uma risada. Foi até a geladeira e pegou cervejas para ela e para Gasoduto. Pegou um copo de suco para Tanner.

— Mas que porcaria de atirador é você, afinal? — ela perguntou.

— Sou dos bons. Acertamos os nossos tiros por lá.

— Onde?

— Willis Lister nos deu três aves.

— Quatro — Tanner disse.

— Certo. — Gasoduto deu de ombros. — Atiramos em quatro aves.

— Três — disse Tanner. — Uma delas estava muito doente.

— E atiraram nos bichos só para se distrair? — Diane perguntou.

— E para que seu filho pudesse ver o que o pai dele faz.

— Um pássaro morreu — Tanner disse.

Gasoduto abriu sua cerveja, torcendo a tampa com um pedaço da camisa aberto na palma da mão. Colocou a tampinha no bolso.

— Diane? Você alguma vez já disse para Tanner que Willis Lister é seu primo?

— Não — ela disse. — Quando eu era pequena, minha mãe costumava dizer: "Não deixe seu primo Willis te beijar. Trate de me contar se ele tentar tocar em você."

— Isso não é verdade.

— Meu querido — disse Diane —, você com certeza não estava lá.

— Poderia ter estado.

— Não quero falar sobre Willis Lister.

— Tanner? — Gasoduto chamou. — Já te contei que sua mãe foi a primeira garota que eu beijei?

— Não — Diane disse. — E não volte a falar sobre isso com ele.

— Ha! — Gasoduto riu e bateu tão forte na mesa que o suco de Tanner agitou-se no copo.

— Você está namorando atualmente? — Diane perguntou. — Alguma pobre coitada?

— Sim, estou.

— Loura?

— Morena.

— Morena?

— Cabelo castanho.

— Olhos azuis?

— Castanhos.

— Bem. Não costuma ser seu gosto, Gasoduto.

— Pele morena, também.

— Imagine só.

— Ela é bem morena mesmo.

— Bem. — Diane deu um longo gole na cerveja. — Parece ser bonita. — Os dois deram uma risada.

— Dá para o gasto — Gasoduto disse. — Mas não é você.

— Nem eu dou mais. Não atualmente. Estou velha demais.

— Isso não é verdade. É uma mentira da grossa. É sempre bom estar perto de você, Diane. Sempre foi bom conversar com você.

— Sei — Diane disse. — Andou economizando algum dinheiro?

— Cinco mil dólares no banco.

— Agora, agora?

— Bem ali, esperando por mim.

— Você devia ao Ed exatamente isso no inverno passado.

— Sim, devia mesmo.

— Não sei, não. Me parece que um homem que deve cinco mil dólares num minuto e no minuto seguinte tem cinco mil dólares não economizou esse dinheiro de verdade. Apenas ainda não o gastou.

— Pode ser — Gasoduto disse.

— Não vá gastar tudo com essa garota.

— Que isso, Diane!

— Eu te conheço.

— É o que eu espero, né.

— Ela te chama de Gasoduto?

— Ela me chama de Leonard. Lee-o-nard... — Gasoduto arrastou seu nome em três longas sílabas.

— Quantos anos ela tem?

— Vinte — Gasoduto respondeu sem pestanejar. Diante do silêncio de Diane, acrescentou:

— Vinte e um na semana que vem.

Gasoduto esperou e completou:

— Na próxima quinta-feira, na verdade. Sim, senhor. Os belos vinte e um anos.

Diane se sentou sobre um dos pés e perguntou:

— Qual é o nome dela, Gasoduto?

Um segundo se passou.

— Donna — ele respondeu.

Diane não disse nada.

— Vai ter uma grande festa para ela, na verdade — Gasoduto prosseguiu. — Para ela e os amigos. Os amiguinhos da escola. Diacho, você sabe como são as meninas.

— Gasoduto — Diane disse gentilmente. — Todas as suas mentiras estão seguras comigo.

— Diane... — ele disse, mas ela cortou-lhe a palavra com um gesto discreto e elegante. Uma autoridade do silêncio.

Ficaram sem falar. O jovem Tanner Rogers estava sentado com um pé em cima da cadeira o tempo todo e tinha desamarrado o cadarço das botas molhadas. Praticava nós com os cadarços curtos e úmidos de couro cru. Eram curtos demais para nós complicados, mas ele repetia um nó simples de três etapas: o coelho dá a volta na árvore, entra na toca e um puxão rápido e apertado. Diane olhou para as mãos do filho, trabalhando. Ela se levantou e foi pegar uma faca de descascar legumes. Quando sentou de volta, abriu a própria mão sobre a mesa, com a palma para cima.

— Me dê essa pata suja — disse ela.

Tanner estendeu a mão direita para a mãe. Ela segurou-a com total confiança. Com a faca, cavucou sobre a unha do polegar com a firmeza necessária (protegendo a pele rosada sob a unha) para retirar uma linha fina e frágil de terra marrom. Esfregou a faca no joelho e, em seguida, limpou as unhas seguintes, uma a uma. Johnson Gasoduto observava. E Tanner olhava também, ainda sentado, com a mão esquerda se movendo sobre o nó que tinha feito, um nó desportivo, um nó simples, que resistiria pelo tempo que fosse necessário, mas que também poderia ser desfeito com um puxão rápido, em caso de emergência ou quando já não fosse mais necessário.

Tall Folks

Nos bons tempos em que o Ruddy Nut Hut ficava do outro lado da rua, em frente ao Tall Folks Tavern, havia um ir e vir contínuo de bêbados de um bar para o outro, todas as noites. Era como se os dois fossem um só, estranhamente separados pelas quatro pistas rápidas da First Avenue.

  Ellen era a proprietária do Tall Folks Tavern, e o Ruddy Nut Hut pertencia ao marido dela, Tommy. Tinham sido casados por quinze anos, estavam separados havia treze, não dormiam juntos havia dois, e não tinham qualquer interesse em especial pela política do divórcio. Tommy era um bêbado fenomenal. Era impossível ser chutado para fora do bar dele, nem se a pessoa se metesse em brigas, ou se caísse de bêbada, ou se não tivesse grana ou se fosse menor de idade. Tommy era conhecido por permitir de tudo ali. Ellen, por suas famosas atendentes. Nem todas as atendentes eram lindas, mas várias delas impressionavam. Algumas tinham seus próprios apelos especiais, tais como a simpatia imediata, grande inteligência ou a dose certa de alcoolismo para confortar os fregueses. Ellen mantinha sempre uma garçonete que fosse boa com os nomes, como uma garantia de hospitalidade, e sempre havia uma que não era lá essas coisas, porque também existem aqueles que apreciam isso. Tem gente que adora uma garota malvada que chama os gordos de "magrinhos" e joga os bêbados mais asquerosos para fora, com as próprias mãos. Se não fosse de alguma maneira possível se apaixonar por uma garota em cinco minutos, Ellen não a contratava. Estava indo muito bem desse jeito, agenciando esses amores particulares e necessários. E Tommy também vinha fazendo um bom trabalho.

  No Ruddy Nut Hut havia uma máquina de pinball e um jogo de dardos. O Tall Folks Tavern tinha uma mesa de bilhar. Algumas noites, um tinha papel higiênico ou cigarros, e o outro não. E nos verões quentes, os bêbados atravessavam aquele trecho da avenida como se fosse o quintal da casa de alguém, como se os carros em movimento fossem tão inofensivos quanto as gangorras ou caixas de areia num parquinho, como se os dois bares não passassem de piqueniques entre vizinhos, como em qualquer condomínio fora da cidade.

Mas Tommy ficou sem pagar o aluguel por oito meses e o Ruddy Nut Hut fechou. Durante todo aquele outono, os clientes de Ellen largavam suas bebidas e saíam do bar para respirar ar puro, davam uma caminhada e entravam novamente, apressados, inquietos e irritados.

Em dezembro, o Ruddy Nut reabriu com um cartaz feito à mão que dizia: TOPLESS DO WALTER. A janela da frente foi pintada de preto e uma placa pendurada sobre ela dizia: "As mais belas mulheres do mundo." Na porta, havia uma placa menor na qual se lia: "As mulheres mais belas do mundo", e a última e menor placa, que quase não passava de um bilhete, explicava que o Topless do Walter abriria todos os dias da semana. Ao meio-dia.

Ellen tinha um sobrinho chamado Al. Ela o tinha contratado para ser seu encanador, o que significava que ele era o encarregado de retirar pedaços podres de limão dos ralos das pias e recolocar as privadas que alguns rapazes às vezes arrancavam da parede do banheiro, ao comemorar alguma grande façanha na mesa de bilhar. Al era agradável de se olhar e tinha uma conversa fácil. Se fosse uma garota, teria sido uma atendente perfeita do Tall Folks Tavern. Teria sido o tipo de rosto bonito que enlouquece os rapazes do norte, e Ellen teria lhe dado as happy hours das quintas-feiras. Se Al fosse uma garota trabalhando nas happy hours das quintas-feiras, os carpinteiros e caminhoneiros apareceriam por lá todas as semanas e o encheriam de gorjetas gordas por ser uma garota tão linda. Depois que Tommy foi embora, Ellen passava a maior parte do tempo com Al, e foi com Al que ela finalmente atravessou a rua para ir conferir o Topless do Walter.

Ao entrar lá naquela noite, Ellen reconheceu todo mundo que bebia no bar.

— É tudo gente minha — disse para Al.

— E do Tommy.

— O Tommy já não pode mais reivindicar nenhum deles, não é?

O lugar ainda se parecia com o Ruddy Nut Hut, a não ser pelo sumiço das máquinas de pinball, substituídas por um pequeno palco com um grande espelho atrás e um anteparo comprido na frente. Havia uma stripper dançando — uma menina magra com os joelhos mais grossos do que as coxas e quadris esquálidos como os de uma roqueira drogada. Ellen também a conhecia.

— Essa aí é a Amber doidona — disse ela.

Amber sorriu para Al e sacudiu os seios para ele. Seus peitos não passavam de mamilos sobre as costelas. Al sorriu de volta.

— Ela é apavorante — ele disse.

— Ela costumava aparecer no meu bar todos os dias para beber rum com Coca-Cola — disse Ellen. — Tentei pegá-la se picando no banheiro, mas sempre que eu ia lá, ela estava só escovando os dentes.

— Isso é quase pior.

— Quase.

— Você devia colocar luzes azuis nos banheiros. É o que fazem nas lanchonetes. Os viciados não enxergam as veias e não conseguem se picar.

— Isso me parece um pouco cruel.

— Eu gosto de luzes azuis — Al disse. — Em um quarto iluminado com luz azul não dá para ver as minhas bolas.

— Para com isso — disse Ellen. — Larga de ser mentiroso.

Havia uma garota atrás do bar com um traje de banho escuro. Ellen não a conhecia. Tinha cabelos pretos, cuidadosamente repartidos ao meio, e a roupa de banho era de peça única, desbotada, com elásticos frouxos e alças largas.

— Ela parece alguém que deveria estar usando sandálias de dedo — disse Al.

Havia um homem atrás do bar com ela, e quando virou o rosto para eles, Ellen o reconheceu:

— Walter?

Carregava uma caixa de cerveja, que trouxe e colocou sobre o bar, na frente de Al. Tinha uma barba longa, rala e grisalha, como a dos profetas ou dos mendigos.

— Oi, Helen — cumprimentou.
— Ellen — ela o corrigiu. Walter não disse nada.
— Não me diga que esse bar é seu agora, Walter.
Walter continuou sem dizer nada.
— Que diabos você está fazendo com um lugar desses? Ninguém me disse que isso agora era seu.
— É o que diz a placa.
— Mas eu não sabia que o Walter era você.
— Está vendo algum outro Walter?
— Meu nome é Al — Al apresentou-se. — Sou sobrinho da Ellen.

Os dois homens apertaram-se as mãos sobre a caixa de cerveja que havia entre eles.

— Walter — Ellen disse —, não sei se entendi o nome do lugar. Você devia pelo menos chamá-lo de *Bar* de Topless do Walter. Topless do Walter parece um anúncio. Parece que é você quem está de topless.

— É um anúncio.

— Parece que sim. — Ellen olhou ao redor. — Tommy não me contou que tinha vendido para você.

— Foi para mim mesmo.

— Só estou surpresa.

— Não sei por quê. A placa é bastante explícita.

— Walter — Ellen disse —, cá entre nós, eu sempre achei que você fosse amish.

Al riu, e Ellen também.

— Vou te dar uma bebida por conta da casa — disse Walter. — E uma para o seu sobrinho.

— Obrigado, senhor — Al disse.

— Vamos tomar duas cervejas e um bom uísque — Ellen disse. — Obrigada.

Walter pegou duas garrafas da caixa e tirou um abridor pendurado por uma corrente de dentro da camisa, como se fosse um enorme crucifixo. Abriu as cervejas, que não estavam muito geladas, e colocou-as diante de Al e Ellen.

Walter foi para a ponta do balcão buscar o uísque e Al disse:

— Fazia doze anos que eu não chamava ninguém de senhor.

— O Walter não pode tocar um bar de strippers — Ellen sibilou. — Ele odeia mulheres. Sequer aparecia no meu bar porque detestava as mulheres atendendo no balcão. Minha nossa, que piada de mau gosto.

Walter voltou com duas doses de uísque. Ellen bebeu a dela e colocou o copo de cabeça para baixo sobre o balcão. Al cheirou o seu e colocou-o na sua frente, cuidadosamente.

— Quem é a sua atendente? — Ellen perguntou.

— Rose — Walter respondeu. — Minha filha.

Walter e Ellen entreolharam-se, em silêncio.

— Uau — Al disse. — Eu estava pensando em pedir um emprego, mas provavelmente ela vai ficar por aqui, suponho.

— Tenho três filhas — Walter disse, ainda olhando para Ellen. — Todas trabalham aqui.

— Você vai beber isso aí? — Ellen perguntou para Al, e quando ele negou com a cabeça, ela entornou o uísque dele também, colocando o copo vazio ao lado do primeiro. — Isso é o mais engraçado, Walter — disse ela. — É muito engraçado que Tommy não tenha me contado que era você. Mas, boa sorte e tudo o mais, né? — Ellen tirou uma nota de vinte dólares do bolso e colocou sob a garrafa de cerveja. — E faça o favor de fazer com que Rose nos trate bem por aqui — disse ela, e Walter afastou-se.

No palco, a Amber doidona concluiu seu número. Estava sentada no chão, abotoando uma camisa masculina de mangas compridas. Parecia diminuta como uma estudante no final do ensino médio. Walter trocou a fita, ajustou o volume e outra garota saiu do porão para subir no palco. Era ruiva, usava uma trança que saía do alto da cabeça e, sem maiores preliminares, arrancou o sutiã e começou a se mover levemente sobre as pontas dos pés, como se estivesse se aquecendo para correr.

— Não temos como competir com todos esses peitinhos — Ellen disse.

— Claro que temos.

— Isso é uma coisa muito idiota. Por que alguém atravessaria a rua para ver uma coisa dessas?

— Não vão — Al disse.

— Mas se tudo o que eles querem é ver os velhos e bons peitinhos, não temos como competir.

— A Polly tira a blusa, às vezes — Al disse.
— É, mas só depois de ter bebido todas. Aí, começa a chorar e todo mundo se sente mal. Não é a mesma coisa. Além disso, a Polly só trabalha nas noites de segunda.
— Você está certa.
— E se o Walter tentar contratar minhas atendentes para dançar aqui?
— Elas não vêm — Al disse.
— Se alguém convencesse a Polly a tirar a blusa, de um jeito que ela parecesse estar gostando... ia ficar interessante, não?
— Acho até que pagariam para ver — disse Al.
Ellen acenou para um homem grandalhão que entrava no bar, e ele veio se sentar ao lado dela.
— Dennis Cabeção — ela disse. — Bom te ver!
Dennis Cabeção beijou Ellen e pediu uma cerveja para ele e um uísque para ela. Ela deu uma batidinha na cabeça dele e sorriu. Dennis Cabeção tinha a cabeça larga e desbotada como um boia velha. Os olhos eram afastados um do outro, com a tendência a oscilar aleatoriamente para os lados, como se vigiassem todos os cantos continuamente. Cheirava a talco de bebê e cuspe, mas era inteligente o suficiente para fazer um negócio com computadores que talvez só umas duas outras pessoas no mundo sabiam fazer, e era bem pago para isso.
— Sabia que isso aqui agora é do Walter? — Ellen lhe perguntou.
— Acabei de saber.
— Sempre achei que ele fosse amish — Ellen disse.
— E eu sempre achei que ele fosse amigo de Jesus — disse Dennis Cabeção.
Ellen riu.
— Lembra do Willy? Irmão do Walter?
Dennis Cabeção revirou os olhos.
Ellen disse:
— Willy conseguia colocar o punho inteiro dentro da boca, lembra?
— Ele enfiou a porra do punho dele na minha boca algumas vezes.
— Não conheço esse cara — Al disse.

— Você saberia quem é se o visse — disse Dennis Cabeção. — Seria o cara que vai batendo a cabeça de alguém contra uma caçamba de lixo. E falando bem alto.

— Ele era um falastrão dos diabos — Ellen disse. — Ouvir Willy contar uma história era como ficar engarrafado atrás de um caminhão subindo um morro. Se fosse para alguém daquela família abrir a porra de um bar de strippers, era para ser aquela besta do Willy, não o Walter.

Dennis Cabeção tirou uma nota de um dólar de um bolo de dinheiro trocado e subiu no palco. Entregou o dólar para a dançarina ruiva. Disse algo quando ela pegou o dinheiro e ela riu. Ellen pediu mais duas cervejas, e quando Rose trouxe as garrafas, Ellen perguntou:

— O que normalmente eles dizem para as meninas quando lhes dão dinheiro assim?

Rose deu de ombros e se afastou.

— Não dá para fazer essa garota calar a boca — Ellen disse. — Igual ao tio dela, o Willy.

— Normalmente, dizem que são bonitas — disse Al. — Que ela é uma ótima dançarina ou alguma coisa assim.

— Isso é gentil.

— Você já foi stripper. Lembra como é.

— Não num lugar assim — Ellen disse. — Não profissionalmente. Só no início, no Tall Folks. Só para atrair as pessoas. — Ellen deu um gole do uísque. — Funcionou, essa é a verdade. Algumas ainda nem saíram de lá. Na verdade, alguns desses caras estão aqui agora. Mas não me lembro de uma única vez em que algum tenha me dado dinheiro.

— Como vai indo o meu garoto Tommy? — alguém atrás de Al perguntou. Ellen olhou por sobre o ombro do sobrinho e sorriu.

— Oi, James.

— Olá, Ellie.

— Por onde tem andado, James? Sentimos sua falta.

James acenou para o palco. Havia outra dançarina lá agora, uma negra alta se remexendo de olhos fechados. Todos ficaram olhando para ela por um tempo. Ela se balançava sem parar, lentamente, como se tivesse se esquecido de onde estava, achando que talvez estivesse sozinha. Eles a observaram por algum tempo e tudo o que ela fazia era se mover sinuosamente, mas ninguém tinha pressa alguma de olhar para qualquer outra coisa. A garota ruiva juntou suas coisas e cruzou o palco por trás da dançarina sinuosa.

— Meu Deus do céu — James disse. — Olha só para isso!

— Qual "isso"? — Al perguntou.

— Tudo isso! Por todo lado! — James sorriu. Faltava-lhe um dente na frente, perdido numa noite em que Tommy caiu em cima dele e James deu com a boca no chão.

— Eles deixam você cantar aqui? — Ellen perguntou.

James negou com a cabeça. Ele costumava ir ao Tall Folks Tavern e ficar sob a luz ao lado da máquina de cigarro para cantar. Ellen baixava o volume da jukebox e botava ordem no circo para que fizessem algum silêncio, e todos ouviam James. Ele costumava se vestir para a ocasião, um terno bacana, meias sociais e sandálias. Parecia o Nat King Cole, mas cantava melhor. A luz sobre a máquina de cigarro deixava o seu rosto sob uma sombra perfeita. As pessoas costumavam chorar. Até mesmo quem estava sóbrio costumava chorar.

— Como vai indo o meu amigo Tommy? — James perguntou novamente.

— Está tão gordo que nem dá para acreditar.

— Sempre foi um homem grande.

— Agora está parecendo um sapo. Mas ainda bebe como um peixe.

— Como um peixe-sapo — Al completou, e James riu e o abraçou. James vestia um casaco de couro que mais parecia ter sido feito com restos de estofamentos de carros. Retalhos marrom, cinza e marrom-escuro.

— Sinto muita falta dele — James disse.

— E nós sentimos falta de você — Ellen respondeu.

— Só uma passadinha. Para matar o tempo. — James fez um gesto com a cabeça para a dançarina sinuosa no palco.

— Nós ainda temos as garotas do outro lado da rua, querido — disse Ellen.

James sequer mexeu a cabeça dessa vez, e Ellen sussurrou no ouvido de Al:

— Quero meu pessoal de volta.

Ele apertou a mão dela.

Ellen se levantou e foi ao banheiro, que parecia o mesmo de sempre. Acima da privada, ainda estava escrito: "Eu comi a tua mãe", e, com uma caneta diferente, embaixo: "Vai pra casa, pai. Você tá bêbado."

Ellen passou batom e lavou as mãos sem sabonete ou toalhas de papel, como estava acostumada. Debaixo do espelho, havia a pichação mais antiga do lugar, uma piada com uns dez anos. "As três coisas de que mais gostamos no Tommy", dizia. "1) Ele não está aqui." A lista não continuava com os números dois e três.

— Ha! — Ellen soltou em voz alta.

Ficou no banheiro por um longo tempo, ignorando algumas batidas discretas e um murro mais apressado na porta. Quando finalmente saiu, a menina de cabelo escuro muito bem-penteado ao meio estava do lado de fora. Sorriram uma para a outra.

— Rose — Ellen disse.

— Eu sou a Sandy. Rose é a minha irmã.

— Vocês parecem ser irmãs.

— Todas nós trabalhamos aqui.

— Já me falaram isso. É tipo um negócio familiar, como um armazém — disse Ellen, e, como Sandy não respondeu, ela acrescentou:

— Eu sou Ellen.

— Eu sei.

As duas mulheres se entreolharam. Sandy vestia um maiô como o de Rose, mas usava shorts.

— Como vão os negócios?

— Ótimos — Sandy disse. — E os seus?

— Ótimos — Ellen mentiu.

— Que bom. — Sandy sorriu. — Isso é muito bom mesmo.

— Você estava esperando o banheiro vagar?

— Não, só estava por aqui.

— Conhece o meu sobrinho, Al? — Ellen apontou para o bar. — É o cara mais gatinho por aqui.

— É mesmo, com toda a certeza — Sandy disse.

— Ele me disse outro dia que é apaixonado por mim desde que era pequeno e eu o empurrava por aí no carrinho de bebê.

— Nossa.
— Os caras se apaixonam pelas garotas aqui nesse bar?
— Sei lá. Provavelmente.
— Não, acho que não — Ellen disse. — Acho que só gostam de olhar.
— Não creio que isso faça alguma diferença — Sandy disse.
— Seu pai nem mesmo gosta de garotas. Me desculpe por dizer isso.
— Ele gosta da gente.
— De você e suas irmás?
— Sim.
— Ele gosta da Amber doidona?
Sandy deu uma risada.
— Não ria da Amber. Ela é um doce. Veio da Flórida, pobrezinha... É até difícil falar — disse Ellen. — Eu tive uma atendente, Catherine, que andava de um jeito diferente. O pessoal vinha para o meu bar nos turnos dela só para vê-la andando de um lado para outro. Mas não o seu pai. Ele nunca gostou do meu bar.
— Você gosta desse bar? — Sandy perguntou, com um sorriso.
— Olha, Sandy. Vou te dizer uma coisa — Ellen respondeu. — Não muito, sabe?
— Claro — Sandy disse. — Acho que vou entrar aí agora — ela apontou para o banheiro, e Ellen saiu do caminho.
— Claro — Ellen disse.
Ellen voltou para perto de Al e pediu mais uísque para os dois. Dennis Cabeção ainda estava lá e James, com seu casaco de estofamento de carro, também, conversando com a Amber doidona.
— Não gosto daqui — Ellen disse para Al. — Quem é que vem a um lugar desses?
— Eu também não — Amber disse. Ela estava comendo um sanduíche que tirou de uma daquelas caixas de isopor pequenas, usadas para carregar meia dúzia de latas de cerveja ou órgãos frescos para transplantes. Bebia o que parecia ser o resto de uma mistura de rum e Coca-Cola. — Esse é o pior lugar de todos.

— Ninguém ama ninguém aqui — Ellen disse, e Al pegou a mão dela e apertou. Ela o beijou no pescoço.

— Ele é muito fofo — Amber disse.

— Lembra daquela atendente que trabalhava lá contigo? A Victoria? — James perguntou a Ellen. — Ela era uma danada, aquela garota.

— Trabalhava nas noites de quarta — Al disse.

— Nas de terça — James disse. — Pode confiar.

— Você está certo. — Al concordou. — Era na terça.

— Meu Deus, sinto saudades daquela garota.

— Ela era uma ótima atendente — Ellen disse.

— Aqueles eram os bons e velhos tempos. A gente chamava de Período Victoriano, lembram? Quando a Victoria ainda trabalhava lá.

— É isso aí, James.

— Contrate aquela garota de volta. É disso que todos nós precisamos.

— Não dá.

— O Tall Folks era um lugar sagrado naquela época. A gente bebia nas mãos daquela garota.

— Ela agora tem filhos na escola — Ellen disse.

— Não se fazem mais garotas assim. Essa é a verdade.

— Estão sempre fazendo garotas assim — Ellen disse. — Não param de fazê-las, e uma delas está do outro lado da rua, no meu bar, agora mesmo, se você estiver a fim de uma menina incrível.

— Quem? — Al perguntou. — A Maddy? A Maddy não. Nem um pouco.

— Eu não bebo desse jeito o tempo todo — Amber doidona disse de repente. — Quer saber? Tem época em que eu fico duas semanas sem beber.

Todos então ficaram em silêncio, olhando para Amber.

— Que bom, meu anjo — Ellen disse. — Isso é ótimo. Muito bem.

— Com certeza — Amber disse. — Sem problemas.

Atrás do bar, Walter trocava a fita de novo e uma nova dançarina subiu no palco.

— Uau! — Al disse.

— Tô sabendo, garotão — James disse. — Nem precisa me falar.

Era loura, mas não era natural, as sobrancelhas eram escuras e o cabelo curto, bem-penteado contra o rosto redondo. Usava meias arrastão e cintas-liga, sapatos pesados estilo anos 1940 de salto agulha, e um baby-doll rosa antigo, amarrado na frente. Mascava chiclete e, quando a música começou, olhou para Al e soprou uma bola.

— Ai, meu Deus — ele disse.

— Essa garota é uma *pin-up* — Dennis Cabeção disse.

Dançou algum tempo coberta pelo penhoar, depois, deixou-o deslizar e o enroscou graciosamente a seus pés. Ergueu-se voltada para o bar, com os seios nus, os mamilos eram pequenos e perfeitos, como se fossem a decoração de um bolo.

— Ela é bonita — Ellen sussurrou para Al.

— Ellen — ele respondeu —, eu comeria essa garota de colheradas. De verdade.

— Ela é um belo pedaço de torta, não é mesmo? — Ellen disse.

A torta, na verdade, tinha seu número preparado. Mexia a bola de chiclete e as meias, e também seus pequenos braços corados. Movimentava os sapatos enormes, a barriga e o quadril. Atraiu a atenção de todos os presentes.

— Sabe como me sinto? — Ellen perguntou para Al. — Como se estivesse olhando um doce, sabe? Na vitrine de uma confeitaria.

— Nham-nham — Al disse gravemente.

— Dava para derreter uma fatia de queijo em cima dela.

— Sabe aqueles bolinhos recheados que você compra na padaria? — Al perguntou. — Sabe quando você os morde, eles explodem e o creme pula para fora?

— Claro.

— Ela saiu de dentro de um desses bolinhos.

A torta recheada dançava diante do espelho, se olhando. Ela colocou as mãos sobre as mãos refletidas e beijou o próprio reflexo na boca.

— É disso que se fala quando o assunto é um bar de strippers — Dennis Cabeção disse. — Espelhos melados.

— Sabe o que ela está deixando naquele espelho? — Al perguntou. — Manteiga derretida.

— Não é batom o que ela tem na boca — Ellen disse. — É uma cobertura de bolo.

Al deu uma risada e puxou Ellen, que passou o braço pelos ombros dele.

— Você devia dar um dinheiro para ela — ele disse.

— De jeito nenhum.

— Seria simpático. Eu vou com você. Ela vai gostar. Vai achar que somos casados e que nossa terapeuta nos mandou vir aqui, para melhorar o sexo.

— Ela vai querer saber que truque eu usei para convencer um cara de vinte e dois anos a se casar comigo.

Ellen enfiou o rosto no pescoço de Al, que estava quente e salgado. Dennis Cabeção foi até o palco, inclinou-se sobre o parapeito, como se estivesse numa varanda ou na amurada de um navio de cruzeiro, como se a vista dali fosse maravilhosa e vasta, como se ele fosse um homem que soubesse ter prazer na vida. Tirou notas de um dólar do bolso, uma de cada vez, e segurou-as delicadamente entre os dedos médio e anular. A torta recheada deu um jeito de receber o dinheiro sem interromper a coreografia e conseguiu enfiar cada nota de um dólar em suas ligas, como se fossem um pedaço de papel com um número de telefone para o qual ela pretendia ligar mais tarde. Diante de Dennis Cabeção, ela parecia ligeiramente miniaturizada, um perfeito modelo em escala de si mesma.

— Ele vai ficar lá enquanto tiver dinheiro, não vai? — Ellen perguntou.

— Ela é a mais querida — Amber doidona disse. — Adoro ela.

A torta inclinou-se e pegou a enorme cabeça de Dennis entre as mãos. Beijou-o uma vez sobre cada sobrancelha.

— Sou louco por essa garota — James disse.

— Eu também — Al disse.

— Eu amo essa garota — Ellen disse. — Também sou louca por ela.

Ellen deu o último gole no scotch e disse:

— Bem, essas são más notícias para mim. Esse lugar realmente é uma má notícia, não é? — Ela sorriu para Al e ele a beijou, com sua boca bonita e embriagada. Era mais o tipo de beijo que as tias ganham. Ele a beijou como se planejasse beijá-la havia algum tempo, e Ellen se lembrou de todas as lições recebidas em sua considerável história de aceitar e receber com toda a graça. Deixou que ele a segurasse por trás da cabeça com uma mão confortadora, como se ela fosse um bebê de pescoço frágil, que precisasse ser amamentado. Para Ellen, a boca de Al tinha o gosto de seu delicioso uísque, agradavelmente aquecido.

Quando Ellen e Al finalmente atravessaram de volta para o Tall Folks Tavern, já estava na hora de fechar, e Maddy, a atendente cruel, chutava os últimos bêbados para fora.
— Vão para casa! — ela gritava. — Vão para casa e peçam desculpas às suas esposas!
Ellen não perguntou para Maddy como tinha sido a noite, também não cumprimentou nenhum de seus clientes, mas foi para trás do bar e pegou a caixa de achados e perdidos. Depois, ela e Al foram juntos para o salão dos fundos. Ellen abriu os casacos que estavam na caixa de achados e perdidos sobre a mesa de sinuca. Al desligou a luz suspensa sobre o pano verde e os dois subiram na mesa, com o colchão fino de roupas dos outros. Ellen deitou-se de costas, usando um casaco úmido como travesseiro, e Al apoiou a cabeça sobre o peito dela. Ela beijou seu cabelo cheirando a cigarro. No escuro do salão dos fundos, sem uma janela ou ventilador, o ar cheirava a cinza de cigarro e poeira de giz. Um cheiro que lembrava o de uma escola.
Muito mais tarde, mais de uma hora depois, Al rolou cuidadosamente para cima de Ellen, e ela entrelaçou os dedos firmemente nas costas dele, mas, antes disso, descansaram por um longo tempo, ainda no escuro, de mãos dadas, como idosos. Ouviram Maddy, a atendente cruel, jogar os últimos bêbados para fora do Tall Folks Tavern e depois limpar e fechar o bar. Nas melhores noites, Ellen costumava dançar naquele mesmo bar, de braços abertos, dizendo: "Minha gente! Minha gente!", enquanto os homens se amontoavam a seus pés, como cães ou estudantes. Costumavam implorar para ela não fechar. O dia amanhecia, e eles ainda vinham do outro lado da rua, implorando para que ela não fechasse. Ela contou isso para Al, e ele balançou a cabeça. No escuro, naquele grande salão dos fundos, ela sentiu o seu leve balançar de cabeça.

Aterrissagem

Morei em São Francisco por três meses e só dormi com um cara, um caipira do Tennessee. Eu poderia ter deixado para fazer isso em casa e economizado um monte de dinheiro de aluguel. Uma cidade cheia de homens formados em boas faculdades e bem-sucedidos e eu fui atrás do primeiro cara que vi usando um boné da fábrica de tratores John Deere.

Ele me chamou a atenção no bar porque parecia fora de contexto no meio daqueles homens de negócios, sentado ali com uma camisa xadrez e meias brancas. Estava bebendo cerveja e eu vi uma lata de fumo para mascar ao lado da garrafa. Se tem uma coisa que detesto é homem que masca fumo. Sentei-me ao lado dele.

— Qual é o seu nome? — perguntei.
— Você com certeza veio direto até mim — ele disse.
— E esse é um nome danado de comprido — respondi. Pedi uma cerveja e me sentei no banco do bar. Ele me disse que se chamava Dean.
— Meu nome é Julie — eu disse. — O que está fazendo em San Francisco, Dean?
— O Tio Sam me designou para o posto daqui.

Pensei: "Não vim até a Califórnia para pegar um sujeito do Exército em um bar." Pensei: "Não vim até a Califórnia para pegar um bom garoto recém-saído do colégio usando relógio barato e cabelo à escovinha, algum caipira de uma cidade provavelmente menor do que a minha."

— Então, o que exatamente você faz no Exército, Dean?
— Eu salto de aviões.

Alguma coisa no jeito arrastado com que falou fez o comentário parecer cheio de insinuações. Ele olhou para mim de forma apreciativa; houve uma longa pausa.

— Bem — eu disse finalmente. — Isso deve ser divertido.

Dean manteve os olhos nos meus por um momento. Abriu o guardanapo de papel diante de mim, levantou-o até acima da minha cabeça e o soltou: um pequeno paraquedas com "Pierce Street Bar" impresso em um canto. O guardanapo caiu flutuando e pousou no meu maço de cigarros.

— Você vai caindo e caindo — disse ele. — E então, você aterrissa.

Dei um longo gole e coloquei a garrafa de volta, exatamente sobre seu próprio anel úmido. Eu tinha começado a sentir aquela força magnética atrás dos joelhos e uma leve contração logo abaixo da barriga.

— Você tem botas de caubói? — perguntei-lhe.

— Por quê?

— Porque não curto muito esses sapatos que você está usando. Você fica parecendo um idiota de meias brancas e sapato social. Acho que você ia ficar muito melhor se estivesse com botas de caubói aparecendo nessas calças jeans.

Dean deu uma risada.

— Certo, eu tenho botas de caubói. Venha para o Presídio comigo esta noite e eu as calço para você.

— Você não perde muito tempo tentando amaciar uma garota com conversa fiada, não é? — perguntei, e fechei a mão na garrafa de cerveja. Dean cobriu minha mão com a dele.

— Você com certeza tem mãos bonitas — ele disse.

— Eu só ia dar mais um gole — eu disse, e achei que minha voz tinha saído um pouco baixa e trêmula demais. Limpei minha garganta.

Olhamos para a sua mão sobre a minha, e a minha na garrafa, e eu disse:

— Você também tem mãos bonitas. Grandes, mas bonitas.

— Eu sentia seus calos sobre os nós dos meus dedos. — Sabe o que dizem de homens com mãos grandes — continuei, e Dean sorriu.

— O quê?

— Luvas grandes.

Foi fácil achar a caminhonete de Dean. Era a única picape com placa do Tennessee na Pierce Street e estava estacionada bem do outro lado da rua.

— Você veio dirigindo esse troço até a Califórnia?
— Sim. E só levou dois dias.

Havia um pacote vazio de rosquinhas no banco da frente, e o vidro da janela do lado do passageiro estava emperrado, aberto até a metade. Plástico de embalagem de cerveja, sacos de lanchonete e caixas vazias de fitas cassete cobriam o chão. Senti algo estalando sob o meu pé assim que entrei.

— O que foi isso? — Dean perguntou e li o que dizia o rótulo.

— *Maiores Sucessos de Hank Williams Junior, Volume Dois*. Você está de sacanagem comigo!

— Qual o problema, nunca ouviu música country antes?

— Quem me dera.

Dean deu a partida na picape e saiu pela Pierce Street.

— De onde você disse que era, Julie?

— Main Street — respondi. — Estados Unidos.

— Você tem um pouco de sotaque do Sul.

— Pode ser.

— Chega para cá — Dean disse, batendo no espaço do banco ao seu lado. Deslizei para perto dele, o mais próximo que consegui. — Quero apoiar meus braços nos seus ombros, mas tenho que passar a marcha.

Tirei a mão dele de cima da bola preta lascada da alavanca de marchas e coloquei seu braço ao meu redor.

— Vamos dirigir o caminho todo até a base militar em segunda? — ele perguntou.

— Eu passo a marcha — falei, e foi assim que seguimos até lá: eu passando as marchas, a minha outra mão na sua coxa esquerda, para poder saber quando estava pisando na embreagem, meu rosto junto ao seu peito, de forma que eu sentia sua respiração e via os botões de pressão de sua camisa. Dean dirigiu com a mão no meu ombro, depois nas costelas sob o meu braço e, finalmente, no meu peito.

Ficamos em silêncio por algum tempo e, em seguida, Dean disse:

— Fale comigo. Me conte alguma coisa.

Coloquei minha boca junto a sua orelha e deslizei minha mão, subindo por sua coxa. Ele fechou os olhos.

— Fique com os olhos na estrada — sussurrei, e ele sorriu e abriu os olhos novamente. Dava para ver a pulsação em seu pescoço.
— Sua cama é estreita ou larga? — perguntei, e Dean respondeu, baixinho:
— Estreita.
— Acho que quero ver você nestes jeans, todos desbotados, com botas de caubói saindo pela boca da calça — eu disse.
— Quero deitar na sua cama e olhar para você em pé, sem camisa, só com esses jeans com a cintura baixa e as botas de caubói. Só olhando para mim. Combinado?
Com os olhos para a frente, Dean engoliu em seco e assentiu com a cabeça. Eu beijei sua orelha.
— Acho que você vai ficar incrível assim — eu disse.

Acordei na manhã seguinte e dei de cara com um cara louro, o cabelo quase branco, com calças camufladas, andando pelo quarto, passando por cima do monte confuso que era minha blusa, meu sutiã e minha saia. Ele tinha uma verruga na bochecha esquerda do tamanho e da cor de um chumbinho de espingarda de ar comprimido.
Dean e eu tínhamos adormecido encostados um no outro, minhas costas encaixadas em seu peito e na sua barriga, meu cabelo no seu rosto e na sua boca.
— Dean? — o estranho chamou, olhando para mim. — Está acordado?
— Oi, Hunt — Dean respondeu por trás do meu pescoço.
— Quem é a garota?
— É a Julie. Julie, esse é o Hunt. Meu colega de quarto.
— Oi — eu disse.
Hunt, o colega de quarto, não respondeu, e nós nos entreolhamos um pouco mais. Ele tinha uma longa covinha no meio do queixo e outra em miniatura na ponta do nariz, e um sulco profundo entre os olhos. Parecia que alguém tinha preparado seu rosto com marcas para ser cortado ao meio, mas o trabalho nunca fora concluído.

Sob o cobertor verde e áspero do Exército, Dean passou a mão aberta entre as minhas coxas. Ele ficou com ela ali, fria e imóvel, mas cheia de possibilidades.

— Onde você dormiu essa noite, Hunt? — ele perguntou.

— Na sala da TV.

— Tá brincando?!

— Sem brincadeira.

— Você não precisava fazer isso, cara. — Dean subiu um pouco mais a mão entre as minhas pernas.

Hunt sorriu, mas só com um lado do rosto, como se tivesse sofrido um acidente vascular cerebral.

— Cheguei aqui lá pelas três da manhã — disse — e ouvi vocês dois mandando ver, preferi não bater na porta.

Dean riu. Eu me virei na cama, com cuidado para me manter coberta, e olhei para ele.

— Seu companheiro de quarto não faz muito o meu tipo — sussurrei em seu ouvido, e ele deu uma gargalhada.

— Julie não gostou de você, Hunt — disse.

— Acabei de ver aquele vídeo da Madonna — Hunt disse, impassível diante da observação de Dean. — Sabe qual? Aquele em que ela está vestindo um terno e segura a boceta do mesmo jeito que o Michael Jackson?

— Tô sabendo — Dean disse.

— Ela é um espetáculo, hein?

— Uh-huh.

Tentei acomodar minha cabeça confortavelmente no peito de Dean, longe de sua clavícula, e desenhei o caminho de pelos sedosos sob seu umbigo com o meu dedo.

— Vou assistir a um pouco mais de TV — Hunt disse. — Pode ser que eles repitam de novo. Estão passando a toda hora.

— A-há — Dean disse.

— Se eu voltar, querem que eu bata na porta?

— Você que sabe, cara.

Assim que Hunt saiu, Dean veio para cima de mim, puxando minhas coxas em torno de seus quadris. Fechei meus dedos atrás de sua cabeça.

— Ah, bonitinha — Dean disse —, estou tão feliz por estarmos acordados novamente.

* * *

— Então você não gosta de meu colega de quarto? — Dean perguntou. Tínhamos estacionado a caminhonete no final da Baker's Beach, bebíamos cerveja e olhávamos para dois caras na água, jogando um *frisbee* de um lado para o outro.

— Quando eles se afogarem, vamos ficar com a praia só para nós — eu disse.

O carro de Dean estava com o cheiro dos hambúrgueres que tínhamos acabado de comer.

— Eles podem ficar com a praia — Dean disse. — Está muito frio para mergulhar — completou. — Estou feliz por ter o estacionamento para nós. — Ele enfiou o dedo mindinho no gargalo da garrafa de cerveja e balançou-a lentamente diante do rosto, como se tentasse hipnotizar a si mesmo. — Uma vez fiquei com o meu dedo preso fazendo isso.

— É uma coisa muito inteligente para se fazer, não é mesmo?

Ele tirou o dedo com um pequeno pop e o levantou. Eu me inclinei e o mordi.

— Está com gosto de cerveja? — ele perguntou.

— Não muito.

Dean me puxou para perto e passou a língua pelos meus lábios, bem de leve.

— Gosto do seu gosto.

Eu o beijei, depois me sentei de volta.

— Não, não gosto do seu colega de quarto — eu disse. Coloquei os pés sobre o painel e olhei entre eles, para os nadadores. — De onde ele é, afinal? Alabama?

— West Virginia.

— É mesmo? Bem, não gosto dele. Ele me lembra os caras da minha cidade. Conheço muito bem o tipo dele.

— É mesmo?

— Ah, sim. — Alisei os pelos da perna de Dean para cima, com a ponta dos meus dedos, e os alisei de volta. Ele estava de shorts, sem camisa. Botas de caubói. — Aposto que o Hunt tem uma picape com rodas de um metro e oitenta — eu disse. — Um cinto com uma fivela onde está escrito: "O Sul ressurgirá." Algum dia, vai engravidar uma garota, talvez a própria prima, e eles vão ter outras crianças que nem ele. Um monte de moleques perebentos correndo de um lado para outro, comendo bolos de lama.

Dean deu uma risada.
— Então, de que tipo de cara você gosta? — Ele balançou a garrafa de cerveja na palma da mão.
— Universitários — respondi. — Advogados, sabe como é.
Dean assentiu com a cabeça, interessado.
— Deixa eu te perguntar uma coisa. Você conheceu muitos caras assim desde que saiu de casa?
Olhei para ele tranquilamente.
— Eu só disse que esse é o tipo de cara que me atrai.
Ele concordou novamente.
— Então você não se sente atraída por caras como eu?
— Não, eu não.
Dean colocou a garrafa no painel e me empurrou gentilmente até eu ficar deitada de costas sobre o assento.
— Não achei que se sentisse — disse, e puxou minha calcinha por debaixo da saia, pelos tornozelos, até tirá-la. Empurrou a saia para cima, sobre a cintura, colocou a cabeça entre as minhas pernas e começou a beijar as minhas coxas.
— Porra, isso é bom demais! — eu disse após alguns minutos, e Dean olhou para cima.
— Você tem uma boca e tanto para uma garota que supostamente veio do interior.
— Você é que tem uma boca e tanto — respondi.

Era meia-noite na International House of Pancakes.
— Parabéns — Dean disse e brindou com seu milk-shake. — Faz um dia inteiro que estamos juntos.
— Essas garçonetes não são tão boas — eu disse e levantei meu copo d'água, não para brindar, mas para ser servida. — Já tem meia hora que estou chupando esse gelo.
— Dez minutos — Dean me corrigiu.
— Bem, não importa. Uma garçonete deveria prestar atenção nessas coisas. Uma boa garçonete.
— Quando você sorri, a parte de baixo dos seus olhos fica assim. — Dean mergulhou o dedo no milk-shake e desenhou uma meia-lua sobre a mesa. — Gosto disso.
A pele em volta da minha boca estava assada e áspera por causa dos pelos de Dean, e doía ficar sentada, por conta de

todo o sexo. Dean inclinou a cabeça contra o assento de vinil turquesa e fechou os olhos.

— Você já arriou a bateria? — perguntei, e ele sorriu e negou com a cabeça, sem abrir os olhos para as luzes fluorescentes.

— Não, senhora. Estou cem por cento para a próxima rodada.

— Mentiroso. Eu vi você andando com as pernas abertas, que nem um caubói.

— São essas botas de caubói que me fazem andar assim.

A garçonete encheu o copo de água e ficamos sem falar por um tempo. Então, bebi a água com um só gole, limpei a garganta e disse:

— Bem... foi realmente ótimo conhecer você, Dean.

Ele tirou a cabeça do encosto da cadeira e olhou para mim com seus olhos cor de âmbar, como uísque envelhecendo no fundo de um barril.

— Você vai a algum lugar? — ele perguntou.

— Não realmente. Ou, talvez sim. Talvez eu fique em São Francisco, mas também posso resolver ir embora logo. Não gosto de ficar muito tempo no mesmo lugar, sabe?

Dean não respondeu, ficou esperando.

— Ou talvez eu vá para Los Angeles — continuei, desviando meus olhos do rosto de Dean para olhar primeiro para o balcão de sobremesas, depois para as portas dos banheiros. — Também pensei em ir para Seattle, ou talvez para Portland.

— Está pensando em ir amanhã ou algo assim? — Dean parecia confuso. Eu revirei os olhos.

— Olha, não quero brigar por causa disso.

— Ninguém está brigando com ninguém. Apenas queria saber o que você quis dizer com "foi bom conhecer você".

— Dean, você é um cara legal e tudo, certo? Mas não estou a fim de nenhum tipo de relacionamento. Não quero saber de você ficando apegado a mim, nada disso.

— O quê?

— Não foi para isso que vim de tão longe.

— É mesmo?

— É.

Estiquei a mão para pegar a garrafa de *maple syrup*. Virei-a de cabeça para baixo e observei o fluido marrom da calda doce se deslocar lentamente, como lava.

— Eu e você não temos nada em comum. Você vai terminar de servir o Exército, provavelmente depois vai voltar para o Tennessee. Tudo bem, isso é ótimo para você. Mas não para mim. Eu não vou acabar me casando no Tennessee.

— Não me lembro de ter pedido ninguém em casamento.

— Você sabe do que estou falando.

— Não, não sei.

Eu estiquei o braço sobre a mesa e peguei sua mão, ele deixou que eu a pegasse, como uma garçonete recolhendo um prato vazio.

— Dean — eu disse —, escute. Três mil quilômetros é estrada demais para ir buscar alguma coisa que você pode achar na porta ao lado. Entendeu?

Ele não respondeu imediatamente. Sua voz não tinha um tom acusador quando finalmente disse:

— Tinha um monte de caras no Pierce Street Bar exatamente do jeito que você está procurando, Julie. Se era aquilo que você estava procurando, por que foi se sentar ao meu lado?

Puxei a mão da dele e a coloquei no meu colo. Olhei para baixo, para a minha manga, suja por causa do chão do quarto de Dean.

— Conheço muito bem o tipo de cara que você é... — comecei a dizer, querendo que minha voz saísse tão equilibrada quanto a dele, mas estava falhando.

— Não, não conhece, Julie. Você não conhece nem metade de mim.

— Bem. Eu acho que conheço.

— Você está errada em achar isso — ele disse. — Você não me conhece nem um pouco, nada, e está errada em pensar o contrário.

Nós nos olhamos por sobre a mesa. A expressão de Dean era tranquila e franca. Eu não vim de tão longe, até a Califórnia, para isso, pensei, mas não disse nada.

Observei a garçonete cortar um bolo alto e branco no balcão de sobremesas e colocar uma fatia cuidadosamente em um prato. Ela olhou para trás, depois lambeu um pouco da cobertura do polegar. Outra garçonete estava esfregando o interior de uma grande jarra de café com o que parecia ser uma escova de privada.

— O que você está fazendo? — Dean me perguntou algum tempo depois.

— Nada — respondi. — Só olhando.

Ele sorriu discretamente.

— Que foi? — perguntei.

— Nada. — O sorriso de Dean abriu-se. — É só que não estou vendo você dar um pulo e sair correndo daqui.

— Você acha que eu não vou?

Dean deu de ombros.

— Só estou esperando, só isso.

— Está bem — eu disse. — Está bem.

As garçonetes moviam-se pelo restaurante, acomodando os clientes, servindo as refeições, recolhendo as gorjetas nos bolsos de seus aventais. Alguém saiu da cozinha com um esfregão, para secar o chão onde algo tinha sido derramado. O gerente fazia palavras cruzadas e bebericava leite de um copo alto. Eu os observava, e Dean continuou sentado silenciosamente do outro lado da mesa, esperando.

Pensei: "Quanto tempo esse cara vai ficar sentado aí?"

Mas Dean não se levantou para ir embora, nem eu.

Venha logo pegar essas crianças idiotas

Margie e Peg foram presas depois de se embebedarem com o vinho de cozinha do chef e irem para o estacionamento, onde passaram manteiga no para-brisa de todos os carros estacionados. Era tarde da noite. Já estavam no final de setembro e a temporada turística já tinha terminado fazia tempo. Foram poucos os clientes naquela noite, no restaurante em que Margie e Peg trabalhavam, e também havia poucos carros no estacionamento. No fim das contas, porém, um dos carros em que Margie e Peg passaram manteiga era justamente um carro da polícia, de um patrulheiro do estado do Delaware. Não perceberam que era um carro da polícia. Não estavam realmente prestando atenção. O patrulheiro do Delaware saiu do restaurante e foi para o estacionamento, onde as meninas foram prontamente pegas em pleno ato de vandalismo.

    Peg começou a correr quando o viu, mas Margie gritou:

— Não corre, Peg! Ele vai te abater como um cachorro!

No que Peg acreditou, embora o patrulheiro do Delaware não tivesse feito nada além de ameaçar e gritar "Ei!".

O policial deteve Peg e Margie no estacionamento e chamou a polícia local pelo rádio, para lidar com a situação.

— Venha logo buscar essas crianças idiotas — ele disse pelo rádio.

O patrulheiro do Delaware ficou no estacionamento com Margie e Peg, esperando pela polícia local. Estava chovendo e a chuva caía sobre eles. O patrulheiro usava uma capa impermeável, mas as meninas ficaram encharcadas em seus uniformes de garçonete.

— Eu me pergunto se não seria o caso de nos ser permitido voltar ao *interior* do restaurante, enquanto aguardamos a chegada do outro policial — Margie indagou. — Eu me pergunto se não seria mais agradável do que ficar sob a chuva enquanto aguardamos a chegada desse cavalheiro. O que acham?

Margie tinha o hábito (recém-desenvolvido naquele verão) de falar de uma maneira aristocrática e refinada. Um hábito muito recente. Uma afetação muito nova, nem sempre apreciada por todos os indivíduos com quem ela se encontrava. Nessa noite em particular, Margie parecia estar prestes a chamar o patrulheiro do Delaware de "meu caro rapaz". O patrulheiro do Delaware olhou para Margie, em seu uniforme molhado de garçonete, falando daquele jeito tão condescendente. Margie estava visivelmente bêbada. Uma de suas sobrancelhas estava erguida de maneira indagadora. Havia evasivamente colocado um dedo no queixo.

— No que depender de mim, você pode ficar na chuva a noite toda, pequena Miss Du Pont — disse o patrulheiro do Delaware.

— Muito engraçadinho — Peg respondeu.

— Obrigado — ele disse.

O policial local chegou. Parecia aborrecido. Tão aborrecido, na verdade, que acusou Margie e Peg de embriaguez em público, perturbação da ordem e vandalismo.

— Ora essa! — Margie disse. — Essas acusações são um pouco sérias demais para uma pequena e inofensiva brincadeira como a nossa.

As meninas foram colocadas no carro do policial e levadas para a delegacia local, onde tiraram as impressões digitais e foram fichadas.

O namorado de Peg, um belo rapaz chamado J.J., finalmente chegou para pagar a fiança e soltar as duas, mas não antes de elas passarem algumas horas em uma cela apertada.

— Deem uma olhada ao redor, senhoritas — disse o aborrecido policial enquanto as trancafiava. — Sintam o momento. Lembrem-se de como é estar atrás das grades. Não é tão bom, não é mesmo? Lembrem-se dessa sensação da próxima vez que resolverem cometer um crime.

Margie e Peg olharam ao redor. Sentiram o momento. Mascaram um chiclete que Margie tinha e depois caíram no sono. Quando o namorado de Peg, J.J., finalmente chegou para tirá-las da cadeia, já eram quase três horas da manhã.

— Vocês são duas piradas — J.J. disse e trouxe o carro para a frente da delegacia, para que as meninas não se molhassem ainda mais.

Voltaram para casa. A chuva batia com força no carro, parecia granizo. Cada gota parecia ter o peso de um grão de feijão. O litoral do Delaware estava sendo atingido apenas por uma pequena parte de algum furacão mais distante no Atlântico, mas o efeito já era bastante dramático.

J.J. dirigia com o queixo quase encostado no volante, tentando enxergar a estrada. Peg dormia no banco de trás. Margie encontrou um pouco de chiclete grudado no cabelo e tentava tirá-lo.

— O guarda me disse que vocês duas deviam passar a noite toda na prisão, mas eu o convenci do contrário — J.J. disse para Margie.

— Como você conseguiu realizar tal feito, meu brilhante amado? — Margie perguntou.

— Disse que as ruas até a nossa casa talvez estivessem alagadas pela manhã, com toda essa chuva, e eu poderia não ter como vir pegar vocês. Ele foi gentil em relação a isso.

— Os homens com certeza gostam de falar de coisas como estradas alagadas, não é?

— É verdade — J.J. disse.

— Você lhe deu um aperto de mão firme e másculo, J.J.?

— Dei.

— Você o chamou de senhor?

— Sim, senhora.

— Muito bem, J.J. — Margie disse. — Sou-lhe extremamente grata por me libertar daquela prisão pavorosa.

Quando chegaram em casa, John, o namorado mimado e tolo de Margie, estava acordado.

— Exijo tomar um drinque com essas mentes criminosas — John disse.

John tinha o mesmo hábito de Margie, de falar de maneira refinada e aristocrática. Na verdade, Margie herdara esse jeito de falar diretamente de John. John o inventara.

— Você acha que somos abomináveis, John? — Margie perguntou, e o beijou na bochecha.

John disse:

— Tenho uma exigência a fazer! Exijo que nos sentemos lá fora, sob essa chuva magnífica e ouçamos histórias horripilantes sobre a vida na casa grande.

Margie disse:

— Que tamanha infantilidade, John. Que tamanha tolice, John. Você não se dá conta de que *esta* é a casa grande?

Margie estava absolutamente correta. Era uma casa muito grande, de fato. Era a casa de John. Ele tinha apenas vinte e um anos, mas era dono dessa imensa casa bem junto à costa do estado de Delaware. Seus pais lhe haviam dado como presente de formatura. Os pais de Margie, em comparação, lhe haviam dado uma pulseira. Os pais de Peg a tinham levado para jantar fora como presente de formatura, e os de J.J. enviaram-lhe um cartão de formatura, assinado por todos os seus tios e tias.

John era rico. O pai, um produtor que morava em Hollywood, era muito rico. Quanto à mãe, era uma ex-Miss Delaware. Ela e o pai de John eram divorciados, e a mãe morava em uma mansão em Chesapeake Bay. Tinha vindo ao litoral apenas uma vez para visitar o filho em sua nova casa de praia. Viera em um Mercedes, e aquele carro parecia tão escuro e sólido quanto uma rocha.

John pretendia morar para sempre na praia, na casa que ganhou de presente de formatura, e convidara seus amigos da faculdade para virem morar com ele pelo tempo que quisessem. Originalmente, cinco jovens moravam ali, na casa de John. Os cinco compartilhavam apenas dois nomes. Eram três Margarets e dois Johns. Alguns tinham apelidos, outros não. Eram John, J.J., Margie, Mags, e Peg.

— Ora essa! — John observara com deleite. — Somos um *full house*. Formamos um par e uma trinca. Não é um golpe de sorte? Não é mesmo uma mão maravilhosa para uma mesa de pôquer?

Mas Mags deixara a casa de praia no final de agosto e se mudara para a Flórida.

Mags, secretamente, dissera a Peg:

— Vou lhe contar uma coisa, Peg. A verdade é que estou começando a odiar o John.

John dissera sobre Mags, depois de sua partida:

— Ela era bem-vinda para nos deixar quando o desejasse. Ninguém precisa ficar nesta casa apenas para me agradar.

Embora pudesse ter considerado uma outra Margaret para substituí-la, só para mantermos a nossa sorte nas cartas, não é mesmo? Ora essa! Agora, somos apenas dois pares. Mas vocês todos ficarão, não é?

— Nós todos ficaremos! — Peg dissera, e abraçara J.J., seu belo namorado.

— A casa já foi preparada para o inverno? — J.J. perguntara a John.

— Oh, misericórdia! Não sei — respondeu o mimado e tolo John. — Você poderia cuidar disso, J.J.? Você é tão inteligente. Não? Seria algo muito difícil, preparar minha casa para o inverno?

Na verdade, a casa não fora preparada, como seus quatro ocupantes começavam a perceber ao final de setembro. Não conseguiam encontrar uma só maneira de se manterem aquecidos. Além disso, na noite em que Margie e Peg foram presas, nenhum dos quatro jovens dava qualquer sinal de ter um emprego. O emprego de J.J., como salva-vidas, terminara logo após o Dia do Trabalho, que, nos Estados Unidos, cai na primeira segunda-feira de setembro, quando os turistas já foram embora. E certamente parecia que Margie e Peg seriam demitidas de seus empregos de garçonetes após a bebedeira amanteigada no estacionamento do restaurante. Quanto ao mimado e tolo John, ele jamais tivera um emprego, seja lá do que fosse. John passara o verão deixando o cabelo crescer e escrevendo continuações de filmes que já tinham continuações.

— Bem, minhas esplêndidas aves engaioladas — John disse. — Sugiro que iniciemos pelo telhado. Vamos nos sentar no terraço e ingerir um pouco de álcool, enquanto desfrutamos dessa chuva magnífica.

Assim sendo, os quatro dirigiram-se para o telhado da grande casa de praia de John, para beber cerveja e observar o tempo. Apenas uma duna os separava do mar, e a praia enfrentava algumas dificuldades, castigada pelas ondas fortes e pela chuva. Os quatro amigos ficaram sentados, expostos à chuva, em quatro cadeiras de jardim encharcadas. A água fria enlameava-se a seus pés e respingava incessantemente em suas costas.

John proclamou:

— Com essa tempestade, chegam as águas frias. Não poderemos mais dar mergulhos no mar, meus amigos, lamento informar. Essa tempestade coloca um fim ao nosso alegre verão.

— Nada de mergulhos! — Margie exclamou, horrorizada.

— Nada de mergulhos! — confirmou John — Sim! Lamentavelmente, essa tormenta traz consigo o fim de nosso doce verão.

Margie parecia arrasada. Parecia ser a primeira vez em sua vida que ela se via diante do conceito de mudança de estação.

— Sem mais banhos de mar? — repetiu. Estava verdadeiramente chocada. — Não pode ser verdade.

— Setembro é o mais cruel dos meses — John respondeu-lhe.

Havia um pacote aberto de batatas fritas no colo de John e a chuva transformara-o em um saco de comida salgada encharcada. Ele catou um bocado das batatas amolecidas e jogou pelo beiral da casa.

— Que temporal — comentou Peg. — Que droga.

J.J. disse em tom tranquilizador:

— Isso não é nada, Peg. Esse nem é o temporal de verdade. A verdadeira tempestade está ocupada demais em arrasar algum outro lugar para se preocupar com a gente.

— J.J. está certo — John declarou. — Ora, isso não passa de uma chuva de segundo escalão diante da verdadeira tempestade.

— Meu bom Deus — Margie disse. — Todavia, a chuva está muito forte. — E, em seguida, perguntou:

— Peg, minha querida?

— Sim — Peg respondeu.

— Será algo muito difícil para uma pessoa obter um emprego sendo detentora de uma ficha criminal?

— Nós não temos uma ficha criminal, Margie.

— Como não? Não acabamos de ser presas, exatamente nessa noite?

— Fomos, mas uma ficha criminal é diferente. É uma coisa que você tem se tiver uma carreira criminosa. Não dá para ter uma ficha criminal sem ter cometido uma série de crimes.

— A Peg parece estar muito confiante a esse respeito — Margie disse.

— Para alguém que não faz a menor ideia do que diabos está falando — John disse —, a Peg parece um autêntico advogado da União.

— Pois digo, tendo a acreditar que seja impossível conseguir um emprego com uma ficha criminal — Margie disse.

— Jamais conseguirei trabalho novamente, assim como Peg. Estamos condenadas! John, meu bem, você tomará conta de mim?

— Naturalmente — disse John.

— Mas o que será de Peg? Ela terá que se transformar no brinquedinho de um velho endinheirado. John, meu amor, você conhece algum velho endinheirado carente de brinquedinhos?

John respondeu:

— Só meu pai. Mas creio que ele já tenha seus brinquedinhos.

Houve um clarão impressionante.

— Nossa! — J.J. exclamou.

John se levantou. Tirou o rabo de cavalo do ombro e o espremeu. Anunciou:

— Tenho uma exigência. Iremos nadar. Trata-se de nossa última oportunidade. Não hesitemos, pois amanhã a água poderá estar fria demais.

— Muito engraçado — J.J. disse. — Mas eu não vou nadar.

— Muito engraçado — Peg disse. — Mas tenho absoluta certeza de que também não vou nadar.

— Vocês dois são deliciosamente engraçados — John disse —, porque, na verdade, vamos todos nadar. Eu exijo.

— Ninguém vai nadar nesta noite, garotão — Peg disse.

John ergueu o punho no ar e gritou:

— Ao mar! Vamos todos para o mar, com empenho! Exijo empenho.

Margie disse:

— Devo dizer que meu querido John está perdendo a razão.

— A tempestade terá ido embora amanhã, meus amigos — John disse. — O sol vai sair, mas a água já estará gelada. E vocês lamentarão profundamente por terem perdido a última chance de ir nadar.

— John simplesmente perdeu a razão — Margie disse.

— Nem mesmo é um temporal de verdade. Não foi exatamente o que J.J. disse? Não? E J.J. é um homem sensato. Isso não passa de uma chuva de segundo escalão. Eu me sentiria envergonhado de chamá-la de tempestade.

— Eu vou nadar — J.J. disse. — Que se dane.

Margie olhou de Peg para John e para J.J. que, de fato, era considerado uma pessoa sensata entre seus amigos. J.J. estava trôpego, com o estômago cheio de cerveja. Seu corpo bonito escorregava, molhado, pela cadeira, em uma posição medonha, como um velho tio bêbado.

— Com certeza. Estou indo nadar — J.J. disse. E acrescentou, como explicação: — Não dá para ficar mais molhado, certo?

— Agora sim — Peg disse. — Acho que isso faz sentido.

Naquele momento, era como se uma decisão oficial tivesse sido tomada. Como se os quatro amigos constituíssem uma conferência de homens de negócios estabelecendo um firme acordo. Como se os quatro amigos fossem quatro presidentes de empresas chegando a um consenso, pelo jeito como se ergueram e seguiram pela escada, atravessando a duna até a praia. Quando passaram pela varanda da frente, Margie pegou sua boia do Dumbo e a enfiou pela cabeça até a cintura. Era um brinquedo de criança, mas ela se divertia. Ela a tinha usado para entrar no mar durante todo o verão. Segurava a tromba cinza do Dumbo como se fosse uma vara de vedor e seguia com a cabeça do elefante à frente, pelo mar adentro.

Quando chegaram à praia, o mimado e tolo John e o belo J.J. tiraram os sapatos e avançaram pela água, completamente vestidos. Abriram caminho pela arrebentação, que às vezes chegava às suas cinturas e outras, até o peito. Seguiam levantando as pernas através da água, lutando como se atravessassem um lamaçal denso, em rápido movimento. John foi derrubado imediatamente pela primeira onda, mas J.J. mergulhou através dela e saiu no alto da seguinte. John voltou à superfície, comemorou e foi derrubado novamente.

Margie despiu-se e ficou com a roupa de baixo, mas Peg tirou apenas a saia. Margie correu atrás de John e de J.J., segurando a baia do Dumbo em volta da cintura e gritando.

Peg ficou em meio à arrebentação por algum tempo e deixou que as águas enterrassem seus pés. Duas ondas bastaram para enterrá-la até o tornozelo. A chuva e a escuridão não deixavam que ela enxergasse muito além das três cabeças de seus amigos à frente. Tirou os pés da areia e abriu caminho pela arrebentação, até encarar uma onda que, por um momento, ergueu-se diante dela como uma cerca alta. A onda bateu e ela relaxou, deixando-se levar. Quando se levantou de novo, estava sobre uma nova onda. Viu John, J.J. e Margie em um vale abaixo dela, com as bocas abertas. A tromba da boia de Dumbo de Margie saltava para fora da água como um periscópio. Uma onda maior caiu sobre Peg, e sobre seus amigos também.

Quando voltou para a superfície, não conseguiu ver os amigos. Enfrentou as águas e mergulhou sob três ondas antes de conseguir elevar-se o bastante para ver que eles haviam se afastado ainda mais para dentro do mar. Seu namorado e seus dois amigos estavam onde as ondas subiam, mas não se quebravam. J.J. estava afastado e John e Margie, boiando de costas. Margie viu Peg e acenou para ela. Após nadar por dez minutos, Peg conseguiu se aproximar deles. John perdera o elástico que prendia seu rabo de cavalo e o cabelo flutuava a sua volta como algas.

— O mar não está alto? — Margie gritou. — Não está?

Peg estava sem fôlego e só concordou com a cabeça. Uma longa mecha de cabelo de Margie estava grudada entre o canto da boca e a orelha, parecendo um corte escuro no rosto, como um ferimento de uma briga com facas. Todos eles enfrentavam as águas desajeitadamente, espalhando respingos e esticando o pescoço para se manter acima da superfície agitada. A não ser por J.J., que jamais era desajeitado. J.J. nadava facilmente, com braçadas firmes e seguras, como se estivesse treinando casualmente na piscina de um clube, em vez de estar enfrentando um mar agitado.

— A que profundidade o senhor crê que estejamos? — John gritou.

J.J. riu, subindo com uma onda.

— Seis metros! — J.J. gritou. A onda desceu e ele gritou:

— Não! Retiro o que disse. Uns três metros! — Uma nova onda o elevou e J.J. disse:

— Não! São cinco metros!

Peg segurou o nariz e afundou, nadando para baixo e tentando chegar ao fundo. Ao chegar lá, seu pé tocou primeiro em algumas pedras, depois, em algo mole. Ela entrou em pânico e agitou as pernas até voltar para a superfície. Tentou tirar a água do mar dos olhos, mas a chuva os enchia de água salgada de novo.

— Isso seria mais fácil se fôssemos de alguma espécie que não precisasse respirar — Margie disse. Ela, com sua boia de Dumbo sustentando-a levemente, estava menos cansada que seus amigos. Era a mais animada, a que ainda tinha mais fôlego.

— John, benzinho? — Margie perguntou. — Quanto tempo você consegue ficar sem respirar?

— Na última vez, foram três horas — John gritou de volta.

— Minha nossa! — Margie disse.

John riu e encheu a boca de água, o que o fez engasgar. Ele tossiu com a água salgada. Peg olhou ao redor e viu que eles tinham sido levados para bem além do quebra-mar, a uma longa distância da casa. Sem dizer nada, os quatro amigos começaram a nadar em direção à praia. Estavam tentando avançar de maneira casual até a casa. Estavam todos ficando cansados, mas ninguém queria falar sobre isso. Por algum tempo, tentaram nadar em direção à praia, mas não faziam progresso algum. Pararam de fazer piadas uns com os outros e até mesmo pararam de falar.

Depois de um longo período, J.J. disse:

— Ah, droga!

— Que foi? — Peg perguntou ao namorado; ela estava sem fôlego. — O que é?

— Água-viva.

Um novo silêncio considerável. A essa altura, eles pararam de fingir que não estavam tentando chegar à praia.

Então John gritou:

— J.J.! Meu amigo!

— Fala! — J.J. respondeu.

— Estou ficando... hum, um tanto cansado.

— Certo! — J.J. disse. — Vamos voltar então.

John revirou os olhos, quase aborrecido.

— Minhas pernas estão me matando — ele disse.

— Vamos voltar agora — J.J. disse. — Vou te ajudar.

— Minhas pernas estão... hum... pesadas — John disse.

— Você tem que tirar os jeans, John — J.J. disse. — Consegue fazer isso?

A chuva caía fria sobre a cabeça dos amigos, que tinham uma respiração encharcada e ofegante.

John fez uma careta, tentando tirar as calças jeans. Ele mergulhava, voltava e mergulhava novamente. J.J. nadou por trás dele e o ergueu por sob as axilas. John contorceu-se um pouco mais e depois seus jeans apareceram na superfície, onde flutuou por um momento, como o dorso de um tubarão, para afundar em seguida.

— Nós vamos voltar — J.J. gritou. — Se vocês duas conseguirem ir, vão. Se não conseguirem, não se cansem. É só ficarem aqui.

Peg e Margie não tinham fôlego para responder.

Os garotos nadaram para longe, e uma onda imediatamente os separou de suas namoradas. As meninas os observaram por algum tempo. Parecia que os garotos não estavam conseguindo passar do quebra-mar.

Margie batia os dentes. Peg nadou para perto dela e agarrou-se à cabeça inflável do Dumbo.

— Não — Margie disse. — É minha.

— Eu preciso — Peg disse. Suas pernas doíam por causa da água fria. Quando ela chutou forte para aquecê-las, acertou Margie. Margie começou a chorar. Margie e Peg foram empurradas por uma onda e conseguiam ver que John e J.J. não estavam muito próximos da praia. Peg prendeu a respiração e fechou os olhos. Uma onda as atingiu. Ela abriu os olhos dentro dá água, respirou e engoliu mais água.

— Nós não vamos conseguir voltar — Margie disse.

Peg a chutou.

— Cala a boca! — Margie gritou, embora Peg não tivesse dito nada.

Peg chutou Margie novamente. As garotas ergueram-se na água e tentaram ver o progresso de John e J.J. em direção à praia, que, após um longo tempo, os garotos conseguiram alcançar. John e J.J. finalmente chegaram à praia e, quando Peg viu isso, disse para Margie:

— Olha!

— Cala a boca! — Margie disse, e chutou Peg.

Peg conseguia ver J.J. puxando John para fora da água. J.J., na verdade, estava arrastando John pelos cabelos para fora do mar. Um homem das cavernas e sua esposa. J.J. arrastou John pela praia e o largou ao seu lado.

Margie não olhou. Estava de olhos fechados e com a boca aberta. Então Peg parou de olhar também. Podia imaginar J.J. inclinado sobre John, que podia ou não estar respirando. Ela imaginava J.J. tentando vomitar a água salgada, a cabeça inclinada sobre a areia, com ânsias.

Então J.J. se levantaria sobre suas pernas fortes e bonitas, um pouco trêmulo. Peg conseguia imaginá-lo. J.J. olharia para o mar, para onde Margie e Peg deveriam estar. Provavelmente, não conseguiria vê-las. Sua respiração continuaria entrecortada e ele continuaria em pé, as mãos na cintura, levemente inclinado. Estaria com a aparência exausta e heroica de um jogador de futebol, após uma defesa admirável.

E lá ficaria J.J. Teria de decidir se voltaria para buscar Margie e Peg ou se telefonaria para a guarda costeira e aguardaria ajuda. Não faria diferença o que decidisse, pois odiaria Margie e Peg de qualquer jeito. O que quer que decidisse, certamente as odiaria por isso. Peg estava certa disso, enquanto se mantinha na superfície, com os olhos fechados. Peg não precisava mais observar a cena que se desenrolava. Não, não era preciso. Peg não precisava ver o que estava acontecendo para saber o que aconteceria.

J.J. odiaria Peg e Margie por exigir que ele tomasse aquela difícil decisão, assim como Peg agora sentia ódio de Margie por estar chorando na água ao lado dela. Assim como Peg agora odiava o mimado e tolo John por levar os amigos para dentro daquele mar revolto. Assim como (e acima de tudo) Peg agora odiava seu belo namorado J.J., Peg odiava J.J. por estar na praia enquanto ela era arrastada cada vez mais para dentro do mar. Odiava-o por ele ser um ótimo nadador. Odiava-o por ele estar pensando sobre o que fazer e por prender a respiração e o odiava (acima de tudo) por odiá-la.

As muitas coisas que Denny Brown não sabia (aos quinze anos)

Não era culpa dele, mas Denny Brown não sabia muito sobre seus pais e seus trabalhos. Os pais de Denny eram enfermeiros. A mãe era enfermeira da unidade de queimados no Monroe Memorial Hospital, e seu pai era enfermeiro particular, também conhecido como um enfermeiro visitante. Denny tinha conhecimento desses fatos, naturalmente, mas não sabia muito mais do que isso.

Denny Brown não sabia a proporção dos horrores que a mãe encontrava diariamente em seu trabalho, na unidade de queimados. Não sabia, por exemplo, que a mãe, algumas vezes, cuidava de pacientes que ficaram completamente sem pele. Não sabia que a mãe era considerada uma excelente enfermeira, famosa por jamais perder o controle do estômago e por impedir que as demais enfermeiras o perdessem também. Não sabia que a mãe conversava com todos os pacientes queimados, até mesmo com os condenados, em um tom tranquilo e reconfortante, jamais sinalizando a agonia que os esperava.

Denny Brown sabia menos ainda sobre a carreira do pai na enfermagem, exceto que era incomum e constrangedor ter um *pai* enfermeiro. O senhor Brown percebia a vergonha do filho, o que era apenas uma das várias razões pelas quais ele não falava sobre qualquer aspecto de seu trabalho em casa. Sendo assim, não havia como Denny saber que o pai, intimamente, teria preferido ser um enfermeiro psiquiátrico em vez de um enfermeiro particular. Nos tempos da escola de enfermagem, o sr. Brown fizera estágio em um grande hospital para doentes mentais, na ala masculina. Gostara imensamente de lá, e seus pacientes gostaram muitíssimo dele. Se por um lado sabia que não poderia curar seus pacientes, por outro certamente acreditava ser capaz de melhorar suas vidas.

No entanto, não havia hospitais para doentes mentais na cidade de Monroe. Assim sendo, o pai de Denny Brown passara sua vida de homem casado trabalhando como enfermeiro particular em vez de atuar como o enfermeiro psiquiátrico que deveria ter sido. Trabalhava unicamente pela necessidade financeira e não apreciava suas atribuições. Seus talentos não eram reconhecidos. Seus pacientes eram velhos, pessoas à beira da morte. Nem ao menos o notavam, a não ser em alguns momentos raros, quando saíam de sua marcha para a morte por um lapso de tempo suficiente para o fitarem com suspeita. As famílias dos pacientes também eram desconfiadas, sempre acusando os enfermeiros particulares de furto. A sociedade em geral, na verdade, não confiava em enfermeiros particulares. Assim, o sr. Brown era recebido com desconfiança em cada novo emprego, em cada novo lar, como se ele fosse alguém perverso.

  E, além disso, o pai de Denny Brown acreditava que seu trabalho como enfermeiro particular não era enfermagem de fato, apenas cuidados especiais. Sentia-se frustrado por se ocupar mais com banhos e higiene do que com enfermagem propriamente dita. Ano após ano, o pai de Denny Brown ia de casa após casa, acompanhando a morte lenta e dispendiosa de sucessivos pacientes ricos e idosos, vítimas de câncer.

  Denny Brown não sabia absolutamente nada a respeito disso.

Denny Brown (aos quinze anos) não sabia que sua mãe lamentava as coisas desagradáveis que ela frequentemente dizia. Em seus tempos de menina, costumava dar respostas malcriadas, e, quando se tornou uma mulher adulta, manteve o hábito. Mas também tinha uma boca suja. A boca malcriada sempre estivera com ela. A boca suja veio do ano de enfermagem na Coreia, durante a guerra. De um jeito ou de outro, sempre dizia coisas sem ter a intenção ou que então lamentava depois, quando estava sozinha. Lamentavelmente sozinha.

  Por exemplo, havia uma jovem enfermeira chamada Beth que trabalhava na seção de queimados, junto com a mãe de Denny. Beth tinha problemas com bebida. Um dia, Beth confessou para a mãe de Denny que estava grávida. Beth não queria abortar, mas não se imaginava cuidando de um filho.

  Beth disse, desesperada:

— Pensei em vender meu bebê para um bom casal, sem filhos.

E a mãe de Denny Brown respondeu:

— Do jeito que você bebe, pode muito bem vender esse filho para a porra de um circo.

A sra. Brown ficou instantaneamente mortificada com as próprias palavras. Evitou Beth por vários dias, intimamente se perguntando, como sempre fazia: "Por que eu sou um ser humano tão horrível?"

Quando terminou o segundo ano do ensino médio, Denny Brown foi convidado para o banquete de premiação do Colégio Monroe. O pai de Denny tinha que trabalhar, mas a sra. Brown compareceu. Denny recebeu diversos prêmios naquela noite. Ele era um ótimo aluno, embora não fosse excepcional. Era um garoto esperto, mas não se destacava em nenhuma área em especial, até porque nem ele mesmo sabia se era bom em alguma coisa em especial. Denny recebeu então alguns prêmios, incluindo uma honra ao mérito por sua participação em algo que se chamava Mês da Arte Jovem.

— Mês da Arte Jovem — sua mãe disse no caminho de casa. — Mês da Arte Jovem.

Pronunciou as palavras lentamente:

— Mês...da...Arte...Jovem...

E depois, rapidamente:

— MêsdaArteJovem.

Ela deu risada e disse:

— Não tem como soar bem. É um nome horroroso, não é?

E foi então que a mãe de Denny Brown reparou no silêncio do filho. E ela também ficou em silêncio pelo resto do caminho.

Continuou dirigindo. Não disse nada, mas estava pensando em Denny. Ela pensava: "Ele não faz ideia de como me sinto mal."

Denny Brown não sabia, no início do décimo sexto verão de sua vida, em que iria trabalhar. Não sabia o que o interessava. Não sabia os tipos de trabalho que existiam.

Após procurar por algumas semanas, acabou arranjando um emprego de meio expediente no Monroe Country Club. Trabalhava no vestiário masculino. Era um lugar bacana, acarpetado, com um cheiro agradável de agentes desodorizadores. Os homens distintos do município de Monroe usavam o vestiário para se arrumar para jogar golfe. Calçavam os sapatos de golfe com travas e deixavam os sapatos sociais no chão, diante de seus armários. Denny Brown nada sabia sobre golfe, mas esse conhecimento não era necessário para o seu trabalho. Sua obrigação era engraxar os sapatos sociais dos homens, enquanto eles praticavam golfe. Ele dividia o trabalho com um garoto de dezesseis anos que morava perto dele e se chamava Abraham Ryan. Não havia motivo aparente para o trabalho precisar ser feito por duas pessoas. Denny não sabia, em primeiro lugar, por que esses homens precisavam de sapatos engraxados diariamente. Denny não sabia por que fora contratado.

Alguns dias, Denny e Abraham não precisavam polir mais de três pares de sapatos durante toda a jornada de trabalho. Alternavam-se. Quando não estivessem trabalhando, foram instruídos a ficar no canto do vestiário, junto à máquina elétrica de polir sapatos. Havia apenas um único banco no vestiário, e Denny e Abraham se revezavam para se sentar. Enquanto um estava sentado, o outro se apoiava na parede.

Denny e Abraham eram supervisionados pelo gerente de esportes e lazer do Monroe Country Club, um senhor sério e idoso, chamado Deering. O sr. Deering ia vê-los de hora em hora mais ou menos e dizia: "Fiquem atentos, garotos. Os melhores homens de Monroe passam por essa porta."

Havia um componente a mais em seu trabalho além da tarefa de polir os sapatos. Denny Brown e Abraham Ryan também eram encarregados de esvaziar o pequeno cinzeiro de metal que ficava sobre a mesa de madeira em outro canto do vestiário. Ninguém jamais se sentava naquela mesa. Denny não fazia ideia do motivo para aquela mesa estar ali, além de servir de apoio para o cinzeiro de metal. A média era de quatro pontas de cigarros recolhidas por dia naquele cinzeiro. Mesmo assim, como a mesa estava fora da linha de visão de Denny e Abraham, algumas vezes eles se esqueciam de esvaziá-lo. O sr. Deering ia até eles e dava-lhes uma bronca.

— Agora, prestem atenção — ele dizia. — É trabalho de vocês manter esse lugar em ordem, garotos.

Quando Denny descreveu seu trabalho no Monroe Country Club para a mãe, ela balançou a cabeça. Disse:

— É *exatamente* esse tipo de trabalho que as pessoas têm nos países comunistas.

E então riu. Denny também riu.

Embora não tenha compreendido exatamente o que ela quis dizer.

Denny Brown (aos quinze anos) não sabia como, de uma hora para outra, tornou-se o melhor amigo de Russell Kalesky. Não sabia como, de uma hora para outra, tornou-se o namorado de Paulette Kalesky. Os dois fatos aconteceram durante o mês seguinte, após completar o segundo ano do ensino médio, o que é quase uma maioridade.

Russell Kalesky e Paulette Kalesky eram irmãos, e vizinhos de Denny. Quando era pequeno, Denny Brown fora implacavelmente perseguido por Russell Kalesky. Russell era um ano mais velho do que Denny. Não era uma criança grande, mas era cruel. Algumas das brincadeiras favoritas de Russel incluíam: brincar com fogo na casa de Denny, jogar ovos em Denny, maltratar os animais de estimação de Denny, roubar os brinquedos de Denny e escondê-los atrás dos pneus dos carros estacionados. Além disso, Russell Kalesky apreciava apaixonadamente socar Denny no estômago.

No entanto, no 16º verão de Denny Brown, de uma hora para outra, ele se tornou o melhor amigo de Russell Kalesky. Ele não sabia como isso tinha acontecido. Mas sabia *quando* tinha acontecido. Foi no dia em que Russell Kalesky comprou um carro por cento e cinquenta dólares. O carro era um Ford enorme, um sedã preto de oito cilindros, no qual, na verdade, nada funcionava. O dono anterior do Ford — um mecânico amador de *stock-car* — rebocou o carro alegremente até a entrada da casa dos Kalesky e o deixou lá, para Russel "trabalhar" nele. Por acaso, Denny Brown estava passando pela casa de Kalesky na manhã em que Russell começou a trabalhar no Ford e o chamou:

— Ei, cara, dá só uma olhada.

Russell tinha levantado o capô e estava polindo o motor com um pano. Denny Brown aproximou-se, nervoso, mas tentando disfarçar. Observou por algum tempo. Finalmente, Russell disse:

— Tem outro pano ali, cara. Quer ajudar?

Então, Denny Brown pegou o pano e começou a polir o motor do carro de Russell Kalesky. Era um motor enorme. Grande o bastante para dois polidores.

— Excelente, né? — Russell Kalesky perguntou.

— Excelente — Denny Brown concordou.

Depois disso, Russell começou a ir à casa dos Brown para chamar Denny todas as manhãs.

— Oi, cara — ele dizia —, quer trabalhar no carro hoje?

— Excelente — Denny Brown respondia.

Denny Brown não sabia absolutamente nada sobre carros. E, para falar a verdade, Russel também não. Juntos, eles desaparafusavam algumas peças e as examinavam. Entravam para debaixo do carro e batiam em alguns lugares com chaves de fenda. Podiam passar horas desse jeito. Denny tentava dar a partida no motor, enquanto Russel inclinava-se sob o capô, a cabeça levemente virada, ouvindo. Ouvindo com atenção. Eles sequer tinham um esboço de ideia do que estavam procurando ou ouvindo.

Nos intervalos para descansar, se sentavam no banco da frente do Ford, com as portas abertas, um pé no carro e o outro largado no chão. Cabeças para trás, olhos semicerrados. A única coisa do Ford que funcionava de fato era o rádio, e Russell sintonizava uma estação e aumentava o volume. E então relaxavam. Os outros garotos da vizinhança apareciam, pedalando suas bicicletas até a casa dos Kalesky, deixando-as no quintal da casa. Os garotos da vizinhança então se encostavam no Ford de Russell Kalesky, com os braços cruzados, ouvindo o rádio. Só curtindo.

Ocasionalmente, Russell dizia:

— Excelente, né?

— Excelente — todos os caras respondiam.

Ficavam ouvindo rádio até Russel dizer:

— É isso aí. De volta ao trabalho.

Então, os garotos da vizinhança tinham que subir nas bicicletas e sair pedalando.

— Fique por aí, Dennis — Russell dizia.

Denny Brown não sabia como, de uma hora para outra, tornara-se o melhor amigo de Russell Kalesky. Não sabia como era comum, na verdade, que valentões acabassem se aproximando amigavelmente de suas vítimas. Mas ele ainda não estava cem por cento seguro de que jamais seria socado no estômago novamente. Denny simplesmente não tinha ideia da felicidade que Russell sentia quando trabalhavam juntos no Ford naquelas manhãs. Denny não sabia que isso era a coisa mais feliz que Russell tinha na vida.

Denny Brown também não sabia que o irmão mais velho de Russell Kalesky, Peter Kalesky, ria do carro todas as vezes que vinha jantar. Peter Kalesky era dono de uma bela picape Chevrolet. Peter tinha vinte anos e morava em seu próprio apartamento, do outro lado de Monroe. Infelizmente, vinha jantar com frequência. Denny Brown não sabia absolutamente nada sobre os ataques de Peter a Russell.

— Sabe o que significa Ford? — Peter perguntava. — Significa "Ferrou O Rabo Dele".

— Sabe o que significa Ford? — Peter perguntava. — Significa "Foi Otário, Ruim Demais".

— Sabe o que significa Ford? — Peter perguntava. — Significa "Foi O Russel Derrotado".

— Sabe por que eles colocam aquecimento anticongelante no vidro de trás dos Fords? — Peter perguntava. — Para esquentar as mãos enquanto você empurra a porra do carro ladeira acima.

Russell Kalesky adormecia todas as noites acalentando sonhos de atropelar seu irmão Peter com o reluzente Ford. Ninguém sabia disso. Era o consolo secreto das noites de Russel. Ele sonhava atropelar Peter, dar a ré e atropelá-lo de novo. Para a frente e para trás, para a frente e para trás, para a frente e para trás. Em seus sonhos, o carro dava um leve solavanco cada vez que passava sobre o corpo de Peter. E eram esses suaves e repetidos solavancos que finalmente faziam Russel adormecer.

De manhã, Russell Kalesky acordava e ia bater na casa de Denny Brown.

— Quer trabalhar no carro, cara? — perguntava.

— Excelente — Denny Brown dizia. (Ainda sem saber — sem nunca saber — por que tinha sido convidado.)

Quanto a Paulette Kalesky, era a irmã mais velha de Russel. Tinha dezoito anos. Era a melhor *baby-sitter* de Monroe e sempre tinha trabalho, cuidava das crianças de dezenas de famílias da vizinhança. Paulette era baixa, morena, tinha seios grandes e uma conversa agradável e polida. Tinha uma pele linda. Caminhava pelas ruas do bairro, empurrando os filhos dos outros em seus carrinhos, com várias crianças seguindo-a em seus velocípedes. Ela os levava de cavalinho e distribuía casquinhas de sorvete. Levava *Band-aids* e lenços de papel na bolsa, como se fosse uma mãe de verdade. Os Kalesky não eram a melhor família da cidade de Monroe, mas as pessoas gostavam de Paulette e confiavam nela. Ela era uma *baby-sitter* muito solicitada.

No final do mês de junho, Denny Brown foi convidado para jantar na casa da família Kalesky. Era o aniversário de Russell Kalesky. A sra. Kalesky preparou espaguete. Estavam todos lá. Peter Kalesky atravessara a cidade em seu carro, e Paulette Kalesky tirara uma rara noite de folga de suas atividades de babá. Denny Brown era o único na festa que não pertencia à família. Estava sentado na frente de Russell, espremido entre Paulette e o sr. Kalesky. Russell começou a abrir seus presentes. Paulette chegou um pouco para a frente e colocou a mão sobre a perna de Denny, escondida sob a mesa. Denny e Paulette só tinham se falado uma vez antes desse incidente. A mão na perna não fazia o menor sentido. Mesmo assim, Denny Brown (quinze anos) passou a mão sob a mesa e a colocou sobre a de Paulette Kalesky (dezoito anos). Ele apertou a mão dela. Não sabia onde tinha aprendido a fazer *isso*.

Durante aquele verão, Paulette Kalesky e Denny Brown desenvolveram um sistema. Ela o manteria informado sobre onde estava trabalhando de noite e ele iria visitá-la de bicicleta depois das oito horas, quando ela já teria eficientemente colocado as crianças na cama. Juntos e a sós, Denny Brown e Paulette Kalesky entregavam-se ao sexo dos mais ardentes. Sexo incrível. Ele não sabia como esse sistema fora estabelecido, mas estava em pleno funcionamento. Eram absolutamente discretos. Ninguém sabia nada sobre Denny e Paulette. Mas, ali estava. Sexo ardente. Que veio do nada.

Aos quinze anos, havia muita coisa sobre Paulette Kalesky que Denny Brown não fazia ideia. Ela tinha seios enormes. Isso ele sabia, mas apenas pela mais discreta observação. Apesar do sexo ardente, Paulette jamais deixava que ele visse ou tocasse em seus seios. Ela jamais tirava a blusa. Denny não sabia o motivo. A verdade é que Paulette desenvolvera os seios na quinta série. Cedo demais, grandes demais. Seus irmãos, Peter e Russell, obviamente não perderam a oportunidade de gozar muito dela, assim como seus colegas de colégio. Houve uma época, na sexta série, em que ela era regularmente vítima de gozação, e chorava todas as manhãs e implorava aos pais para não a obrigarem a ir à escola.

Seu pai lhe disse:

— Seios grandes são bonitos, e um dia você vai se sentir feliz com eles. Enquanto isso, vai ter que aguentar ser ridicularizada.

Paulette continuou sendo ridicularizada durante todo o ensino médio, com uma pequena diferença: algumas garotas da turma começaram a sentir ciúmes dela. Havia um grupo, em especial, que a chamava de Paulette Boquete, ou de a Puta Paulette. Mas não porque ela estivesse roubando o namorado de alguém. De forma alguma. Denny Brown foi seu primeiro namorado, seu primeiro beijo. Naquela época, ela já tinha terminado o ensino médio.

Denny não sabia por que Paulette Kalesky começara a gostar dele de repente, nem por que Russell Kalesky tinha se tornado seu amigo. Não fazia ideia de que negócio era aquele.

Havia, na verdade, uma ótima explicação para Paulette ter se sentido atraída por Denny, mas era um segredo. Denny Brown jamais saberia. Denny Brown jamais saberia que Paulette Kalesky fora *baby-sitter* durante muitos meses na mesma casa em que o pai de Denny trabalhava como enfermeiro particular. Era na casa de uma próspera família local, os Hart. A sra. Hart tivera uma filha no mesmo ano em que o pai do sr. Hart morria de câncer. Na mesma casa, portanto, os Hart tinham que cuidar das cólicas da neném e do velho senil de oitenta anos, com o fígado apodrecido. Paulette Kalesky foi contratada para cuidar do bebê. O sr. Brown foi contratado para cuidar do velho. Paulette e o sr. Brown não conviveram por muito tempo ao longo daqueles meses, mas seus caminhos se cruzavam na casa dos Hart, normalmente na cozinha, onde Paulette estaria preparando uma mamadeira e o sr. Brown, um purê de cenouras.

— Você aceita um chá? — o sr. Brown perguntava para Paulette. — Um copo de água, talvez? Você parece cansada.

— Não, obrigada — Paulette respondia, sentindo-se envergonhada por um adulto tratá-la como se ela mesma fosse uma adulta.

— Você está fazendo um ótimo trabalho — o sr. Brown um dia disse para Paulette. — A senhora Hart estaria perdida sem você.

Paulette também achou que o sr. Brown fazia um bom trabalho, pelo jeito como cuidava do velho sr. Hart. Ela tinha visto como ele havia clareado e limpado o quarto do doente desde que assumira o cargo de enfermeiro principal. O sr. Brown levara um grande e colorido calendário, que pendurou bem em frente à cama do sr. Hart. Também levou um relógio com ponteiros brilhantes, que foi colocado em um lugar visível para o paciente. Falava com o velho sr. Hart de maneira muito clara e específica, usando referências diretas à hora e ao local. Não deixava de lado nenhum tipo de informação, sempre tentando manter alerta o cada vez mais distante do mundo sr. Hart.

— Meu nome é Fred Brown — o sr. Brown dizia, no início de cada turno. — Sou o enfermeiro que toma conta do senhor. Ficarei com o senhor pelas próximas oito horas. Seu filho mais velho, Anthony, me contratou. O senhor está na casa do Anthony.

Ao longo de todo o dia, o sr. Brown explicava cada um de seus movimentos com toda a clareza. Ao final de um dia típico, se despedia:

— Boa noite, sr. Hart. São sete horas da noite, está na hora de eu ir para a minha casa. Voltarei para ajudar o senhor novamente na quarta-feira, dia 14 de outubro, às onze horas da manhã.

Paulette Kalesky achava o sr. Brown uma pessoa incrível e um enfermeiro maravilhoso. Ela o considerava o homem mais legal que já conhecera e, secretamente, apaixonou-se por ele. Por fim, o velho sr. Hart morreu, de câncer no fígado, é claro. O sr. Brown foi trabalhar em outra casa, e assim Paulette Kalesky não o viu nunca mais, a não ser de relance, passando pela vizinhança. Foi então que, de repente, Denny Brown começou a aparecer na casa dela, trabalhando no Ford do seu irmão caçula.

— Você é filho de Fred Brown, não é? — Paulette perguntou para Denny, ainda em junho. Foi a primeira vez que eles se falaram. Na verdade, aquela seria a única vez que se falariam antes da noite em que Paulette colocou a mão na perna de Denny. Denny jamais saberia por que ela tinha lhe feito aquela pergunta específica.

— Isso — respondeu. — Ele é o meu pai.

Paulette não via qualquer semelhança entre Denny e o pai. Mesmo assim, tinha uma grande esperança de que Denny crescesse e ficasse como o sr. Brown. De algum jeito. Assim, foi por isso que se apaixonou por Denny Brown secretamente. Com essa esperança.

Naturalmente, Denny Brown não fazia a menor ideia de nada disso.

Quando ficasse adulto, Denny Brown olharia para trás, para o seu 16º verão, e pensaria, abismado, sobre como até mesmo deixavam que ele saísse de casa. Ele se daria conta de como era absurdamente desinformado, como era absurdamente despreparado. Denny Brown carecia de muitas informações aos quinze anos. Qualquer coisa o teria ajudado. Por menor que fosse. Mais tarde, Denny concluiria que fora jogado na vida sem saber de nada. Ninguém jamais lhe disse nada sobre coisa nenhuma. Não tinha ideia sobre o que as pessoas faziam com suas vidas, o que desejavam ou do que se arrependiam. Não sabia por que as pessoas se casavam, escolhiam empregos, amigos, ou por que escondiam os seios. Não tinha a menor ideia sobre se era bom em alguma coisa, ou sobre como descobrir isso. Todo mundo o deixava andar por aí, sem saber nada.

Sua educação era incompleta demais. Denny Brown (aos quinze anos) não sabia o significado de nenhuma dessas palavras: *etéreo, prosaico, fluvial, parcimônia, gregário, cáustico, melindre, niilismo ou golpe de estado*. Estavam entre a lista de palavras que ele (e todos os outros alunos do ensino médio daquela região) aprenderia no final do próximo ano letivo. Mas ele teria de atravessar seu 16º verão sem poder usar nenhuma dessas palavras.

Denny Brown nada sabia sobre Euclides, ou o que era mitose, ou tampouco que Beethoven era surdo; mas o conselho pedagógico da escola municipal de Monroe estava empenhado em lhe ensinar todas essas coisas também, logo que chegasse setembro.

Outra coisa sobre a qual Denny Brown não tinha qualquer ideia era por que sua cidade se chamava Monroe. O que será que Monroe significava? De algum jeito, deixaram que ele passasse por todas as séries da escola pública de Monroe sem sequer aprender que a cidade recebera esse nome por causa de um dos presidentes dos Estados Unidos, James Monroe. Denny Brown achava que "Monroe" era apenas uma palavra. Ele não sabia, portanto, a que a palavra "Monroe" se referia quando usada em alguns dos principais contextos de sua vida, como o Monroe Memorial Hospital, ou Monroe High School ou ainda Monroe Country Club. Denny Brown não sabia que James Monroe fora um veterano ferido na Guerra de Independência dos Estados Unidos e duas vezes presidente. Denny certamente não sabia que, em sua reeleição em 1820, James Monroe recebeu os votos de absolutamente todos os eleitores do colégio eleitoral, menos um — o de um delegado de New Hampshire chamado William Plumber. Ele abriu mão de votar e guardou o voto, para assegurar que nenhum outro homem jamais dividisse com George Washington a honra de uma eleição unânime para a presidência dos Estados Unidos. William Plumber (um homem que se tornou notável unicamente por esse fato) acreditava que privar George Washington dessa realização singular seria uma vergonha nacional, que todos os cidadãos americanos iriam lembrar e lamentar pelo resto da história do país.

Ainda assim, Denny Brown (aos quinze anos) sequer sabia que a palavra "Monroe" era o nome de uma pessoa.

Denny Brown nada sabia sobre o lugar onde morava. Não sabia que sua água vinha de um reservatório a quarenta quilômetros ao norte de Monroe, ou que a eletricidade vinha de uma das primeiras usinas nucleares do estado. Ele passara a vida em um conjunto habitacional suburbano chamado Greenwood Fields, sem jamais saber que aquela região fora uma fazenda de gado leiteiro. Não sabia que a terra um dia pertencera a uma família de imigrantes suecos, chamados Martinsson, cujo filho único morrera em 1917, nas trincheiras da França. Na verdade, Denny Brown ainda não sabia o que eram *trincheiras*. Aprenderia isso na aula de História, no ano seguinte. Ainda não sabia muita coisa sobre a Primeira Guerra Mundial. Nada sabia (e jamais viria a aprender, de fato) sobre guerras mais obscuras, como a guerra Hispano-Americana, ou a guerra da Coreia. Não sabia que a mãe havia servido durante um ano como enfermeira na guerra da Coreia. Ela jamais falara sobre isso com ele.

 Denny Brown não sabia que os pais haviam se apaixonado, literalmente, à primeira vista, ou que a mãe estava grávida no dia do casamento. Não sabia que a avó paterna fora radicalmente contra o casamento porque a mãe de Denny era mais velha que o pai, além de respondona. A avó Brown achava que a mãe de Denny era uma "puta" e disse isso com todas as letras para o filho. (Essa seria a *única* vez em que ela usaria uma palavra suja em noventa anos de vida sobre a terra, e o pai de Denny chorou ao ouvi-la.)

 Denny Brown não sabia que a mãe chorara apenas uma vez durante a vida de casada. Ele sequer conseguia imaginá-la chorando. E fora por causa do próprio Denny, na verdade. Aconteceu quando ele tinha dois anos de idade. Ele se aproximou do fogão e derrubou sobre o corpo uma frigideira cheia de óleo fervendo. A mãe estava bem ao lado. Agarrou-o e o jogou dentro da banheira, cobrindo-o de água fria. Arrancou suas roupas. A mãe (a enfermeira da unidade de queimados, a veterana do hospital de guerra) ficou histérica, gritando pelo marido. O bebê gritava; a mãe gritava. Ela não deixava Denny sair de sob o jato de água fria, mesmo ele tremendo e os lábios ficando azuis.

 — Ele se queimou! — ela gritou. — Ele se queimou! Ele se queimou!

 Na verdade, acabou ficando tudo bem com Denny. A sra. Brown agiu rápido o suficiente, e Denny tivera apenas queimaduras de primeiro grau no rosto e nas mãos. Mas a mãe chorou por um dia inteiro. E pensava: "Não mereço ser mãe."

Para piorar, até o dia em que Denny se queimou, sua mãe queria ter um segundo filho, mas jamais voltou a pensar nisso novamente. Nunca mais. Denny Brown não sabia que algum dia tinha se queimado, ou que sua mãe já tinha chorado ou ainda que algum dia ela quisera ter outro filho. Ele não fazia ideia de nada disso.

 Ele sabia, no entanto, de onde vinham os bebês. Aos quinze anos, isso era algo que sabia. A mãe lhe ensinara isso, na idade certa e da maneira correta.

 Mas havia muita coisa que ele ainda não aprendera. Sua ignorância abrangia vários assuntos. Aos quinze anos, por exemplo, Denny Brown ainda acreditava que as Twin Towers, as torres gêmeas de Nova York, na verdade ficavam nas cidades gêmeas, conhecidas como Twin Cities, no estado de Minnesota.

Na manhã de 17 de agosto do 16º verão de Denny Brown, Russell Kalesky foi até a casa da família Brown para chamar Denny. Como sempre. Tudo naquela manhã aconteceu como sempre.

 — Quer ir trabalhar no carro hoje, cara? — Russell perguntou.

 — Excelente — Denny Brown respondeu.

 Mas Russell parecia diferente. Seu rosto e os braços estavam cobertos por medonhas bolinhas vermelhas.

 — Você está bem? — Denny perguntou.

 — Dá só uma olhada — Russell disse. — Peguei catapora, cara. — Denny Brown não sabia que qualquer pessoa podia pegar catapora, que isso não era exclusividade de crianças pequenas.

 — Mãe! — Denny gritou, rindo. — Mãe! Socorro!

 A mãe de Denny, a enfermeira, veio até a porta e olhou para Russell. Ela pediu que ele levantasse a blusa, para que pudesse examinar as bolinhas em seu peito. Isso deixou Russell Kalesky completamente envergonhado e ele começou a rir tão intensamente que uma bolha de ranho estourou em uma de suas narinas, o que, por sua vez, fez *Denny* cair na gargalhada a ponto de precisar se sentar no degrau da entrada. Denny e Russell riam como dois malucos.

— Você está com catapora, com toda a certeza — a mãe de Denny diagnosticou.

Por algum motivo, isso fez Russell e Denny rirem tanto que acabaram caindo nos braços um do outro, dobrando-se sobre a barriga e batendo os pés no chão.

— Ainda que isso não pareça estar atrapalhando o seu estado de ânimo... — a mãe de Denny observou.

Como ele já tivera catapora, a mãe de Denny deixou que fosse à casa dos Kalesky. Russell e Denny trabalharam no Ford por algum tempo. A tarefa do dia era tirar os espelhos das laterais do carro, mergulhá-los em um balde cheio de água com sabão, dar um polimento e recolocá-los no lugar. Russell entrava e saía da garagem, porque, segundo ele, o sol estava machucando as erupções da catapora. Toda vez que Russell pronunciava a palavra catapora, Denny começava a rir de novo.

— Quem é que pega catapora, cara? — Denny perguntou. — Que doideira, pegar catapora.

— Minha família inteira pegou, cara — Russell disse. — Ninguém nunca tinha tido isso e agora a família toda está com catapora. Até a minha mãe, cara.

Denny riu. E depois parou de rir.

— Até a Paulette? — perguntou. — A Paulette também pegou?

Era a primeira vez que Denny Brown mencionava o nome de Paulette perto de Russell Kalesky, o irmão dela.

— A Paulette? — Russell perguntou. — A Paulette? Foi a Paulette quem trouxe esse negócio aqui pra casa, cara. Que merda! Ela é que tá pior. Ela pegou de uma daquelas crianças idiotas, cara.

— Ela está... hum... bem?

Russell não estava percebendo ou reconhecendo o jeito de Denny falar. Russell não estava se perguntando por que Denny Brown se interessaria por sua irmã, Paulette.

Russell respondeu:

— Paulette é uma doida, cara. Não sai do quarto. Só fica lá, chorando o dia inteiro: "Ahhhh! Está coçando! Me ajudem!"

Denny estava em pé, na entrada da garagem dos Kalesky. Estava ali, sob o sol, segurando um espelho retrovisor. Ficou assim, parado e parado.

— Ei, cara — Russell disse. — Ei, cara — Russell disse de novo.

Denny Brown olhou para ele.

— Ei, cara — Russell disse.

— Tenho que ir lá dentro agora — Denny disse.

Denny colocou o espelho retrovisor no chão e entrou na casa da família Kalesky. A sra. Kalesky estava deitada no sofá. As cortinas fechadas na sala, a televisão ligada. A sra. Kalesky estava pintada de cor-de-rosa, com a loção de calamina.

— A senhora está bem? — Denny perguntou a ela.

Ela fumava um cigarro e olhou para ele. Normalmente, era uma mulher amigável, mas não sorriu. Na verdade, balançou a cabeça, e estava com uma péssima aparência. Seu rosto estava coberto de erupções e inchaços, pior do que Russel.

— Já volto, sra. Kalesky — Denny disse. — Só vou lá em cima. Só vou subir um instantinho.

Denny subiu as escadas da casa dos Kalesky e seguiu pelo corredor até o quarto que sabia ser o de Paulette. Bateu na porta.

— É o Denny — ele disse. — Sou eu.

Entrou. Paulette estava na cama, deitada sobre os lençóis e cobertores. Ela viu Denny e começou a chorar. Estava pior do que Russell, pior do que a mãe. Colocou as mãos sobre o rosto.

— Isso coça — disse. — Coça demais.

— Está bem — Denny Brown respondeu. — Aguenta aí, ok?

O fato é que Denny realmente já tivera catapora. Ele também não era tão novinho assim quando teve. Tinha quase onze anos de idade. Era uma época em que a mãe estava trabalhando muito, e foi o pai de Denny quem cuidou dele. Fora um ótimo enfermeiro, Denny se lembrou.

Denny desceu as escadas e foi para a cozinha dos Kalesky. Russell estava lá também.

— Que merda é essa, cara? — Russell perguntou.

— Russell — a sra. Kalesky disse. — Não. — Ela estava fraca demais para continuar reprimindo os palavrões de Russel.

— Russell — Denny disse —, eu só preciso de um pouco de aveia.

Denny começou a procurar pelos armários da cozinha.

— Que *merda* é essa, cara? — Russell quis saber. Nenhum protesto por parte da sra. Kalesky dessa vez. Ela estava mesmo muito doente.

Denny achou um pote grande de aveia e disse para Russell:

— Isso é para a coceira. A Paulette está precisando, tá legal?

Ele voltou para o andar de cima. Russell o seguiu, em silêncio. Denny colocou um pouco de água na banheira do andar de cima da casa dos Kalesky. Derramou todo o conteúdo da aveia na banheira e checou a temperatura da água, dobrando uma das mangas e mergulhando o braço. Agitou a água para misturar a aveia e deixou a torneira correndo.

Depois, voltou para o quarto de Paulette. Passou por Russell sem dizer uma palavra.

— Paulette — Denny disse —, você vai ficar um pouco dentro da banheira, tá bem? Isso ajuda. Melhora a coceira. Vou ficar perto de você, tá legal?

Ele a ajudou a se sentar na cama e depois a levou até o banheiro. Ela ainda estava chorando, mas não tanto quanto antes. Ele estava segurando a mão dela quando passaram pelo atônito ex-valentão, Russell Kalesky, que ainda estava imóvel, em pé no corredor.

— Com licença — Denny disse educadamente para Russell. — Desculpa.

Denny levou Paulette para dentro do banheiro, fechou e trancou a porta.

— Certo — disse para ela. — Lá vamos nós, ok?

Paulette vestia um pijama úmido de suor. Ela estava muito, muito doente.

— Certo — Denny Brown disse. — Você vai precisar tirar a roupa, tá bem?

Paulette apoiou a mão na pia, para se firmar. Tirou as meias, uma de cada vez. Tirou a calça do pijama, deixando-a cair no chão. Fez o mesmo com a calcinha. Ficou parada.

— Certo — Denny Brown disse. — Vou ajudar você a tirar a blusa e depois vamos te colocar dentro da banheira, está bem? Você vai se sentir muito melhor, está bem? Está bem? Levante os braços, Paulette.

Paulette não se mexeu.

— Vamos lá — Denny Brown disse. — Levante os braços.

Paulette levantou os braços, como uma garotinha que precisasse de ajuda para tirar a camisola. Denny puxou a blusa do pijama pela cabeça.

— Isso — Denny Brown disse. — Parece que o pior está na barriga.

— Olha só a minha pele! — Paulette disse, e começou a chorar de novo.

— Sua pele vai ficar ótima, tá? — Denny disse.

Ele checou a água novamente, que estava morna. Soltou alguns comentários tranquilizadores sobre a temperatura da água. Agitou a aveia novamente dentro da banheira e ajudou Paulette a entrar.

— Está se sentindo melhor, não está? — Denny Brown (aos quinze anos) disse. — Isso ajuda, não é mesmo?

Ela se sentou na banheira, com os joelhos no peito. Colocou a cabeça nos joelhos, ainda chorando.

— Lá vamos nós — Denny Brown disse. Ele encheu a concha das mãos com a aveia molhada e fresca e pressionou nas costas dela, contra as manchas inchadas das coceiras de catapora. — Isso. Isso.

Denny pressionava a massa de aveia no pescoço, ombros e braços de Paulette. Pegou um copo da pia e derramou a água sobre a cabeça dela, para acalmar as coceiras no couro cabeludo. Deixou cair mais um pouco de água morna na banheira, quando a temperatura começou a baixar.

Denny Brown estava ajoelhado no chão, ao lado de Paulette. No andar de baixo, no sofá, a sra. Kalesky se perguntava sobre o que estava acontecendo lá em cima. No andar de cima, o ex-valentão, Russell Kalesky, estava sentado no chão, bem em frente à porta trancada do banheiro. Russell fitava a porta. Tentava ouvir o que estava acontecendo lá dentro, mas não conseguia ouvir nada.

Dentro do banheiro, Denny cuidava de Paulette.

— Agora você pode deitar — disse para ela.

Ele a ajudou a relaxar da posição sentada em que estava, até apoiar as costas totalmente na banheira. Colocou uma toalha molhada sob a cabeça dela, como um travesseiro. A água estava fresca e a cobria completamente, chegando quase ao seu queixo. Seus seios flutuavam. A água os deixava mais leves.

— Você vai se sentir bem melhor daqui a exatamente cinco minutos — Denny Brown disse, e sorriu para ela. Depois, perguntou: — Quer um copo d'água?

— Não, obrigada — Paulette respondeu.

Talvez tenham se passado cinco minutos. Cinco minutos provavelmente se passaram. A sra. Kalesky esperava no andar de baixo, ainda imaginando o que estava acontecendo. A algumas casas dali, a mãe de Denny Brown se aprontava para ir trabalhar, na unidade de queimados. O pai de Denny Brown ajudava um paciente moribundo a almoçar. O Colégio Monroe estava vazio. O Ford de Russell Kalesky se encontrava na entrada da garagem, mais imóvel do que nunca. Era agosto. Todas as coisas estavam como sempre estiveram no mês de agosto.

E então, Paulette Kalesky disse para Denny Brown:

— Você está fazendo um bom trabalho.

Bem ali, do lado de fora do banheiro, Russell Kalesky continuava sentado, completamente imóvel. Não sabia o que o amigo estava fazendo lá dentro. Não sabia o que a irmã estava fazendo lá dentro. Russell não sabia o que estava olhando, mas olhava para a porta do banheiro com toda a atenção com que alguém pode olhar para alguma coisa. Também não sabia o que estava escutando. Mas Russell Kalesky escutava, e sua cabeça estava completamente inclinada.

Nomes de flores e de garotas

Nos tempos de Babette, meu avô ainda não tinha completado vinte anos. Ainda que hoje em dia juventude não seja uma condição para a inocência, e talvez mesmo naquela época já fosse assim, no caso dele, era isso que acontecia. Havia rapazes da idade dele que já tinham servido na guerra e voltado, mas ele não estava entre esses, e pela razão nada romântica de ter um pé vários números maior do que o outro. Calçá-lo com as botas adequadas teria sido um inconveniente grande o suficiente para que o Exército dos Estados Unidos preferisse não alistá-lo, e ele passou a guerra na companhia de sua velha tia-avó.

Nesta quarta-feira em especial, ele decidira não contar para a tia aonde estava indo. Não por desonestidade, pois não era um mentiroso por natureza. Na verdade, acreditava que ela não entenderia, ou nem mesmo o ouviria devido ao seu avançado estágio de senilidade. Ele até pediu à vizinha, uma viúva com problemas nos joelhos, que cuidasse da tia durante toda a noite, e a vizinha o atendeu. Ele já tinha ido a uma luta de boxe no mês anterior e também ficara, por pouco tempo, na porta de um perigoso e barulhento bar local, tarde da noite de um sábado, então essa não era a sua primeira tentativa de observar um local de vícios para ele desconhecidos. Aprendera muito pouco com essas duas primeiras experiências, no entanto, nada além de que o cheiro da fumaça dos cigarros ficava grudado indissoluvelmente nos cabelos e nas roupas. Suas aspirações eram mais altas para aquela noite.

A boate que ele encontrara era consideravelmente mais escura do que a rua do lado de fora. A apresentação era no início da noite por se tratar de um dia de semana, mas o lugar já estava tomado por um inquieto público de homens fumando. As poucas luzes em torno da orquestra foram baixadas no momento em que ele entrou, o que o obrigou a procurar uma cadeira às apalpadelas, tropeçando nos pés e joelhos ao longo da fila. Tentou não tocar nas pessoas, mas sentia suas peles e roupas de lã a cada movimento até achar uma cadeira vazia e se sentar.

— Que horas são? — uma voz ao seu lado indagou.

Meu avô ficou tenso, mas não respondeu.

— Que horas? — a voz indagou novamente.

Meu avô perguntou em voz baixa:

— Está falando comigo?

Um foco de luz acendeu-se subitamente no palco e a pergunta foi esquecida. Babette começou a cantar, ainda que, naquele momento, é claro que ele ainda não sabia o nome dela. Quando seus olhos se acomodaram com o brilho da luz branca, tudo o que ele viu foi a cor de seu vestido — um verde vívido, que atualmente chamamos de verde-limão. Uma cor que, com absoluta certeza, não se encontra na natureza, mas que agora é produzida artificialmente para tintas, tecidos e comida. Não nos causa mais nenhuma surpresa; já estamos por demais familiarizados com ela. Mas, em 1919, ainda não havia carros pintados daquela cor, nem casinhas nos subúrbios, ou ainda, como se poderia pensar, tecidos.

Só que era isso mesmo que Babette vestia, sem mangas e curto. Meu avô, a princípio, nem se deu conta de que ela estava cantando, diante daquele vestido de um verde-limão tão intenso. Ela não era uma cantora talentosa, mas isso quase não precisa ser dito, pois o talento musical obviamente não era um requisito necessário para o seu trabalho. O que ela fazia, e bem, era se mover em passos de dança insinuantes, sobre pernas muito aprazíveis. Os romancistas que escreviam havia apenas uma década antes daquela noite ainda se referiam à beleza feminina citando os "braços bem-torneados e roliços". Ao final da Primeira Guerra Mundial, no entanto, a moda se modificara de tal forma que outros atributos passaram a ser agora revelados, e os braços começaram a receber uma atenção consideravelmente menor do que em épocas anteriores. Lamentável, pois os braços de Babette eram adoráveis, talvez seu traço mais bonito. Meu avô, no entanto, não era um homem muito moderno, apesar de tão jovem na época, e apreciou os braços de Babette com toda a atenção.

As luzes no fundo do palco foram aumentadas, e havia diversos casais de dançarinos atrás de Babette. Dançarinos satisfatórios e eficientes — os homens eram elegantes e vestiam preto, as mulheres usavam vestidos curtos e rodados. A natureza da iluminação modificava a tonalidade de suas roupas para tons uniformes de marrom e cinza, e meu avô não podia fazer muito mais do que registrar a presença deles e voltar a se concentrar em Babette.

Ele não era uma pessoa bastante familiarizada com o *show business* para saber que ao que estava assistindo não passava de um insignificante número de abertura para o que seria uma longa noite de apresentações licenciosas. Esse número específico era apenas uma desculpa para as cortinas serem abertas diante de algo um pouco mais atraente do que um palco vazio, para aquecer a orquestra e avisar ao público que a noite estava começando. Nada havia de impróprio em Babette, a não ser o comprimento de sua saia, e provavelmente meu avô era o único membro do público a sentir alguma emoção diante do que estava assistindo. É quase certo que nenhum dos outros homens à sua volta estivesse agarrando as calças com as mãos úmidas ou movendo os lábios, silenciosamente tentando encontrar palavras para descrever aquele vestido, os braços, os inacreditáveis cabelos vermelhos e o batom. A maior parte do público já tinha ouvido a música em uma gravação feita por uma mulher mais bonita e talentosa do que Babette, mas meu avô sabia muito pouco sobre música popular ou garotas bonitas.

Quando os artistas agradeceram e as luzes se apagaram, ele pulou de seu lugar e avançou rapidamente, de costas para os homens de sua fila, pisando em seus pés, tropeçando, pedindo desculpas por sua falta de jeito com um murmúrio baixo. Às apalpadelas, encontrou seu caminho até o corredor central e as pesadas portas, que lançaram rápidos triângulos de luz sobre o chão atrás dele quando as abriu com um empurrão. Correu pelo lobby e segurou um lanterninha pelo braço.

— Preciso falar com a cantora — disse.

O lanterninha, da idade do meu avô, mas um veterano de guerra, perguntou:

— Quem?

— A cantora. Aquela com o... — ele puxava os próprios cabelos, tomado de frustração.

— Cabelo vermelho — o funcionário completou.

— Isso.

— Ela está com a trupe de visitantes.

— Isso, ótimo, ótimo — meu avô disse, concordando tolamente. — Maravilhoso!

— O que você quer com ela?

— Preciso falar com ela — repetiu.

O empregado, talvez por ver que meu avô era jovem e estava sóbrio, achou que ele era um mensageiro, ou, então, talvez quisesse apenas se livrar dele. De qualquer modo, levou-o até o camarim de Babette, que ficava sob o palco, em um corredor escuro e cheio de portas.

— Tem uma pessoa aqui para falar com a senhora — disse, batendo duas vezes na porta antes de ela responder.

Babette abriu a porta e olhou pelo corredor, para o funcionário que se afastava e depois para o meu avô. Estava de combinação e uma grande toalha cor-de-rosa em volta dos ombros, como um xale.

— Pois não? — ela perguntou, levantando ainda mais as sobrancelhas arqueadas.

— Preciso falar com você — disse meu avô.

Ela o examinou com um olhar. Ele era alto e pálido, usava um terno claro e barato, com o sobretudo dobrado sob um braço, como se fosse uma bola de futebol. Ele tinha o mau hábito de se curvar, mas agora, por puro nervosismo, estava perfeitamente ereto. Essa postura colaborou um bocado para melhorar sua aparência, forçando seu queixo para a frente e emprestando aos seu ombros uma largura que normalmente não exibiam.

Não havia nada nele que pudesse levar Babette a fechar a porta em sua cara, então ela permaneceu diante dele, de combinação e toalha.

— Pois não? — voltou a perguntar.

— Eu quero pintá-la — ele disse, e ela franziu as sobrancelhas e deu um passo para trás. Meu avô ficou alarmado, achando que ela o compreendera mal e pensara que ele queria aplicar tinta ao seu corpo, como alguém que pinta uma parede. Horrorizado, explicou:

— Quero dizer, eu quero fazer uma pintura sua, o seu retrato!

— Agora? — ela perguntou, e ele logo respondeu:

— Não, não, agora não. Mas eu gostaria, entende? Eu adoraria.

— Você é pintor? — ela perguntou.

— Ah, sou terrível — meu avô respondeu. — Sou um péssimo pintor, medonho.

Ela riu dele.

— Vários pintores já pintaram o meu retrato — ela mentiu.

— Com certeza — ele disse.

— Você me viu cantar? — ela perguntou, e ele respondeu que era claro que sim.

— Você não vai ficar para o resto do show? — ela quis saber, e ele fez uma pausa antes de responder, só então se dando conta de que haveria outro espetáculo além do que ele assistira.

— Não — ele respondeu. — Eu não queria perder você. Fiquei com medo de você ir embora imediatamente.

Ela deu de ombros.

— Eu não deixo homens entrarem em meu camarim.

— Claro que não! — ele disse, esperando não ter insinuado que esperava por um convite. — Eu não tinha a menor intenção.

— Mas não vou ficar no meio desse corredor falando com você — ela prosseguiu.

Meu avô disse:

— Lamento tê-la incomodado — e abriu o sobretudo para vesti-lo.

— O que quero dizer é que, se você quer falar comigo, vai ter que entrar — Babette explicou.

— Eu não poderia. Não tinha a intenção de...

Mas ela já tinha dado um passo para trás, para dentro do pequeno camarim mal-iluminado, e segurava a porta aberta. Ele seguiu-a e se encostou na porta assim que ela a fechou, procurando intrometer-se o mínimo possível. Babette puxou uma velha banqueta de piano até a pia e olhou-se em um espelho de mão de prata. Ela deixou a água correr até esquentar, umedeceu dois dedos e pressionou um cacho bem atrás da orelha para corrigi-lo. Depois olhou para o meu avô por cima do ombro.

— Então, que tal me dizer o que você quer exatamente?

— Quero desenhá-la, pintar você.

— Mas você disse que não é bom.
— Sim.
— Você não deveria dizer isso — Babette explicou. — Se você quer ser alguma coisa, se quiser chegar a ser alguém, tem que começar a dizer para as pessoas que você é bom.
— Não posso — ele respondeu. — Não sou.
— Bem, é muito fácil dizer que você é. Vá lá, diga. Diga, "eu sou um bom artista". Vá em frente.
— Não posso — ele repetiu. — Eu não sou.

Ela pegou um lápis de sobrancelha da beira da pia e jogou para ele.
— Desenhe alguma coisa — disse.
— Onde?
— Em qualquer lugar. Nesta parede, naquela, qualquer lugar. Pouco me importa.

Ele hesitou.
— Vá em frente — ela disse. — Não tem como você conseguir deixar esse lugar pior do que já é, se é disso que tem medo.

Ele encontrou um lugar junto à pia, onde a tinta não estava tão descascada ou rabiscada. Lentamente, começou a desenhar uma mão segurando um garfo. Babette ficou atrás dele, inclinada para a frente, olhando por cima de seu ombro.
— Não é um bom ângulo para mim — ele disse, mas ela não respondeu, então ele continuou. Completou o braço e o relógio de pulso do homem. — Está ficando borrado assim porque o lápis é muito macio — ele se desculpou e ela respondeu:
— Pare de falar sobre o desenho. É só terminar.
— Terminei. — Ele deu um passo para trás. — Está quase terminado.

Ela olhou para ele e depois para o esboço.
— Mas é só uma mão. Não tem uma pessoa, não tem rosto.
— Está vendo? Não sou bom. Eu lhe disse que não era bom.
— Não — Babette disse. — Acho que você é muito bom. Achei uma ótima mão com um garfo. Só por isso eu deixo você pintar meu retrato. É que isso é uma coisa estranha para se pintar em uma parede, você não acha?

— Não sei — ele respondeu. — Nunca tinha desenhado em uma parede antes.

— Bem, é um belo desenho — Babette concluiu. — Acho que você é um bom artista.

— Obrigado.

— Você agora deveria me dizer que eu sou uma boa cantora.

— Mas você é! — ele disse. — Você é maravilhosa.

— Você está sendo muito gentil dizendo isso. — Babette sorriu graciosamente. — Mas eu realmente não sou. Não existem boas cantoras em lugares como esse. Tem algumas boas dançarinas, e eu não sou das piores, mas sou uma péssima cantora.

Ele não sabia o que dizer, mas ela o fitava, como se fosse a vez de ele falar, então perguntou:

— Qual o seu nome?

— Babette — disse. — E quando uma garota se deprecia, o que você deveria fazer era se arrastar até o fim do mundo para contradizê-la, sabe?

— Me desculpe — ele disse. — Eu não sabia.

Ela voltou a se olhar no espelho.

— Então você quer pintar só a minha mão? — ela perguntou. — Não tenho um garfo aqui comigo.

— Não — ele respondeu. — Quero pintar você, inteira, cercada de preto, cercada por toda uma multidão de escuridão. Mas vai ter uma luz branca, com você no centro — ele ergueu as mãos para mostrar a posição em um enquadramento imaginário — no centro, em verde e vermelho. — E deixou as mãos caírem. — Você precisava ver aquele verde e aquele vermelho.

— Bem, então você só gostou do vestido — ela disse. — Só do vestido e do cabelo.

E dos seus braços, ele pensou, mas apenas assentiu com a cabeça.

— Mas nada disso sou eu de verdade — Babette disse. — Até o meu cabelo é falso.

— Falso?

— Sim. Falso. Pintado. Por favor, não fique chocado. Sinceramente, é impossível que você nunca tenha visto essa cor de cabelo antes.

— Não! — meu avô quase gritou. — Nunca tinha visto. Acho isso fascinante, que você possa deixá-lo assim, se quiser. Estava intrigado, mas claro que não achei que fosse pintado. Deve haver tantas cores que eu nunca vi, posso tocar?

— Não — Babette disse. Ela pegou um pente de cima da pia e tirou um único fio de cabelo vermelho de seus dentes. Estendeu para ele. — Você pode ficar com esse fio. Estou certa de que não o conheço tão bem assim para deixar que passe as mãos pela minha cabeça toda.

Ele levou o fio de cabelo até a luz e o tencionou sob a lâmpada, franzindo as sobrancelhas, concentrado.

— É castanho em uma das pontas — disse.

— É o cabelo novo — ela explicou.

— Seu cabelo verdadeiro?

— Isso tudo é meu cabelo verdadeiro. Só que esse castanho é a cor verdadeira.

— Igual ao meu — ele disse, surpreso. — Mas jamais daria para saber disso olhando você no palco. Devo dizer, jamais seria possível imaginar que nós dois tínhamos o mesmo tipo de cabelo. Isso não é uma coisa incrível?

Babette deu de ombros.

— Eu não diria que é incrível. Mas acho que estou acostumada com o meu cabelo.

— Sim, suponho que esteja.

— Você não é aqui da cidade de Nova York, é? — ela perguntou.

— Sou, sim. Sempre morei aqui.

— Bem, mas você não parece ser daqui. Parece um garotinho que veio do interior. Mas não vá se ofender por causa disso. Não é uma coisa ruim.

— Eu acho que é. Acho horrível. É porque eu não converso com muita gente.

— O que você faz o dia inteiro, então?

— Às vezes trabalho nos fundos de uma gráfica. E moro com a minha tia-avó.

— E ela é muito velha? — Babette perguntou.

— Sim. E senil. Só se lembra de nomes de flores e de garotas.

— O quê?

— Nomes de flores e de garotas. Não sei por que, mas é assim que ela ficou. Se eu pergunto alguma coisa para minha vó, ela pensa e pensa, mas acaba dizendo alguma coisa como "Gardênia, Margarida, Gloriosa, Íris, Violeta..."

— É mesmo? — Babette disse. — Isso é maravilhoso. Deve ser uma beleza ouvi-la.

— Às vezes. Às vezes é apenas triste, pois vejo como ela fica frustrada. Outras vezes, ela simplesmente fica falando e diz o nome de todas elas de uma vez: Hera-Magnólia-Jacinta-Narcisa-Ninfa-Líria-Rosa. Aí é realmente uma beleza ouvi-la.

— Tenho certeza de que é sim — Babette disse. — A gente esquece quantos nomes de flores também são nomes de garotas.

— Sim — meu avô concordou. — Já me dei conta disso.

— Ela tomava conta de você, não é?

— Sim — ele disse. — Quando eu era jovem.

— Você ainda é jovem — Babette riu. — Eu ainda sou jovem e acho que sou bem mais velha do que você.

— Não faço ideia de qual seja a sua idade. Nem mesmo pensei nisso.

— Dá para saber o porquê. — Babette levantou o espelho e voltou a se olhar novamente. — É essa maquiagem que esconde tudo. É difícil saber minha verdadeira aparência. Acho que sou bonita, de qualquer jeito, mas só esta semana me dei conta de que não vou envelhecer muito bem. Conheço umas mulheres que ficam parecendo garotas a vida inteira e desconfio que seja por causa da pele. De longe, ainda pareço bem, e no palco a gente fica linda por vários anos, mas se você me olhar de perto, já dá para ver as mudanças.

Ela se levantou repentinamente e afastou-se dois passos do meu avô.

— Olha só, eu pareço um anjo daqui — ela disse e depois aproximou-se dele, com um pulo, os narizes quase se tocando. — E agora, olhe só para mim. Vê essas pequenas linhas aqui e aqui? — ela apontou para os cantos externos dos dois olhos. Meu avô não viu nada parecido com linhas, apenas os cílios piscando rapidamente e a maquiagem. Sentiu que a respiração recendia a cigarro e laranjas, e então prendeu a respiração, temendo tocá-la de algum jeito, ou fazer algo errado. Ela deu um passo para trás e ele soltou o ar.

— Mas é assim com tudo o que você olha muito de perto — Babette prosseguiu. O vestido verde que ela usara antes estava pendurado em um cano baixo de exaustão que vinha do teto. Ela pegou-o e voltou para o outro canto de costas novamente, segurando o vestido sobre si. — Dê uma olhada nessa adorável coisa verde — disse. — No palco, ele deixa os homens de cabeça virada, não é mesmo? E parecia que eu me movia num sussurro dentro dele, não acha?

Meu avô respondeu que era exatamente isso o que tinha pensado. Ela se aproximou dele novamente, mas, para seu alívio, não ficou tão perto dessa vez.

— Mas dá para ver que é coisa barata — ela disse, virando o vestido do avesso. — Parece até que foi uma criança que cuidou das costuras, e fica todo apertado com alfinetes. Sinta só. Pode pegar.

Meu avô levantou um pouco da barra do vestido com a mão, ainda que não tenha de fato sentido o material, como ela dissera para fazer.

— Dá para dizer na hora que não é seda verdadeira, que ele não tem nada de bonito. Se eu vestisse isso para ir à casa de alguém, ia ficar parecendo algum tipo de mulher da rua. É patético. — Ela se afastou dele e, por cima do ombro, acrescentou: — Vou poupar você do cheiro. Tenho certeza de que pode imaginá-lo.

Na verdade, ele sequer podia começar a imaginar o cheiro que o vestido teria. Cigarros e laranjas, desconfiou, mas não tinha como saber. Babette deixou a toalha rosa escorregar para o chão e depois se virou e encarou meu avô, apenas com a combinação e as meias.

— Eu diria que devo estar bonita assim, mas não tenho um espelho grande, então não tenho certeza. Mas se eu tirasse essa combinação e você se aproximasse de mim, veria que tenho vários calombos, pelos e sardas, e poderia se decepcionar. Você nunca viu uma mulher nua, não é?

— Sim, já vi — ele respondeu, e Babette olhou para ele, surpreendida.

— Nunca viu — ela disse rispidamente. — Nunca em toda a sua vida.

— Vi. Há três anos que minha tia já não pode mais se cuidar. Eu a mantenho limpa, troco suas roupas, dou banho nela.

Babette encolheu-se.

— Isso deve ser nojento. — Ela pegou a toalha do chão e colocou de volta nos ombros. — Provavelmente, ela nem consegue mais se controlar. Provavelmente deve se sujar toda.

— Eu a mantenho bem limpa — ele disse. — Verifico sempre se...

— Não — Babette levantou as mãos. — Não consigo ouvir isso, nada disso. Vou passar mal, de verdade.

— Me desculpe — meu avô disse. — Eu não queria...

— Isso não incomoda você? Fazer essas coisas? — ela o interrompeu.

— Não — ele respondeu com franqueza. — Acho que é a mesma coisa que cuidar de um bebê, não concorda?

— Não. De jeito nenhum. Mas não é engraçado que eu tenha ficado tão incomodada pelo que você acabou de me contar? Tenho certeza de que existem coisas na minha vida que te deixariam chocado, mas não achava que você pudesse me chocar.

— Não tinha a intenção de chocá-la — ele se desculpou. — Estava apenas respondendo à sua pergunta.

— Mas eu vou te contar uma coisa chocante — ela disse. — Quando eu era pequena, em Elmira, morávamos perto da casa de um velho veterano da Guerra Civil. Ele teve um braço amputado durante uma batalha, mas não deixou o médico se desfazer dele. Em vez disso, guardou o braço, deixou toda a pele apodrecer, deixou secar no sol e trouxe para casa. Um souvenir. Guardou aquele braço até morrer. Usava aquilo para correr atrás dos netos no quintal e batia neles com o osso do próprio braço. Uma vez me sentou na frente dele e me mostrou a pequena rachadura no lugar em que tinha quebrado, quando era novo. Então, você acha isso nojento?

— Não — meu avô respondeu. — É interessante. Nunca conheci ninguém da Guerra Civil.

— Que engraçado — Babette disse. — Todo mundo para quem eu contei essa história ficou chocado, mas eu nunca fiquei. Então por que será que não consigo ouvir você falar em fazer a higiene de sua tia velha?

— Não sei — ele respondeu. — Só que a sua história é muito mais interessante.

— Não achei que ainda tivesse alguma coisa que me deixasse enojada — ela disse. — Vou te contar outra história. A igreja na minha cidade fazia reuniões com sorvete para as crianças, e comíamos tanto que eu acabava passando mal. Mas era tão bom que queríamos mais, então saíamos, vomitávamos o que tínhamos comido e voltávamos correndo para mais. Logo, logo, todos os cachorros da cidade vinham para a igreja e começavam a comer aquele sorvete derretido, tão rápido quanto conseguíamos vomitar. Você acha isso nojento?

— Não — meu avô respondeu. — Acho engraçado.

— Eu também. Achava engraçado naquela época e ainda acho até hoje. — Ela ficou em silêncio por um momento.

— Mesmo assim, há muitas coisas que vi nos últimos anos que lhe deixariam enjoado se eu contasse. Você ficaria chocado. Fiz coisas tão horríveis que nunca lhe contaria, nem que você me implorasse.

— Eu não faria isso. Não quero saber — ele disse, embora, ao sair de casa naquela noite, fosse justamente esse tipo de informação que ele desesperadamente desejava.

— Mas não tem importância, de qualquer jeito. Não vamos falar disso. Mas você é mesmo uma figura, não é não? E eu me sinto exatamente como uma puta velha quando digo isso. São tantas as putas velhas nesse negócio, e elas olham para um garoto e dizem: "Você é mesmo uma figura, não é não?" Mas no seu caso, isso é mesmo verdade. A maioria dos homens, quando descobre um pouquinho do passado de uma garota, fica logo querendo saber sobre tudo o que ela já fez. E você não para de olhar para mim, mas não do jeito que eu estou acostumada.

Meu avô corou.

— Desculpe por ficar olhando — ele disse.

— Mas não é só para mim! Você ficou olhando para o quarto todo. Aposto que memorizou cada rachadura das paredes, as barras do estrado da cama, e tudo o que eu coloquei no fundo das minhas malas também.

— Não.

— Sim, com certeza. E também me memorizou. Não tenho a menor dúvida disso.

Ele não respondeu nada, pois é claro que ela estava absolutamente certa. Em vez disso, se balançou de modo nervoso para a frente e para trás, subitamente consciente da diferença de tamanho de seus pés. Não pela primeira vez na vida, sentiu-se desequilibrado devido à sua deformidade, quase tonto.

— Agora eu o deixei encabulado — Babette disse. — Mas acho que isso deve ser bem fácil de se fazer, então não ficarei orgulhosa. — Após uma pausa, ela acrescentou: — Creio que você seja realmente um artista, por causa do jeito como fica olhando. Você é um observador, não um ouvinte. Estou certa?

— Não sei o que você quer dizer com isso — ele disse.

— Cantarole uma parte da música que eu cantei essa noite, ou mesmo um trecho do coro. Vá em frente.

Ele tentou se lembrar rapidamente e, a princípio, tudo o que lhe veio à mente foi o som do homem sem rosto ao seu lado, perguntando as horas. Então disse:

— Você cantou alguma coisa sobre estar triste porque alguém foi embora, eu acho... — Ele hesitou e depois completou, inseguro: — Era uma bela música. Você cantou muito bem.

Ela riu.

— Não tem o menor problema você não ter ouvido. Era uma música idiota. Mas, diga, quantos casais estavam dançando atrás de mim?

— Quatro — ele respondeu sem hesitar.

— E quem era a garota mais baixinha do palco?

— Era você.

— E qual era o tamanho da orquestra?

— Não dava para ver, só o maestro e o contrabaixista, é claro, pois ele estava de pé.

— Sim, é claro. — Babette foi até a pia e ficou fazendo alguma coisa com os artigos de toalete que estavam ali. Depois, virou-se para ele com um braço esticado. Ela tinha riscado a parte interna de seu antebraço com quatro linhas de batom, cada uma com uma cor levemente diferente da do lado. Cobriu a boca com a outra mão e perguntou:

— Qual a cor que está em meus lábios agora?

Meu avô olhou para o braço, inesperadamente espantado com os riscos vermelhos sobre a pele branca. Fez uma pausa antes de responder, pois outra coisa atraiu seu olhar, uma veia pálida e azulada que percorria diagonalmente a dobra interna de seu cotovelo. Então indicou a segunda linha de batom depois do pulso e disse seguramente, quase com indiferença:

— Essa aqui.

Ele só olhou para o rosto dela depois que ela deixou o braço tombar e a intrigante veia azul sair de sua vista. Ela ainda estava com a outra mão sobre a boca e olhava para ele com olhos tão abertos e espantados que parecia que sua mão pertencia a um estranho, alguém que a atacava. Lentamente, ele puxou seu braço para longe do rosto dela e olhou-a em silêncio. Olhou para seus lábios e confirmou que tinha feito a escolha correta. Sem nem ao menos pensar no que estava começando a fazer, levantou o queixo dela de forma a tirar seu rosto da sombra e estudou o formato de sua testa, nariz e maxilar. Babette olhou para ele.

— Ouça — disse ela. — Se você for me beijar, é só...

Ela parou de falar quando ele soltou seu queixo e segurou-lhe o pulso, virando-o e revelando o local em que ela havia se pintado com os batons. Ficou olhando por um longo tempo, até que finalmente ela começou a esfregar as linhas vermelhas borradas com a ponta da toalha, como se estivesse envergonhada do que tinha feito. Mas meu avô não olhava para lá. Voltara a estudar a pálida veia azul, examinando o curto traçado através de seu leito, a dobra macia do braço. Após algum tempo, ele levantou o outro braço e comparou as veias gêmeas, segurando os pulsos dela gentilmente, mas tão absorto em si mesmo que chegava a negar a suavidade do toque. Ela puxou os braços e ele soltou as mãos, sem dizer nada.

Ele atravessou o quarto e voltou a olhar para o vestido, cuidadosamente registrando o verde alarmante de novo, franzindo os olhos. Depois, voltou para Babette, para confirmar a cor de seus cabelos. Levou o braço até eles, para tocá-los, mas ela o segurou.

— Por favor — ela disse. — Já basta.

Meu avô piscou, como se ela o tivesse recém-despertado, ou lhe dado alguma inesperada má notícia. Ele olhou em volta do quarto, como se procurasse alguma outra pessoa, alguém mais familiar, depois franziu a sobrancelha e voltou a olhar para Babette.

— Você devia saber que existem formas de se comportar — ela disse calmamente. — Existem coisas a serem ditas para que uma garota não se sinta usada. O rosto dela estava inexpressivo, mas ela erguera o espelho de mão e o segurava firmemente, como uma raquete de tênis ou uma arma.

Ele corou.

— Me desculpe — ele balbuciou. — Não tinha intenção... Eu às vezes fico assim, olhando, fitando as coisas daquele jeito...

Babette o interrompeu com um olhar cortante e irritado, que atravessou seu rosto de maneira sombria e rápida.

— Você não pode fazer isso com as pessoas — ela disse. Ele começou a se desculpar novamente, mas ela balançou a cabeça. Finalmente, Babette prosseguiu: — Será uma pintura muito boa, mas não me favorecerá muito. O que não tem problema — acrescentou, dando de ombros desdenhosamente —, pois eu jamais a verei.

— Sinto muito — ele repetiu, sentindo-se e falando como um estranho, como se estivesse novamente em pé diante da porta, no escuro corredor cheio de teias de aranha sob o palco.

Ela levantou um ombro e levou a mão até um cacho vermelho, que já estava perfeitamente no lugar. Meu avô observava, em silêncio.

— Você não acha que já está na hora de ir? — Babette perguntou, por fim.

Ele assentiu com a cabeça, incomodado pela inutilidade das desculpas, e se foi. Achou o caminho pelo corredor escuro e para a saída da boate sozinho, sem precisar, ou mesmo se lembrar, do jovem funcionário que o conduzira até Babette. Do lado de fora, a chuva tinha parado. Seu sobretudo havia secado no camarim, e ele já tinha até se esquecido de que estivera molhado.

A viúva dos joelhos ruins o esperava quando chegou em casa. Ela não perguntou aonde ele fora, disse apenas que a tia estava dormindo na cadeira e que ficara em silêncio durante toda a noite.

— Eu lhe dei um pouco de sopa — ela sussurrou, e ele destrancou a porta.

— Obrigado — disse-lhe. — A senhora é muito gentil.

Meu avô fechou a porta cuidadosamente, tirou os sapatos para não acordar a tia quando passasse pela sala. Em seu quarto, começou a trabalhar no que seria a primeira pintura importante de sua carreira. Encheu várias páginas com os traços borrados de carvão dos rostos sem faces do público na boate, deixando um espaço em branco em cada esboço, sempre no mesmo local. Muitas horas depois, examinou seu trabalho, irritado por ver que todas as pinturas eram iguais: escuras, sólidas e uniformes, com uma lacuna no centro para uma cantora que ele não sabia como começar a desenhar.

Deitou a cabeça sobre o braço e fechou os olhos. Sentiu o cheiro de tabaco da camisa, a princípio de modo inadvertido, mas logo deliberada e intensamente, como se suas habilidades pudessem ser aprimoradas se ele inalasse aquele odor profundamente. Algum tempo depois, abriu sua pequena caixa de tintas a óleo e começou a misturar as cores para chegar ao verde do vestido de Babette.

Apesar de algum tempo depois sua maestria das cores ser considerada inigualável, naquela noite, um jovem com uma coleção limitada de tintas a óleo sentiu-se sobrepujado pelo desafio de relembrar do tom certo. Trabalhou cuidadosamente e por várias vezes sentiu que estava próximo do sucesso, mas descobria que, quando a tinta secava, o efeito se perdia, a cor morria. Viu-se golpeado pela inevitabilidade de suas próprias limitações.

Sua mesa estava quase toda coberta com pedaços amassados de papel e manchas grudentas de um verde inadequado. Voltou a olhar para os esboços a carvão e pensou no que Babette dissera. Ela estava certa ao afirmar que seria uma bela pintura, mas errada por pensar que não lhe seria favorável. Meu avô visualizou a figura que ele sabia que, em algum momento, finalmente ocuparia o espaço em branco e estava certo de que seria uma imagem muito atraente. Ainda assim, a pintura estava destinada, em sua mente, a permanecer como uma acanhada representação da transitoriedade de um momento extraordinário. Seria ele, no final das contas, quem não seria favorecido pelo próprio trabalho. Sua desgraça era se dar conta disso tão jovem.

Ele ouviu um barulho e colocou o bloco de esboços no chão. Sua tia falava e ele se perguntou há quanto tempo estaria acordada. Foi até a sala, onde ligou um pequeno abajur. Ela se balançava levemente, e ele ficou ouvindo-a resmungar.

— Dália — ela dizia —, Azálea, Camélia, Mimosa, Verônica, Perpétua... — A idade a deixara menor. Sob esta luz, no entanto, com o cobertor escuro sobre as pernas e os travesseiros bordados ao seu redor, ela parecia majestosa, até um pouco forte. Meu avô sentou-se a seus pés, como uma criança esperando por uma história.

— Dama-da-noite, Prímula, Jasmim, Acácia — ela disse.

Ele descansou a cabeça sobre seu joelho, e ela parou de falar. Pousou a mão na cabeça dele e a deixou lá, trêmula, com a paralisia permanente da velhice. Ele começou a adormecer. Na verdade, estava cochilando quando ela o chamou:

— Baby.

Ele semiabriu os olhos, sem erguer a cabeça, incerto do que ouvira.

Ela repetiu a palavra, repetidas vezes, com o mesmo tom baixo de suas estranhas listas incoerentes.

— Baby, baby, baby — disse, e, em sua exausta distração, ele a entendeu mal. Acreditou que ela dizia "Babette", repetidas vezes. De todos os nomes de flores e garotas, ele pensou, foi justamente esse, forte e doloroso, que ela finalmente resolvera repetir, repetir e repetir.

Ele fechou os olhos. Mesmo fechados, doíam, como se, de algum jeito, forçara-se a se ver dali a sessenta anos: velho e moribundo, chamando por suas filhas e netas, chamando-as todas para perto de si, chamando-as todas de Babette.

No Mercado Central de Hortaliças do Bronx

Jimmy Moran ainda era muito jovem — pouco mais de quarenta — quando começou a sentir fortes dores nas costas. O médico da família lhe disse que provavelmente teria de operar uma hérnia de disco, e um segundo médico (um especialista caro) confirmou. Os dois médicos concordaram que Jimmy teria de ficar seis meses sem trabalhar. Precisaria ficar deitado de costas e não fazer absolutamente nada por seis meses, e só então poderia ter uma chance de se recuperar completamente.

— Seis meses! — Jimmy reclamou com os médicos. — Trabalho no mercadão de verduras, meus chapas! Vocês estão de brincadeira comigo?

Seis meses! Ele regateou para quatro meses com os médicos, o que mesmo assim era muito mais tempo do que ele poderia conceder. Finalmente, negociaram cinco meses, mas sob resmungos e com óbvia desaprovação. Até mesmo cinco meses era ridículo. Nunca tinha ficado mais de uma semana longe do Mercado Central de Hortaliças do Bronx desde que começara a trabalhar lá como carregador de caminhões, no verão de 1970. Cinco meses! Ele tinha uma mulher para sustentar e tantos filhos em casa que dava até vergonha de dizer quantos. Mas não tinha como escapar. As costas estavam machucadas e precisavam ser operadas, e, desse modo, foi em frente. E foi assim que sobreviveu: a mulher, Gina, começou a fazer hora extra no trabalho; enxugaram a pequena poupança; o irmão, Patrick, lhes deu algum dinheiro. As coisas não estavam tão ruins quanto poderiam estar.

No final das contas, Jimmy Moran conseguiu realizar duas coisas importantes neste período afastado do mercado. Em primeiro lugar, comprou um espetacular sedã Chrysler 1956, que estava em ótimo estado e deslizava como um navio de cruzeiro. Gina não concordou com o investimento, mas eles precisavam de outro carro, e o Chrysler era bem mais barato do que qualquer carro novo. Além disso, ele o comprou de um velho de Pelham Bay, que não tirava o carro da garagem havia décadas e não tinha a menor ideia de quanto valia. Honestamente, a venda foi um roubo. Sem brincadeira. Jimmy sempre quisera um belo carro antigo. Sempre achou que merecia uma bela antiguidade, pois saberia apreciar o carro e cuidaria muito bem dele, e quando dirigisse pela cidade, usaria um chapéu bonito e antiquado, exatamente como o pai costumava usar.

A segunda realização foi a decisão de concorrer para a presidência do sindicato local.

O atual presidente da seção local do poderoso Sindicato dos Caminhoneiros, representando trabalhadores das mais diversas áreas, de empacotadores a pessoal de escritório, era um sujeito chamado Joseph D. DiCello, cuja vantagem óbvia, além da de já ocupar o cargo, era a de ser italiano. A maioria dos trabalhadores sindicalizados do Mercado Central de Hortaliças do Bronx era de italianos, e se metade desses italianos votasse em DiCello, Jimmy Moran levaria uma surra digna de um cachorro sem-vergonha, e ele sabia disso perfeitamente. Jimmy, no entanto, acreditava assim mesmo que tinha chance de ganhar. O motivo era que Joseph D. DiCello, basicamente, era um bosta, um idiota corrupto e inútil.

DiCello andava por aí em seu enorme Pontiac Bonneville e não conseguira defender um só caso dos trabalhadores em seis anos. Praticamente não dava mais as caras no Mercadão do Bronx e, quando aparecia, sempre dava um jeito de levar uma prostituta junto, que pegava em algum lugar perto dos portões do lado de fora. Normalmente, uma prostituta chinesa. DiCello então perguntava para algum carregador:

— E aí, garoto? Gostou da minha esposa? Gostou da minha esposa, garoto?

E o carregador, naturalmente, respondia algo como:

— Claro que sim, patrão.

DiCello então ria do pobre coitado, e até mesmo a prostituta chinesa ria do infeliz. Sendo assim, por diversos outros motivos, as pessoas estavam basicamente ficando fartas de Joseph D. DiCello.

Jimmy Moran, por outro lado, era querido por todos. Os poucos trabalhadores irlandeses que ainda havia no mercado votariam nele sem nem parar para pensar, e Jimmy também se dava muito bem com a maioria dos italianos. Ora, tinha até se casado com uma italiana. Seus próprios filhos eram metade italianos. Ele não tinha qualquer problema com os italianos. Também não tinha problemas com os portugueses e não achava, de forma alguma, que eram todos ladrões por natureza. Tampouco com os negros ele tinha problemas (ao contrário daquele doente preconceituoso do DiCello), e era até mesmo bastante popular entre os hispânicos. Jimmy trabalhara em diversas funções ao longo dos anos no mercado, mas, recentemente, fora contratado de novo como carregador de caminhões, o que significava que ele trabalhava principalmente com dominicanos e porto-riquenhos. Todos sujeitos muito decentes que gostavam de se divertir, pelo que Jimmy Moran podia ver.

Em se tratando dos votos dos mexicanos, isso também não seria problema algum. Os mexicanos mais velhos se lembravam de que, havia muitos e muitos anos, Jimmy Moran trabalhara na função tipicamente mexicana de separar e embalar pimentas. (E não eram aqueles pimentões suaves italianos, mas implacáveis pimentas hispânicas — *jalapeños, poblanos,* caienas, chilis, jamaicanas —, pimentas fortes com as quais só os mexicanos costumavam trabalhar, pois se a pessoa não soubesse o que estava fazendo, podia se machucar de verdade. Quando o óleo daquelas pimentas caía no olho da pessoa, sinceramente, era como se ela tivesse levado um soco.) Apesar de o manuseio das pimentas não ser um trabalho dos mais pesados, não era coisa para um homem branco, e Jimmy saíra de lá havia vários anos. Mas ainda se dava bem com todos os mexicanos mais velhos, e com a maioria dos jovens também.

Quanto aos coreanos, Jimmy não tinha nenhuma experiência com eles. Na verdade, ninguém tinha, então, isso realmente não importava. Não dava para dizer que Joseph D. DiCello fosse um bom amigo dos coreanos, nada disso. Os coreanos eram uma gente esquisita, era perfeitamente possível esquecê-los. Tinham seu próprio mercado dentro do Mercado Central de Hortaliças do Bronx e só vendiam uns para os outros. Conversavam em coreano e, para completar, nem mesmo eram sindicalizados.

Havia mais uma coisa a favor de Jimmy Moran. Ele era um autêntico homem do sindicato, nada a ver com um fulaninho local metido a gângster como o DiCello. Nem mesmo era da cidade. Tinha nascido na Virgínia e o seu pessoal era de autênticos mineradores de carvão, trabalhadores e cristãos honestos. Lá na Virgínia, quando Jimmy tinha apenas dez anos, viu seu avô capotar um caminhão de carvão da companhia e descarregar uma espingarda no motor durante uma greve de trabalhadores. Seu tio fora morto por agentes da companhia e seu outro tio morrera da doença do pulmão preto, seus ancestrais haviam se organizado contra a U.S. Steel, e Jimmy Moran era um operário autêntico — mais autêntico do que um ricaço picareta como o Joseph D. DiCello, por exemplo, jamais poderia almejar ser em mais de mil vidas corruptas.

Jimmy Moran dedicou uma noite de reflexão à candidatura. Já se tinham passado quatro meses de seu tempo de recuperação da cirurgia. Considerou todas as vantagens e desvantagens de tocar uma campanha, que seria sua primeira. Gina não ficaria doida pela ideia, mas as costas de Jimmy já não doíam mais, ele era dono de um belo Chrysler 1956 e se sentia plenamente capaz de ir adiante. Não conseguia imaginar um só motivo para ele — com seu belo histórico trabalhista, seu bom caráter e todos os cargos que já tivera no mercado ao longo dos anos — não poder ser o presidente do sindicato.

Sim, uma noite pensando em sua candidatura e ele acordou na manhã seguinte completamente decidido. Convicto, totalmente. Um sentimento incrível. Como acordar apaixonado.

E foi assim que Jimmy Moran voltou para o Mercado Central de Hortaliças do Bronx, decorridos apenas quatro meses de sua recuperação. O plano era fazer a campanha durante algumas noites e depois voltar ao trabalho oficialmente. Chegou bem depois de meia-noite, quando os caminhões de entregas começavam a estacionar para serem carregados. Ao passar pelo portão, parou para falar com Bahiz, a mulher árabe que conferia os crachás de identificação. Ela era razoavelmente bonita, então todos flertavam com ela. Além disso, era a única mulher que trabalhava em todo o mercado, ao menos pelo que Jimmy Moran pudera ver em quase vinte e cinco anos.

— Bahiz! — ele chamou. — Quem deixou você sair do harém?

— Oh, nossa! Jimmy está de volta! — ela disse. Estava mascando chiclete.

— "Jimmy está de volta!" — Jimmy repetiu. — "Jimmy está de *volta*!" Voltei, mas não peça para eu dar meia-volta, queridinha. Não quero saber de dar as costas para mais ninguém. Cruz-credo! Não quero ouvir nada que me faça lembrar das minhas costas. Gostou do meu carro novo?

— Muito bonito.

— Adivinha o ano.

— Sei lá.

— Tenta adivinhar.

— Eu sei lá. Sessenta e oito?

— Está brincando?

— De quando então? Sessenta e seis? Como é que vou saber?

— Bahiz! É um 56! É um 56, Bahiz!

— É mesmo?

— Abra os olhos, Bahiz.

— Como é que eu ia saber? Mal dá para ver daqui.

— As mulheres o adoram, meu bem. Vou levar você para dar uma volta um dia desses. Você não teria me dito não todos esses anos se eu estivesse dirigindo um carrão bonito desses. É ou não é, Bahiz?

— Ah, Jimmy. Vai pro inferno.

— Você é muito mal-educada, Bahiz. Me diga uma coisa, que tal uns figos?

Às vezes ela tinha uns figos fantásticos guardados. Os figos secos, vendidos por toda parte no Mercado Central de Hortaliças do Bronx, eram, na maioria, figos pretos da Califórnia. E, depois de comer os figos de Bahiz, Jimmy Moran, com toda a certeza, jamais voltaria a comer um figo seco da Califórnia novamente. Alguns dos melhores estabelecimentos do mercado trabalhavam com figos importados da Espanha, que eram até razoáveis, mas muito caros. Além disso, os figos espanhóis ficavam em caixas embaladas com plástico, então era praticamente impossível passar a mão em alguns só para experimentar.

Bahiz, no entanto, às vezes tinha uns figos israelenses absolutamente fantásticos e sempre dava alguns para Jimmy. A mãe de Bahiz enviava os figos pelo correio, lá do Oriente Médio, o que era muito caro, mas valia a pena. Se existe algo que todo mundo sabe é que, por toda a história da humanidade, os figos israelenses sempre foram considerados os mais valiosos de todo o mundo. Eles têm gosto de mel cristalizado. Suas peles parecem um caramelo fino.

Mas Bahiz não tinha nenhum figo naquela noite.

— Não quero mais saber de você, Bahiz — Jimmy Moran disse. — Sua inútil.

— Tomara que alguém acerte a traseira dessa sua porcaria de carro! — ela disse, e os dois riram um para o outro e acenaram, despedindo-se.

Jimmy estacionou o carro na frente da Grafton Brothers, seu empregador mais recente e um dos maiores estabelecimentos atacadistas do mercado, um ótimo lugar para iniciar sua campanha. A Grafton Brothers era uma empresa rentável, e eis o motivo: Salvi e John Grafton compravam produtos maduros demais, que não duravam nas prateleiras, a preços baixíssimos, quase de graça. Então contratavam carregadores para selecionar os produtos — a maioria já podre —, jogar fora o que não prestava e reembalar o resto. A Grafton conseguia triplicar seu investimento com uma remessa barata, mesmo vendendo por preços muito abaixo do resto do mercado. Era praticamente um embuste.

Salvi e John Grafton tornaram-se homens ricos assim, donos de grandes haras de cavalos de corrida na Flórida, mas seu império atacadista ainda cheirava a estrume devido a todos aqueles produtos maduros demais que jogavam fora, e havia mais ratos na Grafton do que em qualquer outro armazém do mercado. Os artigos da Grafton eram um lixo.

Havia casas especializadas no mercado que levavam o negócio a sério e só vendiam frutas e hortaliças perfeitas. Um judeu russo, das docas do norte, recebia endívias diariamente de uma pequena fazenda familiar do interior da Bélgica, e aquelas eram as melhores endívias do *mundo*. Um filipino vendia, em fevereiro, meio quilo de amoras por cinco dólares, no *atacado*, e os fregueses compravam com prazer, pois as amoras eram fantásticas e valiam o preço. A Grafton não era desse tipo.

Jimmy Moran trabalhara para a Grafton, com vários intervalos, por mais de vinte e cinco anos, como carregador, motorista, separador de verduras e praticamente em tudo quanto era tipo de emprego. A única coisa que jamais conseguira foi qualquer trabalho de escritório dentro dos galpões da Grafton. Os trabalhos de escritório do mercadão do Bronx eram sempre mais difíceis de conseguir. A competição era acirrada e havia muita pressão, e ser bom em matemática também parecia ajudar. De qualquer modo, a Grafton Brothers tinha centenas de empregados nas docas, e Jimmy conhecia praticamente todos eles.

Jimmy Moran caminhou ao longo das docas da Grafton Brothers, carregando nas costas uma sacola de aniagem pesada, cheia de broches de campanha que ele fizera no dia anterior. Os broches diziam: DICELLO NÃO ESTÁ DO NOSSO LADO, VAMOS BOTÁ-LO PARA O LADO DE FORA. VOTE EM JIMMY MORAN PARA PRESIDENTE. Eram broches enormes, aproximadamente do diâmetro de uma toranja, com letras pretas sobre um fundo amarelo. Ele circulava pelas pilhas de caixas, balcões de verduras e tratores, ia distribuindo os broches para todo mundo, cumprimentando cada um. Tentou falar da maneira mais pessoal possível.

Dizia:

— Fala, Sammy! Sua mulher ainda capricha naqueles jantares para você?

Dizia:

— Aí, Len! Ainda dando aquelas cochiladas?

Dizia:

— Opa, Sonny! Ainda está trabalhando com aquele outro maluco sem-vergonha?

Entregava os broches, apertava mãos, entregava broches, apertava mãos, entregava mais broches. Jimmy Moran se sentia muito bem. Suas costas não estavam o incomodando nem um pouco. Sentia-se descansado e capaz, e levou várias horas para percorrer toda a Grafton.

Viu seu velho amigo Herb conversando com um carregador jovem e disse:

— Oi, Herb! Quem é, namorado novo?

Viu um carregador, pouca coisa mais velho que seu filho Danny, fumando maconha atrás de uma banca de melões e disse:

— Polícia! Você está preso, seu doidão!

Viu seu velho amigo Angelo jogando cartas sobre os fundos de uma caixa com outros caras e disse:

— Que isso, Angelo, um cassino?

Angelo e os outros deram risada. Todos perguntaram como estavam suas costas, com votos de que estivesse se sentindo melhor. Jimmy Moran sempre fora popular na Grafton e todos ficaram felizes em vê-lo de volta. Ele costumava fazer uma brincadeira engraçada quando trabalhava ali no refrigerador de pepinos. Fingia que era cego. Olhava para o vazio e esticava os braços para a frente, tropeçando por tudo, esbarrando em todo mundo. Falava assim:

— Sou o cego das verduras... Me desculpe, moço, pode me dizer onde estão os pepinos?

Só havia um cara que nunca riu da brincadeira, um carregador haitiano, calado e sério, chamado Hector. Jimmy chegou ao ponto de só fazer a brincadeira do cego das verduras se Hector estivesse por perto, tentando fazê-lo rir pelo menos uma vez. Jimmy tropeçava nos pés de Hector e apalpava o rosto do haitiano, e o sujeito ficava ali parado, de braços cruzados, sem nem um sorriso. Por fim, Jimmy desistia e dizia:

— Qual o seu problema, Hector? Talvez o cego seja você.

— Cadê aquele haitiano, o Hector? — Jimmy perguntou para seu velho amigo Angelo. O saco de broches da campanha de Jimmy já estava pela metade. Sentia que a campanha estava indo bem.

— Hector? — Angelo perguntou. — Ele agora é um distribuidor.

— Ah, para com isso! Hector um *distribuidor*?

— Trabalha com os brócolis.

— É só eu me afastar uns meses e o Hector, de repente, vira um *distribuidor*?

Jimmy dirigiu-se para as docas da Grafton, até os enormes armazéns refrigerados onde ficavam os brócolis, e lá estava o Hector, como era de se esperar, no estande de distribuição.

Cada refrigerador era tão grande quanto um depósito de móveis, portanto, cada um precisava de um distribuidor. O trabalho do distribuidor era controlar as tabelas e listas, mostrando a quantidade de produtos em cada refrigerador e a quantidade que saía em cada pedido. Era um ótimo emprego. Claro que, se você levasse jeito para a matemática, ficava bem mais fácil. Na verdade, uma vez Jimmy Moran tinha sido contratado como distribuidor de cenouras por uns meses, mas os amigos que trabalhavam nas docas estavam sempre de brincadeira ao seu redor e ele se distraía e não fazia o serviço corretamente, então esse trabalho não funcionou para Jimmy, que acabou tendo de encontrar um emprego de carregador nas docas novamente.

Claro que os distribuidores também trabalhavam nas docas. A diferença é que eles tinham que trabalhar em pequenas cabanas de compensado que mais pareciam barracas de pesca no gelo. As cabanas possuíam aquecedores portáteis para combater o frio, algumas eram até mesmo acarpetadas.

Hector estava na cabana, examinando suas tabelas, e havia outro sujeito ao lado dele, comendo um hambúrguer.

— Hector! — Jimmy disse. — Olha só para o señor Hector, o distribuidor!

Hector apertou a mão de Jimmy pela janela da cabana de distribuidor. Havia a página central de uma revista com a foto de negras nuas pendurada na parede, atrás dele. Hector não precisava nem usar casaco, apenas uma fina camisa de algodão abotoada. A cabana de um distribuidor era um lugar realmente aquecido.

— Como vão as coisas? — Jimmy perguntou.

— Nada mal.

— Quem é o seu amigo?

— Esse é o Ed. Ele é do escritório.

Ed e Jimmy apertaram as mãos.

— Então, o que vocês estão fazendo por aqui? — Jimmy perguntou. — Colocando os brócolis em caixinhas e etiquetando a vinte e cinco libras? Que isso? Algum tipo de picaretagem?

Hector não riu. Nem Ed.

— Para com isso, Hector, estou de brincadeira! Preste atenção, estou concorrendo à presidência do sindicato.

Jimmy deu os broches de campanha para Hector.

— Tem um broche para cada um.

Hector leu o broche em voz alta, com seu sotaque engraçado: DICELLO NÃO ESTÁ DO NOSSO LADO, VAMOS BOTÁ-LO PARA O LADO DE FORA. VOTE EM JIMMY MORAN PARA PRESIDENTE.

— Você está disputando contra *DiCello*? — o sujeito do escritório chamado Ed perguntou.

— Isso mesmo.

Ed ficou olhando para Jimmy Moran por um longo, longo tempo. Mastigou o hambúrguer sem pressa, engoliu e finalmente disse:

— O que você está querendo?

— O quê?

— Falando sério. O que está querendo? Morrer?

— Ora, o que é que há?

— O que está querendo? Quer acordar na mala de um carro? Falando sério.

Jimmy Moran olhou para Hector e deu de ombros de um jeito cômico. Hector não sorriu, e Ed continuou a falar.

— O que está querendo? — ele perguntou. — Que lhe cortem as pernas?

— Não tenho medo de Joey DiCello — Jimmy disse. — E espero sinceramente que os dois garotões também não tenham medo dele.

— Eu com certeza me cago de medo dele — Ed disse.

— Joey DiCello não tem motivo algum para ir atrás de um sujeito boa praça que nem eu. O que você acha? Que ele vai me matar e deixar meus filhos sem um pai? Esqueça isso.

Ed devolveu pela janela o broche da campanha de Jimmy.

— Pode ficar com o seu broche, meu amigo.

— Vote em mim e as coisas vão mudar de verdade por aqui.

Hector não tinha dito nada ainda, mas Ed perguntou:

— Você tem mulher?

— Tenho.

— Você odeia ela tanto assim que quer transformá-la em uma viúva? Falando sério. É isso mesmo?

— Ora, não vou ficar discutindo com vocês sobre isso — Jimmy disse. — Não brigo com gente que não sabe o que é bom para si.

Jimmy jogou o saco com os broches da campanha sobre o ombro e seguiu para as docas.

— Nós aqui votamos em DiCello! — Hector gritou para ele. — Não somos estúpidos!

— Vão para o inferno, então! — Jimmy gritou de volta, alegremente.

Então Jimmy Moran roubou algumas belas mangas haitianas de uma bandeja de frutas e largou-as dentro do bolso do casaco. Jimmy aprendera com os hispânicos que as mangas haitianas eram as melhores para se comer com as mãos porque a polpa não é fibrosa. A Grafton normalmente não tinha boas frutas, mas essas eram mangas excepcionais, com cascas verde-menta, passando para um suave amarelo-banana. Alguns sujeitos trabalhavam no Mercado Central do Bronx havia anos e jamais tinham provado verduras ou frutas frescas em suas vidas. Era realmente muito triste. Esses eram os que iam morrer de ataque do coração aos cinquenta, pois comiam carne vermelha e bacon todos os dias, em vez de frutas e legumes, que estavam por toda a parte. Vejam só o amigo de Hector, Ed, por exemplo, sentado diante de um armazém lotado de brócolis, comendo hambúrgueres. Pronto para um ataque do coração.

Jimmy Moran, por outro lado, comia de tudo, pois era louco por verduras. A mãe sempre cultivara belas verduras, e ele comia tudo. Tinha trabalhado como empilhador de caixas em um enorme refrigerador, cheio de ervas frescas, e até mesmo salsa ele comia aos montes. Mastigava rabanetes e couves-flores como se fossem maçãs. Comia até uma pequena alcachofra, retirava a folhas duras da parte de fora e comia o resto da alcachofra, inteira e crua. Comia mais vegetais do que um hippie. As pessoas o achavam doido.

Naquela noite, saiu da Grafton Brothers comendo mangas haitianas ao estilo porto-riquenho. Primeiro, massageava e espremia a manga com os polegares até a polpa ficar macia e sumarenta sob a casca. Trabalhava a fruta com os polegares até ela ficar com consistência de geleia. Então abria um buraquinho com os dentes no alto da fruta e chupava o conteúdo. Doce como um coco. Um sabor estrangeiro, mas gostoso.

* * *

Nas horas que se seguiram, Jimmy Moran levou sua campanha para todos os atacadistas do mercado, Dulrooney's, Evangelisti & Sons, DeRosa Importers e E & M Wholesalers. Ele se apresentou para todos os trabalhadores e conversou um pouco com cada um. Conversou com um pobre coitado que tinha acabado de gastar as economias de toda a vida em um galgo de corrida e com um outro cuja filha adolescente estava com câncer, além de um sortudo que estava indo passar as férias nas Bermudas. Conversou com vários trabalhadores que disseram que ele devia ser louco para disputar a presidência contra um animal mafioso como Joseph D. DiCello.

Enquanto caminhava, comia um punhado de abobrinhas baby que roubou de uma banca da Evangelisti & Sons. Cada abobrinha não era maior que seu dedo mindinho e tinha um sabor rico e delicado, levemente salgado, de um jeito que uma grande abóbora jamais poderia ter. Eram deliciosas cruas, do único tipo que não precisava de nenhum tempero ou molho para serem saboreadas. Abobrinhas baby eram raras nessa época, e caras. Ele encheu os bolsos na Evangelisti & Sons. Uma iguaria. Devorou-as como se fossem amendoins.

Às quatro da manhã, chegou ao fundo de seu saco de broches da campanha. Tinha ido a um local de especialidades gourmet recém-inaugurado, chamado Bella Foods, que vendia para os melhores restaurantes de Nova York e era conhecido por sua exclusividade. Achava que não conheceria ninguém por lá, até avistar seu velho amigo Casper Denni. Conversaram um pouco sobre a campanha de Jimmy e sobre suas famílias. Casper também tinha um monte de filhos e uma esposa italiana. Ele trabalhava como carregador havia vários anos.

— Mas então, o que foi que aconteceu? Ouvi dizer que você sofreu algum tipo de acidente — Casper perguntou.

— A cidade inteira está falando nisso — Jimmy disse.
— Cirurgia nas costas, meu chapa. E você, o que faz agora? Está na distribuição ou algo assim?

Casper estava sentado em uma pequena cabine pintada de branco, bebendo um copo de café.

— De jeito nenhum — respondeu. — Abri meu próprio negócio, vendendo café e rodas de reposição para os carrinhos de carga.

— O quê? — Jimmy riu.

— Estou falando sério, Jimmy. Está tudo ótimo.

— Ah, para com isso!

— Olha só. A ideia é a seguinte. Quantos carrinhos de carga existem no mercado?

— Centenas. Milhões.

— Milhares, Jimmy. Milhares. E todos eles, sem exceção, são uma boa porcaria, como todo mundo sabe. Mas todo carregador precisa de um carrinho, certo? Afinal, quantas caixas um homem consegue carregar sozinho?

— Ah, dá um tempo, Casper.

— Uma caixa, certo? Até mesmo um armário como você, em boa forma, só consegue carregar umas duas caixas, certo? Mas, com um carrinho de carga, você carrega... O quê? Umas dez caixas? Doze, talvez? Um carrinho de carga é uma ferramenta muito importante para o sucesso econômico do cidadão, seu Moran.

— Me desculpe, Casper. Me desculpe, meu chapa, mas com quem você está falando aqui?

— Então, seu Moran, bem no meio da noite, a porcaria da roda do seu carrinho se solta. E o que você faz?

— Procura por aí outro carrinho e rouba de algum otário.

— E leva uma porrada no meio da cabeça? Essa é a solução antiquada. Agora, é só vir falar comigo. Por cinco dólares, eu te vendo uma roda nova. Você me dá mais outros cinco dólares de depósito para levar um martelo e uma chave, que recebe de volta na devolução das ferramentas. Então eu te vendo um copo de café por um dólar e ganho seis no negócio, e você fica com o carrinho consertado.

— Quem é que faz isso?

— Todo mundo, Jimmy. Todos vêm falar comigo agora.

— Isso aconteceu nos últimos quatro meses?

— Estou te falando, Jimmy. É fantástico. Livre de impostos. Nada de sindicato.

— Você é uma figura, Casper. Vou te contar. Você é mesmo uma figura.

— É preciso ser um macaco velho como nós para ter uma boa ideia.

— Eu tenho uma ideia — Jimmy disse, com uma gargalhada. — Tenho uma ideia nova. Você me coloca como sócio, meu chapa.

Casper deu uma gargalhada também e socou Jimmy no braço.

— Então — disse —, você já trabalhou por aqui antes?

— Aqui nesse lugar? Não.

— Já viu o homem dos cogumelos?

— Casper — Jimmy disse —, não faço a menor ideia do que você está falando, meu chapa.

— Nunca viu o homem dos cogumelos? Cara, é incrível. Você tem que dar uma olhada, Jimmy. Não acredito que você nunca tenha ouvido falar desse cara. Quer um pouco de loucura? Ver uma coisa de louco? Você tem que dar uma olhada nessa figura.

Casper saiu de seu pequeno e organizado estande e levou Jimmy para um enorme armazém refrigerado.

— Você vai adorar esse cara, Jimmy.

Caminharam até os fundos do armazém, e Casper parou diante de uma grande porta, fechada por tiras plásticas grossas que mantinham a temperatura constante. Um frigorífico menor. Casper puxou algumas das tiras de plástico para trás e deu alguns passos para dentro. Acenou para Jimmy segui-lo, sorrindo como se fossem entrar num bordel.

Assim que entraram, Jimmy Moran deparou-se simplesmente com os mais fantásticos cogumelos que já tinha visto na vida.

— Olha só para este butim, Jimmy — Casper disse. — Veja só estes cogumelos.

As caixas estavam empilhadas ordenadamente, não mais do que cinco em cada pilha, a do alto aberta para expor os produtos. Logo depois da porta, havia uma caixa aberta de champignons brancos como a neve, maiores que ameixas. Caixas de *shitakes* lustrosos, brilhantes e amarelos cogumelos-palha, e *funghi porcini* que pareciam bons o suficiente para serem servidos na mesa de Deus. Jimmy viu caixas de *portobellos* carnudos e espessos como cortes de filé mignon. Havia um engradado de cogumelo preto selvagem, pequenos e pilosos como guelras. Ele viu uma caixa de cogumelos do tipo que a mãe chamava de chapéu de sapo, e uma outra cheia com o que pareciam ser perfeitas couves-flores. Havia cogumelos morel com formas e tons de coral. Uma caixa cheia de fungos bronzeados, achatados como orelhas, do tipo que nasce em troncos de árvores apodrecidos. Outras caixas estavam cheias de cogumelos chineses que ele não sabia o nome, e algumas com cogumelos com pintas vermelhas e azuis, que podiam ser venenosos. Todo o lugar estava tomado por um cheiro de estrume molhado, como o chão de terra do porão de um celeiro.

Jimmy Moran estendeu a mão para pegar um cogumelo portobello, o maior que já tinha visto. Ele o desejava tanto, mas foi só encostar a mão que ouviu um rosnado como se fosse de um animal. Um homem enorme e feio, usando um macacão e um gorro comprido de lã marrom, avançava para cima dele, exatamente como um cachorro grande.

Jimmy deu um pulo para trás, assustado, e Casper empurrou-o com força, gritando:

— Pra fora! Fora!

Jimmy tropeçou e caiu de costas do lado de fora do depósito, em pânico. Atravessou a cortina de tiras de plástico e aterrissou com força no chão de concreto do armazém. Casper pulou para fora atrás dele, às gargalhadas.

Jimmy ficou caído de costas, no chão frio, e Casper disse:

— Você está salvo agora, meu garoto. O malvado dos cogumelos nunca vem aqui para fora. Credo, que cara maluco. Não toque nos cogumelos, Jimmy. Eu deveria ter te avisado para não tocar na porra dos cogumelos, a não ser com autorização.

No chão, Jimmy tentou se sentar, mas sentiu uma fisgada nas costas, então ficou lá deitado por um tempo, esperando que as costas relaxassem. Casper estendeu-lhe a mão e Jimmy abanou a cabeça, recusando.

— Tudo bem aí, amigo? — Casper perguntou.

Jimmy assentiu com a cabeça.

— Merda, você deve ter machucado as costas. Esqueci da porcaria das suas costas. Meu Deus, me desculpe.

Jimmy assentiu novamente.

— Aquilo lá é uma criatura enlouquecida — Casper disse, e ofereceu a mão novamente para Jimmy. Ele aceitou dessa vez e levantou-se, com todo o cuidado. Casper afastou as tiras de plástico e disse:

— Dá só uma olhada lá dentro, naquele desgraçado.

Jimmy balançou a cabeça. Sentiu que respirava bem devagar.

— Vamos lá. Não precisa entrar lá. Só dê uma olhada no sujeito. Ele não vai tocar em você se deixar os cogumelos em paz. Você tem que dar uma boa olhada nesse cara.

Casper continuou a insistir, e Jimmy finalmente enfiou a cabeça para dentro da sala refrigerada dos cogumelos, cautelosamente. O homem lá dentro era realmente enorme, em pé, imóvel, no meio do depósito. Vestia um macacão marrom e tinha uma barba comprida, da mesma cor. Os pés estavam afastados e as mãos pendiam com os punhos cerrados. Jimmy Moran e o homem dos cogumelos olharam um para o outro. E, embora o homem não tenha rosnado de novo, embora não tenha feito algum movimento em sua direção, Jimmy Moran retirou a cabeça da porta muito lentamente e afastou-se. Caminhou com o amigo de volta ao estande de Casper, no corredor.

Assim que chegaram, Casper disse:

— Os melhores cogumelos de todo o mercado.

Jimmy se sentou em uma caixa perto do estande de Casper e fechou os olhos. Suas costas estavam rígidas. Ficar sentado não ajudava, então se levantou de novo.

— O proprietário contratou aquele maluco há uns meses — Casper explicou. — O cara era caminhoneiro. Veio de algum lugar, como o Texas, ninguém sabe direito. Ele e os proprietários fizeram algum tipo de acordo. O cara nunca sai lá de dentro. Eu fico aqui, noite após noite, Jimmy, e uma coisa eu te digo, aquele desgraçado nunca sai lá de dentro. Sinceramente, Jimmy, aqueles malditos cogumelos são os melhores que você vai ver em toda a vida. Os proprietários estavam tendo problemas com gente roubando a mercadoria, sabe?

— Meu Deus.

— Acabaram-se os problemas com os roubos agora. Isso eu te digo, com toda a certeza. Está pensando em roubar uns cogumelos? Primeiro vai ter que encarar aquele grandalhão lá dentro.

— Você tem uma aspirina? — Jimmy perguntou.
— Não, mas posso te dar um café, seu bobalhão patético. Agora, dê o fora daqui, Jimmy. Melhoras. Boa sorte com sua eleição, mesmo que eu ache que você esteja maluco por disputar com um cara que provavelmente vai meter uma bala no seu pescoço logo, logo. Agora, pegue seu café e se manda daqui. Corra, ou todo mundo vai achar que estou distribuindo minhas coisas de graça. Vão achar que eu não sei como tocar o meu negócio.

Jimmy Moran caminhou lentamente pelos estacionamentos complicados e interligados até achar seu carro. Balançava os braços enquanto andava, tentando aliviar a rigidez das costas. Achou que provavelmente devia estar parecendo um idiota fazendo isso, mas não ligava. Afinal de contas, estava passando pelo estacionamento dos fundos do mercado coreano a maior parte do caminho e pouco lhe importava o que os coreanos pensavam sobre sua aparência. O mercado coreano agora era enorme. Jimmy Moran pensou que, um dia, eles poderiam vir a tomar conta de todo o Mercado Central de Hortaliças do Bronx, uma ideia que não o deixava muito animado, de forma alguma. Os coreanos trabalhavam absurdamente e nem mesmo tinham um sindicato. Vendiam verduras de que ninguém nunca ouvira falar.

Estava cansado. Nesses quatro meses de folga, começara a viver em horário de gente pela primeira vez em sua vida adulta — dormindo de noite e acordando de dia — e ainda não havia se reajustado a ficar acordado no meio da noite. O dia estava quase amanhecendo. Levou quase uma hora para voltar até o lugar em que tinha estacionado, sob um poderoso poste de luz. Seu carro era realmente lindo. Adorava seu carro. Nesta noite nublada e úmida, sob essa enorme luz artificial, ele parecia algum tipo de criatura marinha — a cor azulada da água e poderosas nadadeiras cintilantes. As lanternas traseiras pareciam olhos enganosos refletindo a luz.

Tinha um segundo saco de broches da campanha no bagageiro. O plano era dirigir para o lado norte do mercado e distribuir os broches em alguns dos grandes estabelecimentos comerciais de lá, antes que todos saíssem para o dia de trabalho. Seguiu para o norte, cruzando as filas de caminhões de frete, todos encostados de ré nas escuras docas de carga. As cabines dos caminhões estavam na penumbra, fechadas. Os motoristas, a maioria gente do sul, assim como ele, dormiam lá dentro, em colchões escondidos, enquanto os carregadores abasteciam a carroceria com as caixas. Os homens empurravam os carrinhos cheios de caixas e manobravam pelos corredores estreitos entre os enormes caminhões. Algumas vezes, faziam uma pausa e sinalizavam com o polegar para cima para Jimmy Moran, cumprimentando-o por seu belo carro. Outras, vinham trotando através do caminho, concentrados em seus destinos, e Jimmy quase os atropelava.

Aproximou-se de um vigia conhecido seu, que patrulhava o estacionamento a pé. A fumaça baixa do diesel passava na altura dos joelhos dele, parecendo que ele se arrastava em meio à bruma. Jimmy parou para conversar. O guarda era um polaco gente boa, que morava no mesmo bairro que Jimmy e se chamava Paul Gadomski. Jimmy baixou o vidro da janela e Paul encostou-se ao Chrysler e acendeu um cigarro.

— Que modelo é esse, um 58? — Paul perguntou.

— Um 56, Pauly!

— Mas que beleza.

— Obrigado. Pegue um broche — Jimmy disse e entregou um broche da campanha pela janela.

— Que negócio é esse? Você não está disputando com o DiCello?

— Estou sim — Jimmy respondeu. Nossa, como estava cansado. — E gostaria de poder contar com o seu voto, Paul.

— Que diabos, eu não voto no seu sindicato, Jim. Fala sério. Não sou caminhoneiro. Sou policial.

— Fala sério *você*, Pauly. Você não é policial coisa nenhuma, meu chapa.

— Dá no mesmo.

— Segurança particular?

— Bem, não tenho a menor dúvida de que não sou caminhoneiro.

— Eu tenho certeza de que gostaria muito que você usasse o broche assim mesmo.

— Que droga, Jimmy. Não posso usar um broche da campanha do sindicato dos caminhoneiros no meu uniforme.

— Bem, pense sobre isso, Pauly.

— Vou levar para casa, para o meu filho brincar — Paul disse. Ele guardou o broche no bolso do casaco.

Os dois homens, sozinhos em um dos estacionamentos dos fundos, conversaram sobre os negócios. Paul disse que, enquanto Jimmy esteve fora para operar as costas, teve um caminhoneiro com o pescoço cortado numa daquelas noites. Ninguém tinha sido preso ainda. Jimmy disse que não tinha ouvido nada sobre aquilo. Paul disse que o corpo foi encontrado debaixo do caminhão de um outro motorista. *Esse outro* motorista, que estava transportando bananas por toda a costa, até a Flórida, alegou que não sabia de nada sobre assassinato nenhum, e a polícia o liberou. Paul não podia acreditar em como os policiais eram tão tolos. Disse que a polícia não parecia estar interessada em descobrir o que realmente acontecera naquela noite. Jimmy disse que quase sempre era assim, pois a polícia normalmente era corrupta e paga pela máfia como todo mundo. Paul disse que sabia como certo que o morto tinha ganhado no jogo naquela tarde mesmo e ficara se gabando a noite toda de ter enchido o bolso com algo em torno de vinte mil. Ele contou que a merda se espalhou pelo mercado todo durante uma semana, com a polícia lacrando algumas áreas e fazendo um monte de perguntas idiotas. Jimmy disse que, para ele, o assassinato parecia mais uma briga por causa de um ponto de estacionamento e que ele desconfiaria do transportador de bananas da Flórida. Lembrou-se do primeiro ano em que começara a trabalhar no mercado, em que vira um cara apanhar até a morte com uma chave de roda por causa de uma vaga nas docas. Jimmy vira diversas discussões por vagas no estacionamento acabar em violência.

Paul disse que só havia um monte de animais trabalhando naquele lugar. Jimmy concordou e os dois se despediram com um boa-noite.

Jimmy Moran seguiu dirigindo. Passou por uma bela frota de caminhões frigoríficos de supermercado sendo carregada na Bennetti & Perke, um grande atacadista que distribuía para todas as cadeias de supermercados do litoral da costa leste. Jimmy não sabia quem era o proprietário da Bennetti & Perke, mas, sem a menor sombra de dúvida, era um homem muito, mas muito rico, que provavelmente estava dormindo em alguma mansão bem de frente para o mar.

Grandes fortunas circulavam todas as noites pelo Mercado Central de Hortaliças do Bronx, chegava a ser quase inacreditável. Seria inacreditável e inimaginável para qualquer um que nunca tivesse visto o lugar em pleno funcionamento. As telas de alambrado com espirais de concertina cortante em cima e holofotes de segurança davam ao mercado o aspecto de uma prisão, mas certamente não era nada disso, como Jimmy e todo mundo que já trabalhara lá sabiam. Não era nenhuma prisão. Na verdade, era um *banco*.

Quando Jimmy Moran não passava de um jovem carregador, ele e seus colegas ficavam muito tempo tentando imaginar um jeito de desviar um pouco daquela fortuna. Passaram muitas horas imaginando quanto dinheiro mudava de mãos a cada noite no mercado. Claro que isso não passava de brincadeira de garotos. Eram os mais velhos que sabiam muito bem que jamais haveria um único jeito de roubar qualquer quantia de dinheiro, a não ser que você já fosse rico.

No verão anterior, o filho mais velho de Jimmy, Danny, trabalhara como carregador de meio expediente, na Grafton Brothers. Danny também tentou, no mesmo espírito de ócio, imaginar quanto dinheiro havia dentro do mercado, e como desviá-lo. Jimmy estava ciente disso. Danny também queria saber como roubar o dinheiro, como tirá-lo de lá, como desviá-lo. Ao voltarem para casa juntos, de manhã cedo, Danny especulava vagamente sobre o dinheiro. Não seria fantástico, dizia, conseguir desviar um mísero centavo de cada quilo de produto vendido no mercado em uma única noite? Quanto dinheiro isso daria em uma semana? Em um mês? Um ano? Será que não seria até mesmo *justo* tirar só uma casquinha? Considerando o duro que os carregadores davam por aquela remuneração ridícula?

— Você não tem a menor ideia do que está falando — Jimmy respondia ao filho. — Esqueça isso.

— E quanto ao mercado coreano? — Denny perguntou.

— As transações deles são todas em dinheiro vivo. Seria só imprensar um daqueles caras e fazer uma fortuna. Aqueles coreanos andam para cima e para baixo com pelo menos uns cinco mil no bolso, o tempo todo.

— Não, Danny. Ninguém carrega dinheiro assim por aqui.
— Os coreanos carregam. Eles têm medo dos bancos.
— Você não tem a menor ideia do que está falando.
— É isso que os caminhoneiros dizem.
— Então você pode ter a mais absoluta certeza de que não tem mesmo a menor ideia do que está falando.

Claro que era ridículo pensar em roubar dinheiro de qualquer um aqui, pois muita gente andava armado com facas e revólveres. As pessoas se matavam o tempo todo por *nada*, só para passar o tempo. Era ridículo pensar em todo o dinheiro que outras pessoas ganhavam aqui. Só pensar nisso lhe daria dores no peito.

Jimmy pretendia estacionar na Bennetti & Perke. Achou que fosse um bom lugar para distribuir o segundo saco de broches da campanha, mas agora já não se sentia mais tão seguro. Suas costas estavam realmente incomodando e ele não sabia muito bem como fazer para carregar aquele saco pesado. Além disso, se perguntava como poderia voltar a trabalhar como carregador em apenas dois dias, como estava programado. Como poderia arrastar caixas de frutas e verduras? Como poderia fazer isso? Honestamente, como?

E assim, Jimmy Moran continuou a dirigir. Já passavam das 5h30 da manhã e suas costas doíam muito. Contornou o Bennetti & Perke e saiu do mercado de uma vez. Só iria para casa. Esqueceria essa história de campanha. Enquanto dirigia, pensou pela primeira vez em anos em seu velho amigo Martin O'Ryan.

De março de 1981 a janeiro de 1982, Jimmy trabalhou experimentalmente como comprador para uma cadeia de descontos de verduras chamada Apple Paradise. Era uma ótima chance de progredir, e seu velho amigo Martin O'Ryan conseguira-lhe o emprego. Significava uma bela promoção, sair das docas e virar comprador. Compradores trabalhavam em escritórios acima do mercado e podiam realmente prosperar.

O amigo de Jimmy, Martin O'Ryan, na verdade fora um comprador muito bom. Era um maníaco nas negociações por telefone, jogava muito duro com os caminhoneiros, fazendeiros, importadores e distribuidores para conseguir o melhor preço. Martin ganhou muito dinheiro para a Apple Paradise naquele ano, e para ele mesmo também.

— Que é que tu tem aí?! — Martin gritava no telefone. — Preciso de iceberg!... Vinte e cinco dólares? Vá se foder, vinte e cinco dólares! Eu levo por dezoito! ... Por dezoito, ou então vou até aí e boto fogo na porra da tua *casa*! ... Por dezoito, ou arranco fora a porra dos teus *pulmões*! ... Por dezoito ou vou te deixar *cego*, vou pessoalmente até tua casa para furar teus olhos... Beleza, fechamos por vinte.

Então Martin desligava o telefone e começava com algum outro.

Martin O'Ryan e Jimmy Moran foram colocados no mesmo escritório, as mesas de frente uma para a outra. Eram grandes amigos. Martin foi o primeiro amigo que Jimmy fez quando chegou da Virgínia com a mãe, quando não passava de um moleque caipira de doze anos. Jimmy e Martin começaram como carregadores juntos, entraram juntos para o sindicato e compareceram aos respectivos casamentos. Ele adorava Martin, mas não conseguia se concentrar em suas próprias conversas telefônicas com Martin gritando na sala, de frente para ele. ("Me traga aquele caminhão de batatas, seu merda inútil, seu inútil, seu mentiroso arrombado filho duma puta, ou *eu mesmo* vou até aí para te currar!")

Martin era o cara mais legal do mundo, mas aquilo tirava a concentração. No final do ano, Martin recebeu um enorme bônus e um cargo oficial na empresa, mas Jimmy não ganhou nada. No final, deu tudo certo. Jimmy logo achou outro emprego, um trabalho de carregador nas docas novamente.

Honestamente, Martin era um dos caras mais legais do mundo, ele e Martin se adoravam, mas já fazia um tempo que não se viam.

Jimmy precisava abastecer o Chrysler e sabia que o pequeno posto de gasolina do seu bairro ainda não estava aberto, por isso não seguiu pelo caminho habitual para casa. Em vez disso, continuou dirigindo, procurando algum posto com serviço vinte e quatro horas, e foi assim que acabou indo parar na estrada 95.

Estava acostumado com aquela estrada. Lá pelos anos 1980, trabalhou por algum tempo como motorista de entregas para um pequeno atacadista de verduras selecionadas, chamado Parthenon Produce, que pertencia a dois gregos. Foi o melhor trabalho que já teve. Costumava entregar verduras de alta qualidade — principalmente rúcula e agrião — saindo do Mercado Central do Bronx, seguindo pela 95, e parando em todas as lojas bacanas de Long Island Sound, passando por Connecticut, até Ridgefield. Era um longo percurso, mas agradável, e ele normalmente chegava a Ridgefield (um lugar que ele e Gina costumavam chamar de "Ricolândia") em torno das oito ou nove da manhã, quando os ricaços estavam saindo para trabalhar.

Ele gostava daquele serviço de entregador. Fora feliz naquele emprego, mas os dois gregos venderam o negócio em 1985. Ofereceram-lhe a possibilidade de comprar aquela rota específica de entrega, mas Jimmy Moran simplesmente não tinha o dinheiro na época.

Jimmy Moran passou por New Rochelle, por Mount Vernon e chegou a Connecticut. Era bem cedinho, e o céu estava limpo. Enquanto dirigia, Jimmy pensava que, se tivesse conseguido ganhar mais dinheiro no Mercado Central de Hortaliças do Bronx, teria se mudado com a mulher e todos os filhos para Connecticut há tempos. Eles ainda falavam sobre isso quase sempre: os gramados enormes, as escolas tranquilas, as esposas altas. O irmão de Jimmy Moran, Patrick, ironicamente, tinha se casado com a irmã de Gina, Louisa, e os dois logo se mudaram para Connecticut. Mas Patrick e Louisa, é claro, não tinham filhos e fora mais fácil para eles se mudarem. Foram para Danbury, para uma casinha bem simpática, com pátio.

A irmã de Gina, Louisa, tinha sido uma garota realmente sexy quando adolescente. Era famosa no bairro por não ser muito certa de um jeito muito engraçado e o irmão de Jimmy, Patrick, sempre fora louco por Louisa Lisante. Mas Jimmy sempre preferira Gina. No verão de 1970, quando ele conseguiu seu primeiro emprego de carregador no mercado, via Gina e Louisa Lisante esperando o ônibus juntas todas as manhãs quando voltava para casa. As duas estavam sempre de shorts e sandálias. Iam para seus empregos de verão como garçonetes, perto da praia. Jimmy costumava roubar belos tomates holandeses maduros e deixava-os na porta da casa dos Lisante como pesos de papel para pequenos bilhetes de amor: *Eu amo Gina* ... *Gina é linda* ... *Gina tem belas pernas* ... *Quero me casar com Gina.*

Jimmy pensava em Gina, Patrick e Louisa enquanto dirigia pela estrada até Ridgefield, em Connecticut. Embora não tivesse planejado seguir por esse caminho, o horário naquela manhã específica era o mesmo de quando fazia a rota de entregas da Parthenon Produce, e chegou a Ridgefield exatamente quando os homens da cidade estavam saindo para trabalhar. Havia uns dez anos que não ia a Ridgefield. Nos velhos tempos, quando terminava o itinerário, costumava dirigir pelos bairros mais ricos, observando as casas. Todos aqueles lares lhe pareceram confiantemente desprotegidos e sentira os traços do desejo de um jovem de assaltá-las. Claro que o que ele queria não era o que havia dentro das casas, mas as próprias casas. Especialmente as de pedras grandes.

A casa em particular que Jimmy Moran sempre desejara de verdade era absolutamente enorme. Ficava a quase um quilômetro do centro de Ridgefield — uma grande mansão com telhado de ardósia no alto de uma colina íngreme, com acesso circular para os carros e colunas brancas. Algumas manhãs, costumava ir direto para aquela casa, após terminar a entrega de todas as verduras selecionadas. O caminhão de entregas de três toneladas da Parthenon Produce roncava agressivamente ladeira acima cada vez que ele reduzia a marcha. Em nenhuma daquelas manhãs, jamais vira qualquer pessoa, nem mesmo um carro, em lugar algum próximo daquela casa. Sempre lhe parecera um crime que uma casa tão grande como essa fosse deixada ali, vazia. Uma casa vazia tão bem-cuidada que Jimmy muitas vezes pensava simplesmente em se mudar para lá. E se pudesse fazer isso? E se simplesmente pudesse ocupá-la? Pensava: *Imagine só o que todos os meus filhos fariam com tanto espaço nesse casarão.*

Naquela manhã, estacionou o Chrysler do outro lado da rua, diante da casa, que não mudara nada, pelo que podia ver. Ele tinha parado em Stamford para encher o tanque de gasolina e comprara um frasco de aspirina numa lojinha de conveniências. Credo, como suas costas doíam! Como poderia voltar para as docas em apenas dois dias? Honestamente, como?

    Jimmy abriu o frasco e pegou um punhado de aspirinas — mastigou-as e engoliu a seco. Todo mundo sabe que mastigar uma aspirina, apesar do gosto horrível, provoca um efeito muito mais rápido do que uma aspirina inteira, que fica intacta e inútil por algum tempo em meio aos ácidos do estômago da pessoa. Ele mastigou várias aspirinas e se lembrou de sua noite de núpcias. Tinha apenas dezenove anos na época, e Gina era ainda mais nova.

    Ela perguntou-lhe na noite do casamento:

    — Quantos filhos você quer ter, Jimmy?

    Ele respondeu:

    — Seus peitos vão ficar maiores sempre que você engravidar, não vão?

    — Acho que sim.

    — Então vou querer uns dez ou onze filhos, Gina — ele respondera.

    Na verdade, acabaram tendo seis filhos, o que já era mais do que o suficiente. Seis filhos! E Jimmy trabalhando com verduras! No que estavam pensando? Tinham três meninos e três meninas. As meninas tinham nomes italianos, e os meninos, irlandeses — uma brincadeira meio caipira que fora ideia de Jimmy. Seis filhos!

    A dor nas costas, que havia começado como uma contração e se transformara em câimbra, tinha aumentado ainda mais. Era uma dor terrível, localizada no ponto exato da recente cirurgia, aumentada periodicamente por um latejar quente que sacudia seu corpo como um soluço. Ele entornou mais um punhado de aspirinas do frasco na palma da mão e olhou para o casarão. Lembrou-se do avô, que dera um tiro no motor do caminhão de uma empresa de mineração de carvão, e do tio, que foi assassinado pelos vigilantes da empresa por organizar os trabalhadores, e da doença do pulmão preto. Pensou em seus médicos e em Joseph D. DiCello, no homem dos cogumelos e em Hector, o distribuidor haitiano, e no seu irmão Patrick, que ele quase não via mais porque Connecticut era muito longe.

    Mastigou as aspirinas e contou as janelas do casarão do outro lado da rua. Jimmy Moran nunca tinha pensado em contar as janelas antes. Tirou os pedacinhos de aspirina de entre os dentes com a língua e contou trinta e duas janelas. Trinta e duas janelas que ele conseguia ver, só olhando da rua! Pensou e pensou e depois disse:

— Até mesmo para mim, com seis filhos e esposa... — Jimmy considerou em voz alta. — Até mesmo para mim, com seis filhos e esposa, deve ser um pecado possuir uma casa assim. É o que deve ser.

Jimmy Moran pensou e pensou, mas isso era o máximo que ele conseguia elaborar. Era tudo o que lhe vinha à mente.

— Até mesmo para mim — repetiu — deve ser um pecado.

O famoso truque do cigarro aceso e cortado que reaparece inteiro

Na Hungria, a família de Richard Hoffman era a fabricante da Água de Rosas Hoffman, um produto usado na época para fins cosméticos e medicinais. A mãe de Hoffman bebia a água de rosas para melhorar da indigestão, e o pai a usava para perfumar e refrescar as virilhas após se exercitar. Os empregados enxaguavam as toalhas de mesa dos Hoffman em água fria com uma infusão de água de rosas de tal forma que até a cozinha ficava perfumada. A cozinheira adicionava uma pequena porção na massa do pão doce. Para os eventos noturnos, as damas de Budapeste usavam colônias importadas caríssimas, mas a Água de Rosas Hoffman era um artigo obrigatório na toalete diurna de todas as senhoras, tão essencial quanto o sabonete. Os húngaros passavam décadas casados sem jamais perceber que o cheiro natural da pele de suas esposas não era, na verdade, uma delicada fragrância de botões de rosas.

    O pai de Richard Hoffman era um perfeito cavalheiro, mas a mãe estapeava os criados. Seu avô paterno fora um bêbado briguento, e o materno fora um caçador de javalis da Baviária, pisoteado até a morte, aos noventa anos, pelos próprios cavalos. Depois que seu marido morreu de tuberculose, a mãe de Hoffman transferiu toda a fortuna da família para as mãos de um belo charlatão russo chamado Katanovsky, um feiticeiro e necromante ordinário que prometeu à madame Hoffman que faria entrevistas com os mortos. Quanto ao próprio Richard Hoffman, mudou-se para a América, onde assassinou duas pessoas.

Hoffman imigrou para Pittsburgh durante a Segunda Guerra e trabalhou como auxiliar de garçom por uma década. Ele tinha um jeito terrível e humilhante de falar com os clientes.

— Sou da Hungria! — berrava. — Você húngaro também? Se você húngaro, aqui lugar certo!

Falou essas bobagens por anos, mesmo depois de aprender o inglês perfeitamente, podendo se passar por um metalúrgico nativo. Com esse ritual de degradação, recebia gorjetas fartas e conseguiu economizar o suficiente para comprar uma casa noturna chamada Pharaoh's Palace, cujas atrações incluíam a apresentação de um mágico, um número cômico e algumas dançarinas. Era muito popular entre apostadores e novos ricos.

Quando Hoffman já estava beirando os cinquenta, permitiu que um jovem chamado Ace Douglas fizesse um teste para ser mágico de apoio. Ace não tinha experiência alguma em casas noturnas, nada de fotos profissionais ou referências, mas uma bela voz pelo telefone e Hoffman concedeu-lhe uma audição.

Na tarde da audição, Ace chegou vestindo um smoking. Os sapatos brilhavam, e ele tirou os cigarros de uma cigarreira de prata com suas iniciais claramente gravadas. Era um homem elegante e atraente, com cabelos castanhos lisos. Quando não estava sorrindo, parecia-se com um ídolo de matinê e, quando sorria, podia se passar por um simpático salva-vidas. De qualquer jeito, parecia afável demais para ser um bom mágico (os outros mágicos que trabalhavam para Hoffman cultivavam um ar ameaçador intencional), mas seu número era maravilhoso e envolvente e ele não se deixara impregnar pelos modismos muitas vezes estúpidos dos profissionais da época. (Ace não afirmava ser descendente de um vampiro, por exemplo, ou de estar imbuído de segredos guardados na tumba de Ramsés, ou de ter sido sequestrado por ciganos quando criança, ou ter sido criado por missionários em algum lugar misterioso do Oriente.) Nem mesmo tinha uma assistente feminina como os outros mágicos de Hoffman, que sabiam que uma rebolada dentro de meias arrastão era capaz de salvar qualquer descuido de um número de mágica. Além disso, Ace tinha o bom-senso e a categoria de não se chamar o Grande qualquer coisa, ou o Magnífico sei lá quem.

Uma vez no palco, com seus cabelos lisos e luvas brancas, Ace Douglas tinha o sex appeal de um Sinatra.

Havia uma garçonete das antigas, conhecida como Big Sandra, no Pharaoh's Palace na tarde do teste de Ace Douglas, preparando o bar. Ela observou o número por alguns minutos, depois se aproximou de Hoffman e cochichou em seu ouvido:

— À noite, quando estou sozinha na minha cama, às vezes fico pensando em homens.

— Tenho certeza disso, Sandra — Hoffman respondeu.

Ela estava sempre falando esse tipo de coisa. Era uma mulher fantástica, de mente suja, e os dois até já tinham feito sexo algumas vezes.

Ela sussurrou:

— E quando começo a pensar em homens, penso em um exatamente como aquele ali.

— Você gosta dele? — Hoffman perguntou.

— Minha nossa, e como!

— Você acha que as mulheres vão gostar dele?

— Ora se vão! — Big Sandra respondeu, abanando-se afetadamente. — Por Deus que vão.

Hoffman demitiu os outros dois mágicos na mesma hora.

Depois disso, Ace Douglas passou a trabalhar todas as noites em que o Pharaoh's Palace abria. Era o mágico mais bem pago de Pittsburgh. E isso não ocorria em uma década em que jovens moçoilas frequentavam bares desacompanhadas, mas o Pharaoh's Palace se tornou um lugar em que belas mulheres — jovens, belíssimas, de fato, e solteiras — iam até lá com suas melhores amigas, e melhores vestidos, para assistir aos números mágicos de Ace Douglas. E os homens iam ao Pharaoh's Palace para observar as belas jovens e pagar-lhes drinques caros.

Hoffman tinha sua própria mesa nos fundos do restaurante e, após a apresentação do mágico, ele e Ace distraíam as jovens. As garotas colocavam uma venda em Ace e Hoffman pegava um objeto da mesa para que ele identificasse.

— Um garfo — ele dizia. — Um isqueiro de ouro.

As moças mais desconfiadas abriam suas bolsas para procurar objetos menos comuns — fotografias de família, remédios receitados por seus médicos, bilhetes de trem —, e todos eles eram facilmente descritos por Ace. Elas davam risadas e, desconfiadas de que ele estivesse enxergando pela venda, cobriam os olhos dele com suas mãos úmidas. Tinham nomes como Lettie, Pearl, Siggie e Donna. Todas adoravam dançar e todas preferiam carregar suas belas estolas de pele para a mesa, por puro orgulho. Hoffman as apresentava aos homens de negócio elegíveis, ou de alguma forma interessados. Ace Douglas acompanhava as belas jovens até o estacionamento, tarde da noite, ouvindo-as atentamente enquanto falavam com ele, pousando a mão com segurança no meio de suas costas, para o caso de elas pisarem em falso.

No final de todas as noites, Hoffman dizia tristemente:

— Eu e o Ace ficamos vendo todas essas garotas vindo aqui e depois indo embora...

Ace Douglas era capaz de transformar um colar de pérolas em uma luva branca e um isqueiro em uma vela. Fazia aparecer uma echarpe de seda de um alfinete de cabelo. Mas seu melhor truque foi em 1959, quando fez surgir sua irmã mais nova, saindo de uma escola religiosa, e ofereceu-a em casamento para Richard Hoffman.

Chamava-se Angela. Fora campeã de vôlei na escola de freiras, tinha as pernas de uma artista de cinema e uma bela risada. Estava grávida de dez dias quando se casaram, embora ela e Hoffman se conhecessem havia apenas duas semanas. Pouco depois, Angela teve uma filha, a quem deram o nome de Esther. Durante o início da década de 1960, todos prosperaram alegremente.

Esther fez oito anos, e os Hoffman comemoraram o aniversário com uma festa especial no Pharaoh's Palace. Naquela noite, havia um ladrão sentado no salão de drinques.

Não aparentava ser um ladrão. Estava bem-vestido e foi servido sem quaisquer problemas. O ladrão bebeu alguns martínis. Então, no meio da apresentação de mágica, saltou por sobre o bar, chutou o balconista para longe, arrombou a registradora e saiu correndo do Pharaoh's Palace com as mãos cheias de notas de dez e de vinte.

Os clientes gritaram, e Hoffman ouviu o barulho da cozinha. Perseguiu o ladrão pelo estacionamento e o segurou pelo cabelo.

— Você me roubou? — ele gritou. — Você me roubou, seu merda?

— Cai fora, meu chapa — o ladrão disse. Chamava-se George Purcell e estava bêbado.

— Me roubou, seu merda? — Hoffman gritou.

Ele empurrou George Purcell de encontro a um Buick amarelo. Alguns clientes saíram para a rua e observavam da porta do restaurante. Ace Douglas também saiu. Caminhou pelo meio dos clientes, foi até o estacionamento e acendeu um cigarro. Ace Douglas observou Hoffman erguer o ladrão pela camisa e jogá-lo contra o capô de um Cadillac Buick.

— Pra longe de mim! — Purcell disse.

— Você me roubou, porra?

— Você rasgou minha camisa! — Purcell gritou, aterrorizado. Ele olhava para baixo, para a camisa rasgada, quando Hoffman o empurrou contra o Buick amarelo de novo.

Ace Douglas disse:

— Richard, dá para ir mais devagar? (O Buick era dele, e era novo. Hoffman batia insistentemente com a cabeça de George Purcell na porta.) — Richard? Dá licença? Me desculpe, Richard. Mas, por favor, não estrague o meu carro, Richard.

Hoffman largou o ladrão no chão e sentou-se sobre o peito dele. Recuperou o fôlego e sorriu.

— Nunca — explicou. — Jamais. Nunca mesmo roube de mim.

Ainda sentado sobre o peito de Purcell, calmamente pegou as notas de dez e de vinte que tinham caído no asfalto e entregou-as para Ace Douglas. Depois enfiou a mão no bolso de trás de Purcell, tirou a carteira dele e a abriu. Tirou nove dólares da carteira, pois era todo o dinheiro que encontrou. Purcell ficou indignado.

— Esse dinheiro é meu! — gritou. — Você não pode pegar o meu dinheiro!

— *Seu* dinheiro? — Hoffman deu um tapa na cabeça de Purcell. — *Seu* dinheiro? A porra do *seu* dinheiro?

Ace Douglas bateu levemente no ombro de Hoffman e disse:

— Richard? Com licença? Vamos só esperar a polícia, está bem? Que tal, Richard?

— *Seu* dinheiro? — Hoffman agora batia no rosto de Purcell com a carteira. — Você me roubou, porra! Não tem di-

nheiro nenhum! Me roubou, cacete! Agora o seu dinheiro é todo meu!
— Ai, Deus — Purcell disse. — Deixa pra lá, tá bem? Me deixa em paz, vai!
— Deixa ele — Ace Douglas disse.
— *Seu* dinheiro? O seu dinheiro agora é meu! — Hoffman rugia. — Eu sou seu dono! Você me roubou, cacete! Eu sou o dono da porra dos seus *sapatos*!

Hoffman levantou a perna de Purcell e arrancou um de seus sapatos. Era um belo sapato social de couro marrom, de estilo inglês. Usou-o para bater em Purcell no rosto uma vez e depois arrancou o outro sapato. Bateu algumas vezes em Purcell com o sapato, até se cansar das pancadas. Depois, ficou apenas sentado sobre o peito de Purcell, recuperando o fôlego, esfregando os sapatos e se balançando tristemente.

— Ai, meu Deus — Purcell gemeu. Seus lábios sangravam.
— Vamos levantar agora, Richard — Ace sugeriu.

Algum tempo depois, Hoffman saiu de cima de Purcell e caminhou de volta para o Pharaoh's Palace, carregando os sapatos do ladrão. Seu smoking estava rasgado em um joelho e a camisa pendurada para fora da calça. Os clientes recuaram de encontro às paredes do restaurante para deixarem-no passar. Ele foi para a cozinha e jogou os sapatos de Purcell em uma das enormes latas de lixo, junto às pias em que a louça era lavada. Entrou em seu escritório e fechou a porta.

O lavador de louça era um jovem cubano chamado Manuel. Pegou os sapatos de couro inglês de Purcell do lixo e segurou um deles junto à sola de um dos próprios pés. O tamanho parecia ser o mesmo, então tirou os próprios sapatos e calçou os de Purcell. Manuel usava sandálias plásticas, que tratou de jogar fora. Pouco depois, Manuel viu com satisfação o chef esvaziar uma vasilha de molho frio por cima das sandálias e, ao voltar para a lavagem dos pratos, assobiava para si mesmo uma pequena melodia de boa sorte.

Um policial chegou. Algemou George Purcell e levou-o ao escritório de Hoffman. Ace Douglas veio atrás deles.

— O senhor quer registrar uma queixa? — o policial perguntou.

— Não — Hoffman respondeu. — Esqueça isso.

— Se o senhor não der queixa, eu tenho que deixá-lo ir.

— Pode deixar.

— Esse homem está dizendo que o senhor pegou seus sapatos.

— Ele é um criminoso. Entrou no meu restaurante sem sapatos.

— Ele pegou meus sapatos — Purcell disse. O colarinho da camisa estava empapado de sangue.

— Ele nunca teve sapato nenhum. Olha só para ele. Não tem sapato nenhum nos pés.

— Você pegou meu dinheiro e a porcaria dos meus sapatos, seu animal. Eram sapatos de vinte dólares!

— Tire esse ladrãozinho do meu restaurante, por favor — Hoffman disse.

— Policial? — Ace Douglas disse. — Com licença, mas eu estava aqui o tempo todo e esse homem não estava usando sapato algum. Trata-se de um vagabundo, senhor.

— Mas estou usando meias sociais! — Purcell gritou. — Olha para mim! Olha só para mim!

Hoffman levantou-se e saiu do escritório. O policial seguiu-o, conduzindo George Purcell. Ace Douglas foi atrás. Ao passar pelo restaurante, Hoffman parou e pegou a filha, Esther, da festa de aniversário dela. Levou-a para o estacionamento.

— Agora preste atenção — disse para Purcell. — Se você me roubar novamente, eu te mato.

— Calma aí — o policial disse.

— Até mesmo se eu te vir na rua, eu mato você.

O policial disse:

— Se quiser registrar queixa, companheiro, faça isso. Caso contrário, vá com calma.

— Ele não gosta de ser roubado — Ace Douglas explicou.

— Animal — Purcell resmungou.

— Está vendo essa garotinha? — Hoffman perguntou. — Minha garotinha está fazendo oito anos hoje. Se eu estiver andando na rua com a minha filha e vir você, vou deixá-la de um lado da rua, atravessar e te matar na frente dela.

— Já basta — o policial disse. Ele levou George Purcell para fora do estacionamento e tirou suas algemas.

O policial e o ladrão foram caminhando juntos. Hoffman ficou nos degraus do Pharaoh's Palace, segurando Esther e gritando.

— Bem na frente da minha garotinha, você vai me obrigar a te matar? Que tipo de homem é você? Seu louco! Vai arruinar a vida de uma garotinha! Homem terrível!

Esther estava chorando. Ace Douglas a tirou dos braços de Hoffman.

Na semana seguinte, o ladrão George Purcell voltou ao Pharaoh's Palace. Era meio-dia, e tudo estava quieto. O cozinheiro preparava a galinha, e Manuel, o lavador de pratos, limpava a área em que os mantimentos eram guardados. Hoffman estava no escritório, encomendando verduras ao seu fornecedor. Purcell passou direto pela cozinha, sóbrio.

— Quero a droga dos meus sapatos! — gritou, batendo na porta do escritório. — Meus sapatos de vinte dólares!

Então Richard Hoffman saiu de seu escritório e bateu em George Purcell até matá-lo, com o martelo de carne. Manuel, o lavador de pratos, tentou segurá-lo e Hoffman bateu nele até matá-lo também, com o martelo de carne.

Esther Hoffman não se revelou um talento natural para a mágica quando cresceu. Suas mãos eram pesadas. Não era culpa dela, apenas uma falha de nascença. Mas, em outros aspectos, era uma menina inteligente.

Seu tio, Ace Douglas, fora o campeão americano de mágica de mesa por três anos seguidos. Ganhou os prêmios sem usar qualquer adereço ou ferramenta, a não ser uma simples moeda de um dólar. Durante o torneio, fez com que a moeda desaparecesse e voltasse a aparecer por quinze estonteantes minutos, sem que o painel de especialistas do júri jamais percebesse que a moeda passara uma boa parte do tempo descansando abertamente sobre o joelho de Ace Douglas. Ele a colocava ali, onde ficava brilhando para ser vista caso um dos juízes afastasse os olhos por apenas um instante das mãos de Ace. Mas eles jamais desviavam o olhar, convencidos de que Ace ainda segurava a moeda diante deles, presa entre os dedos. Não eram tolos, mas ficaram entregues aos engodos de falsas pegadas, quedas, passes e uma enorme variedade de movimentos impossíveis e tão enganadores que passavam completamente despercebidos. Ace Douglas fazia movimentos que mesmo ele jamais nomeara. Era um catedrático na arte da desorientação. Seus truques derrotavam o ceticismo. Tinha os dedos tão livres e rápidos quanto o pensamento.

Mas as mágicas de Esther Hoffman eram melancolicamente sem graça. Ela fazia o famoso truque da bengala dançante, o famoso truque do leite desaparecido e o famoso truque das argolas chinesas trançadas. Fazia surgir periquitos de lâmpadas e tirava uma pomba de uma panela em chamas. Apresentava-se em festas de aniversários e era capaz de fazer uma criança flutuar. Exibia-se em escolas primárias, onde cortava as gravatas dos diretores para em seguida devolvê-las inteiras. Caso fosse uma diretora, Esther pegava um anel de seus dedos, perdia-o e o encontrava no bolso de uma das crianças. Se a diretora não usasse joias, Esther simplesmente atravessava uma espada pelo pescoço dela, enquanto as crianças gritavam em espasmos de euforia.

Truques simples, desprovidos de arte.

— Você é jovem — Ace lhe dizia. — Ainda vai melhorar.

Mas ela não melhorou. Esther ganhava mais dinheiro dando aulas de flauta para menininhas do que fazendo mágicas. Era uma boa flautista, e isso a deixava louca. De que lhe servia todo esse talento musical inútil?

— Seus dedos são muito rápidos — Ace lhe disse. — Não há nada de errado com seus dedos. Mas não se trata de uma questão de velocidade, Esther. Não é preciso correr com as moedas.

— Odeio moedas.

— É preciso manipular as moedas como se elas fossem divertidas, Esther. Não como se te causassem medo.

— Com as moedas, é como se eu estivesse usando luvas de cozinha.

— As moedas nem sempre são fáceis.

— Eu nunca engano ninguém. Não sei desorientar.

— Não se trata de desorientação, Esther. Mas sim de *orientação*.

— Não tenho mãos — Esther reclamava. — Tenho patas.

Era verdade que Esther só conseguia fazer truques desajeitados com as moedas e as cartas, e ela jamais viria a ser uma mágica habilidosa. Não tinha o dom. Além disso, faltava-lhe a postura. Esther vira fotos de seu tio, de quando ele era jovem no Pharaoh's Palace, apoiado nas colunas de mármore trabalhado com seu smoking e suas abotoaduras. Não havia qualquer tipo de mágica que fosse suficientemente próxima do público para ele. Sentava-se em uma cadeira, cercado por todos os lados pelos maiores bobalhões da plateia — grandalhões que o desafiavam ou agarravam seu braço em meio a um movimento —, e pegava algum objeto comum emprestado de um deles para fazer com que desaparecesse completamente. As chaves de alguns desses valentões transformavam-se em nada. Simplesmente sumiam.

O número de Ace na casa noturna Pharaoh's Palace era um tributo aos vícios elegantes: moedas, cartas, dados, taças de champanhe e cigarros. Tudo para sugerir e estimular o consumo de bebidas, o pecado, a arte do jogo e o dinheiro. A volubilidade da fortuna. Ele conseguia fazer uma apresentação completa apenas com cigarros, começando com um único exemplar emprestado por alguma dama da plateia. Passava-o através de uma moeda e entregava a moeda para a dama. Rasgava o cigarro pela metade e o juntava de novo, engolia-o e tossia de volta, com mais seis, duplicava-os e duplicava-os novamente, até acabar com cigarros acessos e em brasa entre todos os dedos e na boca, atrás das orelhas, saindo por todos os bolsos — surpreso? Fazia uma cara de aterrorizado! — até que, com um aceno de cabeça, todos os cigarros acesos desapareciam, restando apenas o original. Esse último ele fumava suntuosamente durante os aplausos.

Esther também tinha fotos do pai, da mesma época, quando ele era o proprietário do Pharaoh's Palace. Estava muito elegante em seu smoking, mas com uma postura carregada. Ela herdara seus pulsos grossos.

Quando Richard Hoffman saiu da prisão, foi morar com Ace e Esther. Ace tinha uma casa enorme no campo nessa época, uma casa amarela alta, em estilo vitoriano, com mais de um quilômetro de bosques atrás e um gramado que poderia pertencer a um barão. Ace Douglas fizera uma bela fortuna com suas mágicas. Administrara o Pharaoh's Palace desde que Hoffman fora preso e, com a permissão dele, finalmente vendeu o lugar com um ótimo lucro para um fino *restaurateur*. Esther ficou morando com Ace desde que completara o ensino médio e tinha um andar inteiro só para ela. A irmã mais nova de Ace, Angela, se divorciara de Hoffman, também com a permissão dele, e se mudara para a Flórida com o novo marido. O que Hoffman jamais permitira foi que Esther o visitasse na prisão, e assim se passaram catorze anos desde que se viram pela última vez. Na prisão, ele se tornara ainda mais parrudo. Parecia mais baixo do que Ace e Esther se lembravam, e um pouco de peso o deixara mais largo. Também deixara crescer uma barba grossa, com belos tons avermelhados. Era tomado pelas lágrimas facilmente, ou, ao menos, parecia sempre prestes a se deixar levar pelas lágrimas. As primeiras semanas de convívio sob o mesmo teto não foram das mais confortáveis para Esther e Hoffman. Tinham apenas conversas muito breves, como essa:

Hoffman perguntava para Esther:

— Quantos anos você tem agora?

— Vinte e dois.

— Tenho camisetas mais velhas do que você.

Ou, em outra conversa, Hoffman diria:

— Os sujeitos que eu conheci na prisão são os caras mais legais do mundo.

E Esther responderia:

— Na verdade, papai, provavelmente não são.

E assim por diante.

Em dezembro daquele ano, Hoffman assistiu a uma apresentação de mágica de Esther, em uma escola de ensino fundamental local.

— Ela não é muito boa mesmo — disse mais tarde para Ace.

— Acho ela boa — Ace respondeu. — Ela trabalha bem com as crianças, e também se diverte.

— Ela é bem ruim mesmo. Dramática demais.

— Talvez.

— Ela fala: observem! É terrível! observem isso! observem aquilo!

— Mas são crianças — Ace disse. — Com as crianças, é preciso explicar que a gente vai fazer um truque e quando acabamos também, porque elas ficam tão excitadas que nem percebem o que está acontecendo. Nem sabem direito o que é um mágico. Não sabem a diferença de quando você está fazendo uma mágica ou simplesmente está em pé diante delas.

— Acho que ela fica muito nervosa.

— Pode ser.

— Ela diz assim: OBSERVEM O PERIQUITO!

— Seus truques com o periquito não são tão ruins.

— Não são dignos — Hoffman respondeu. — Ela não convence ninguém.

— Não é uma questão de dignidade, Richard. É para as crianças.

Na semana seguinte, Hoffman deu um enorme coelho branco para Esther.

— Se quer fazer truques para as crianças, é preciso ter um coelho — disse para ela.

Esther o abraçou e disse:

— Eu nunca tive um coelho.

Hoffman tirou o coelho da gaiola. Era uma coelha realmente enorme.

— Está grávida? — Esther perguntou.

— Não, não está. Ela é só grande mesmo.

— É uma coelha grande demais para qualquer truque de mágica — Ace observou.

Esther disse:

— Ainda não inventaram uma cartola grande o suficiente para tirar essa coelha lá de dentro.

— Na verdade, ela pode ser encolhida e ficar bem pequena — Hoffman disse. Ele segurou a coelha entre as mãos como se fosse um acordeão e a apertou até ela virar uma grande bola branca.

— Parece que ela gosta disso — Ace disse, e Esther deu uma risada.

— Ela não se importa. O nome dela é Bonnie.

Hoffman ergueu a coelha pelo cangote, como se fosse um gato gordo. Pendurada e esticada daquele jeito, ela ficava maior do que um grande guaxinim.

— Onde você a conseguiu? — Esther perguntou.

— No jornal! — Hoffman anunciou, radiante.

Esther gostava mais de Bonnie, a coelha, do que das pombas e dos periquitos, que até eram bem atraentes, mas não passavam de pombos que deram a sorte de ter boa aparência. Ace também gostava de Bonnie. Ele a deixava desfrutar de toda a sua enorme casa vitoriana, sem dar muita importância para as pelotas de cocô, pequenas, secas e inofensivas. Ela gostava especialmente de se sentar no meio da mesa da cozinha, de onde observava Ace, Esther e Hoffman com um ar sério. Neste sentido, Bonnie era bastante felina.

— Será que ela vai sempre ficar nos analisando? — Esther perguntou.

Bonnie tornava-se mais canina quando recebia autorização de ir para o ar livre. Ela dormia à porta, deitada de lado em uma faixa de sol e, se alguém se aproximava, olhava preguiçosamente para a pessoa, como se fosse um cachorro entediado e confiante. À noite, dormia com Hoffman. Ele costumava dormir de lado, encolhido como uma criança, e Bonnie dormia em cima dele, empoleirada em seu ponto mais alto, normalmente, o quadril.

Mas para o palco, no entanto, Bonnie era inútil. Era grande demais para ser segurada com alguma graça e, na única vez em que Esther tentou fazê-la surgir de uma cartola, pendeu no ar como um saco, e as crianças das últimas fileiras ficaram convencidas de que não era de verdade. Ela parecia um brinquedo grandalhão, um boneco de pelúcia estufado, comprado em uma loja, como os que elas mesmas tinham em suas casas.

— Bonnie jamais será uma estrela — Hoffman disse.

Ace respondeu:

— Você a estraga, Richard, como os mágicos há décadas estragam suas adoráveis assistentes. Você estraga a Bonnie porque dorme com ela.

Naquela primavera, um jovem advogado e sua esposa (que também era uma jovem advogada) mudaram-se para a grande casa vitoriana vizinha à grande casa vitoriana de Ace Douglas. Tudo aconteceu muito rapidamente. A viúva que morava ali havia décadas morreu enquanto dormia e o lugar foi vendido em poucas semanas. Os novos vizinhos tinham grandes ambições. O marido, que se chamava Ronald Wilson, ligou para Ace e perguntou se havia algum tipo de problema na área sobre o qual fosse bom ele se informar, como sistemas de drenagem de água precários ou deformações do solo devido ao congelamento. Ronald tinha planos para um jardim e estava interessado em construir um caramanchão nos fundos da casa. A esposa, que se chamava Ruth--Ann, concorria ao cargo de juíza do condado para questões testamentárias. Ronald e Ruth-Ann eram altos e tinham maneiras impecáveis. Não tinham filhos.

Três dias após os Wilson se mudarem para a casa ao lado, Bonnie, a coelha, desapareceu. Estava na entrada da casa num minuto e, no minuto seguinte, não estava mais.

Hoffman a procurou durante toda a tarde. Seguindo a recomendação de Esther, passou a noite caminhando rua acima e abaixo com uma lanterna, para o caso de Bonnie ter sido atropelada. No dia seguinte, ele foi caminhar pelo bosque atrás da casa, chamando a coelha pelo nome durante horas. Deixou uma tigela de verduras cortadas na entrada da casa e um pouco de água fresca. Durante a noite, Hoffman levantou-se várias vezes para ver se Bonnie estava lá, comendo as verduras. Finalmente, ele se enrolou em um cobertor e se deitou no banco da varanda, de vigília ao lado da tigela de verduras. Dormiu lá durante uma semana, trocando a comida todas as manhãs e ao anoitecer, para manter o cheiro fresco.

Esther preparou um cartaz com um desenho de Bonnie (que mais parecia um cachorro *cocker spaniel*), sob o qual escreveu: COELHO GRANDE PERDIDO. Grampeou cópias do cartaz nos postes de telefone por toda a cidade e publicou um aviso no jornal. Hoffman escreveu uma carta para os vizinhos, Ronald e Ruth-Ann Wilson, e enfiou-a sob a porta deles. A carta descrevia a cor e o peso de Bonnie, dizia a data e a hora de seu desaparecimento e solicitava qualquer informação que pudessem ter sobre o assunto. Os Wilson não ligaram para dar notícia alguma, assim, no dia seguinte, Hoffman foi até a casa e tocou a campainha. Ronald Wilson atendeu.

— Vocês receberam a minha carta? — Hoffman perguntou.

— Sobre o coelho? — Ronald perguntou. — Você o encontrou?

— O coelho é menina. E pertence à minha filha. Foi um presente. Você a viu?
— Ela não foi para a rua, não é?
— A Bonnie está em sua casa, sr. Wilson?
— Bonnie é o nome do coelho?
— Sim.
— Como é que a Bonnie ia entrar em nossa casa?
— Quem sabe por alguma janela quebrada do porão?
— Você acha que ela está em nosso porão?
— O senhor procurou em seu porão?
— Não.
— Será que eu posso procurá-la lá?
— Você quer ir procurar um coelho em nosso porão?

Os dois homens se entreolharam por algum tempo. Ronald Wilson usava um boné de beisebol, tirou-o e coçou o alto da cabeça, onde o cabelo já rareava. Colocou o boné de volta.

— Seu coelho não está em nossa casa, sr. Hoffman — Wilson disse.

— Certo — Hoffman respondeu. — Tudo bem. Com certeza.

Hoffman caminhou de volta para casa. Sentou-se à mesa da cozinha e esperou até que Ace e Esther entrassem para fazer seu comunicado.

— Eles a pegaram — disse. — Os Wilson pegaram a Bonnie.

Hoffman começou a construir a torre em julho. Havia uma fileira de carvalhos entre a casa de Ace Douglas e a casa dos Wilson, e as folhas das árvores impediam que Hoffman visse o interior da casa deles. Por vários meses, ele passara as noites observando a casa dos Wilson pela janela do sótão, com binóculos, procurando Bonnie lá dentro, mas não conseguia ver os aposentos do andar de baixo por causa das árvores, e sentia-se frustrado. Ace garantiu-lhe que as folhas cairiam no outono, mas Hoffman temia que Bonnie já estivesse morta no outono. Isso era algo difícil para ele aguentar. Não podia mais entrar na propriedade dos Wilson e olhar pelas janelas deles, uma vez que Ruth-Ann Wilson chamara a polícia. Não podia mais escrever cartas ameaçadoras. Não podia mais ligar para os Wilson. Prometera para Ace e Esther que não faria mais nenhuma dessas coisas.

— Ele é realmente inofensivo — Esther disse para Ruth-Ann Wilson, apesar de ela mesma não estar muito certa disso.

Ronald Wilson de algum jeito descobriu que Hoffman estivera na prisão e entrara em contato com o oficial de custódia, que, por sua vez, procurou Hoffman e sugeriu que deixasse os Wilson em paz.

— Se vocês simplesmente o deixassem procurar o coelho em sua casa — Ace Douglas sugeriu gentilmente aos Wilson —, isso tudo se resolveria rapidamente. Somente meia hora para ele dar uma olhada. É só porque ele acha que Bonnie está presa no porão da casa de vocês.

— Não nos mudamos para cá para deixar que assassinos entrem em nossa casa — Ronald Wilson disse.

— Ele não é um assassino — Esther protestou, de forma pouco convincente.

— Ele assusta a minha esposa.

— Não quero assustar sua esposa — Hoffman disse.

— Ele é realmente inofensivo — Esther insistiu. — Talvez vocês pudessem comprar outro coelho para ele.

— Não quero outro coelho coisa nenhuma.

— O senhor assusta a minha esposa — Ronald repetiu.
— Nós não lhe devemos coelho algum.

No final da primavera, Hoffman cortou o menor dos carvalhos que havia entre as duas casas. Fez isso numa segunda à tarde, quando os Wilson estavam no trabalho, Esther fazia uma apresentação de mágica em uma festa de bandeirantes e Ace tinha ido fazer compras. Hoffman comprara uma motosserra semanas antes e a deixara escondida. A árvore não era muito grande, mas caiu numa diagonal certeira sobre o quintal dos fundos dos Wilson, passando a um fio do caramanchão e destruindo parte significativa de um canto do jardim.

A polícia foi chamada. Após muita negociação, Ace Douglas conseguiu provar que o carvalho, ainda que estivesse entre as duas casas, na verdade estava na propriedade dele, e ele tinha o direito de cortá-lo. Ofereceu-se para pagar generosamente pelos estragos. Ronald Wilson voltou à casa deles naquela noite, mas não quis falar até que Ace mandasse Hoffman sair da sala.

— Será que você entende a nossa situação? — perguntou.

— Entendo, sim — Ace disse. — Sinceramente, entendo.

Os dois homens ficaram de frente um para o outro diante da mesa da cozinha por algum tempo. Ace ofereceu café para Ronald, que recusou.

— Como você consegue viver com ele? — Ronald perguntou.

Ace não respondeu, mas serviu-se de um pouco de café. Abriu a geladeira e pegou uma caixa de leite, que cheirou e depois derramou na pia. Depois disso, cheirou o próprio café, que também derramou pela pia.

— Ele é seu namorado? — Ronald perguntou.

— Se o Richard é meu namorado? Não. Ele é um grande amigo. E é meu cunhado.

— É mesmo? — Ronald disse. Estava mexendo na aliança de casamento no dedo, como se a estivesse aparafusando, para ficar mais firme.

— Você achou que fosse um sonho se realizando comprar aquele velho casarão, não foi? — Ace Douglas perguntou. Conseguiu dizer isso de forma amistosa e até simpática.

— Sim, foi o que achamos.

— Mas é um pesadelo, não é? Morar do nosso lado?

— Sim, é mesmo.

Ace Douglas riu, e Ronald Wilson riu também.

— Na verdade, é a porra de um pesadelo total.

— Realmente sinto muito por sua esposa ter medo de nós, Ronald.

— Bem...

— Sinto mesmo, sinceramente.

— Obrigado. É difícil. Ela fica um pouco paranoica, às vezes.

— Bem — Ace disse, novamente com um tom amigável e simpático. — Imagine só. Paranoica! Neste bairro?

Os dois homens riram novamente. Enquanto isso, na sala ao lado, Esther conversava com o pai.

— Por que você fez isso, papai? — ela perguntou. — Uma árvore tão bonita.

Ele estivera chorando.

— Porque eu estou muito triste — ele acabou dizendo. — Eu queria que eles sentissem isso.

— Sentir como você estava triste? — ela perguntou.

— Sentir como eu estou triste — ele respondeu. — Como estou triste.

De qualquer jeito, Hoffman começou a construir a torre em julho.

Ace tinha uma picape velha, e Hoffman ia com ela até o depósito de lixo municipal todas as tardes para procurar restos de madeira e sucata. Construiu a base da torre com madeira de pinho, reforçada com peças de uma velha cama de aço. No final de julho, a torre já estava com mais de três metros de altura. Ele não pretendia montar uma escada dentro dela, tratava-se de um cubo sólido.

Os Wilson chamaram a secretaria de planejamento urbano, que multou Ace Douglas por erguer uma estrutura não autorizada em sua propriedade e insistiu para que o trabalho fosse interrompido imediatamente.

— É apenas uma casa na árvore — Esther mentiu para o fiscal.

— É uma torre de observação — Hoffman a corrigiu. — Para que eu possa olhar o interior da casa dos vizinhos.

O fiscal lançou um longo olhar para Hoffman.

— Sim — Hoffman disse. — É uma verdadeira torre de observação.

— Derrube — o fiscal disse para Esther. — Ponha abaixo imediatamente.

Ace Douglas era dono de uma biblioteca significativa de livros de magia antigos, incluindo vários volumes que o próprio Hoffman trouxera da Hungria, durante a Segunda Guerra Mundial, e que já eram antigos e valiosos mesmo naquela época. Hoffman comprara esses livros raros de ciganos e negociadores da Europa com o que restara do dinheiro de sua família. Havia volumes em alemão, alguns em russo e outros em inglês.

A coleção revelava os segredos da magia de salão, um tema popular entre os cavalheiros bem-educados da virada do século. Os livros não falavam de truques, e sim de "distrações", que algumas vezes eram manobras mágicas, mas que igualmente podiam não passar de simples experiências científicas. Muitas vezes, essas distrações envolviam hipnose, ou aparente hipnose, ou não seriam bem-sucedidas sem a participação de um conspirador treinado em meio a convidados suscetíveis. Um cavalheiro poderia, literalmente, usar fumaça e um espelho para evocar um fantasma no meio do salão. Um cavalheiro poderia ler a palma de uma mão, ou fazer levitar uma bandeja de chá. Um cavalheiro poderia simplesmente demonstrar que um ovo pode ficar em pé, ou que um ímã pode reagir diante de outro, ou que uma corrente elétrica poderia acionar um pequeno mecanismo.

Os livros eram belamente ilustrados. Hoffman os tinha dado a Ace Douglas ainda nos anos 1950, pois, por algum tempo, nutrira a esperança de recriar os conjuros europeus de outrora em Pittsburgh. Pretendia decorar uma pequena área do Pharaoh's Palace como se fosse um salão de festas chique de uma casa de classe média alta da Hungria, e que Ace se vestisse com polainas e luvas de couro fino de cabrito. Ace até mesmo estudou os livros. Mas constatou que não havia como reproduzir corretamente a maioria das distrações. Todos os velhos truques incluíam objetos domésticos comuns que simplesmente haviam se tornado artigos exóticos com o tempo: uma caixa de parafina, uma pitada de rapé, uma dose de cera virgem, uma escarradeira, um medalhão para correntes de relógio de bolso, uma bola de cortiça, uma lasca de sabão para amaciar o couro das selas. Mesmo que esses ingredientes pudessem ser encontrados, não teriam significado algum para as plateias modernas. Seria mágica de museu. Ninguém se impressionaria.

Para Hoffman, isso foi uma enorme decepção. Nos primórdios de sua juventude, ele vira Katanovsky, o necromancista russo, charlatão e embusteiro, executar vários daqueles números no salão da casa de sua mãe. A recém-viúva trajava vestidos escuros, decorados com fitas de seda azul-porcelana, exatamente no mesmo tom dos famosos frascos azuis da Água de Rosas Hoffman. Ela tinha a expressão de uma regente determinada. As irmãs dele, vestindo aventais infantis, olhavam para Katanovsky com uma perfeita expressão de estupor maravilhado. Reunidos em família no salão, todos ouviram. O próprio Hoffman, os olhos ardendo devido à fumaça de fósforo, ouviu: a inconfundível voz de seu pai recém-morto, falando pela boca escura de Katanovsky. Uma confortadora mensagem paterna (com perfeito sotaque húngaro!). Um apelo emocionante e pessoal para a fé.

E por isso Hoffman sentiu-se triste por Ace Douglas não ser capaz de reproduzir essa atuação. Gostaria de assisti-la de novo. Provavelmente, fora uma fraude das mais simples, ainda que antiga. Hoffman teria gostado de ouvir o truque da voz de seu falecido pai repetido e explicado para ele integralmente e — se necessário — repetido uma vez mais.

No primeiro dia de setembro, Hoffman levantou-se ao nascer do sol e começou a preparar a picape. Meses depois, durante uma seção no tribunal, o advogado dos Wilson tentaria provar que Hoffman havia enchido o bagageiro da caminhonete de armas, uma acusação que Esther e Ace repudiaram enfaticamente. É claro que havia ferramentas no carro, algumas pás, uma marreta e um machado, mas, se eram ameaçadoras, não era essa a intenção.

Havia pouco tempo, Hoffman comprara várias dezenas de rolos de fita isolante preta e, ao amanhecer, começou a enrolar todo o corpo do carro com ela. Cobriu a carroceria com uma camada de fita e depois mais outra sobre a que já existia, e fez isso diversas vezes, como uma armadura.

Esther tinha uma aula de flauta para dar naquela manhã e levantou-se para comer seu cereal. Da janela da cozinha, viu o pai cobrindo a picape com fita. Os faróis dianteiros e as luzes traseiras já estavam cobertos, assim como as portas completamente seladas. Ela foi para fora.

— Pai? — chamou.

E Hoffman respondeu, quase como que pedindo desculpas:

— Estou indo lá.

— Não na casa dos Wilson, né?

— Estou indo procurar a Bonnie — disse.

Esther voltou para casa, se sentindo um tanto abalada. Acordou Ace Douglas, que olhou pela janela do quarto para Hoffman, na entrada de carros da casa, e chamou a polícia.

— Ah, não, a polícia não — Esther lamentou. — A polícia não...

Ace abraçou-a por algum tempo.

— Está chorando? — perguntou.

— Não — ela mentiu.

— Não está chorando?

— Não. Só estou triste.

Quando toda a fita acabou, Hoffman deu a volta no carro e percebeu que não tinha como entrar nele. Pegou a marreta no bagageiro aberto e bateu levemente na janela do passageiro, até o vidro se estilhaçar como uma teia de aranha. Empurrou a janela suavemente para dentro. Os cristais de vidro caíram silenciosamente sobre o banco. Enfiou-se por ali, mas viu que estava sem as chaves e teve que se espremer para fora da janela quebrada novamente, ir até a casa e pegar as chaves sobre a mesa da cozinha. Esther queria descer as escadas e falar com ele, mas Ace Douglas não a deixou ir. Ele mesmo desceu e disse:

— Me desculpe, Richard. Mas eu chamei a polícia.

— A polícia? — Hoffman repetiu, magoado. — A polícia não, Ace.

— Sinto muito.

Hoffman ficou em silêncio por um longo tempo. Fitava Ace.

— Mas eu vou lá buscar a Bonnie — disse finalmente.

— Eu gostaria que você não fizesse isso.

— Mas eles estão com ela — Hoffman disse, e estava chorando.

— Não creio que eles estejam com ela, Richard.

— Mas eles *roubaram* ela!

Hoffman agarrou as chaves e escalou de novo a porta do carro coberto de fita isolante, ainda soluçando. Dirigiu para a casa dos Wilson e deu várias voltas ao redor dela. Passou por cima do milho plantado no jardim. Ruth-Ann Wilson saiu correndo, pegou alguns tijolos que havia junto à entrada e começou a perseguir Hoffman, jogando os tijolos na picape e gritando.

Hoffman jogou a caminhonete contra as portas de metal inclinadas do porão da casa dos Wilson. Tentou passar com o carro sobre elas, mas o motor não tinha a força necessária e as rodas afundaram no gramado molhado. Fez soar a buzina, a longa, lenta e melancólica buzina de neblina.

Quando a polícia chegou, Hoffman se recusou a sair. No entanto, teve o cuidado de colocar as mãos no volante para mostrar que não estava armado.

— Ele não está armado — Esther gritou de dentro da casa de Ace Douglas.

Dois policiais deram a volta no carro, examinando-o. O mais jovem bateu de leve na janela de Hoffman e pediu para que ele baixasse o vidro.

— Diga para eles trazerem ela para fora! — gritou. — Tragam a coelha e eu saio da caminhonete! Pessoas horríveis!

O policial mais velho cortou a fita isolante do lado do passageiro com um canivete. Finalmente, conseguiu abrir a porta e esticou o braço para pegar Hoffman e puxá-lo para fora, cortando o braço dos dois nos cacos de vidro da janela quebrada. Do lado de fora da caminhonete, Hoffman ficou deitado na grama, completamente esparramado, com o rosto para baixo. Foi algemado, colocado no carro da polícia e levado.

Ace e Esther seguiram-no até a delegacia, onde os policiais tiraram-lhe o cinto e as digitais. Hoffman vestia apenas uma camiseta, e sua cela era muito pequena, vazia e gelada. Esther perguntou ao policial mais velho:

— Posso ir em casa buscar um casaco para o meu pai? Ou um cobertor?

— Pode sim — respondeu o policial mais velho, e tocou o braço dela com uma espécie de autoridade solidária. — Claro que pode.

Ao chegar em casa, Esther lavou o rosto e tomou algumas aspirinas. Ligou para a mãe de seu aluno de flauta e cancelou a aula da manhã. A mãe queria remarcar, mas Esther prometeu apenas que ligaria mais tarde. Viu o leite no balcão da cozinha e colocou-o de volta na geladeira. Escovou os dentes. Calçou botas mais quentes para o outono e abriu o armário da sala para pegar um cobertor de lã leve para o pai. Ouviu um barulho.

Esther seguiu o barulho, que era o do motor de um carro funcionando. Foi até a janela da sala e afastou a cortina. Na entrada de carros dos Wilson, havia uma van com um letreiro da

Sociedade Protetora dos Animais. Havia grades nas janelas do veículo. Esther disse em voz alta:

— Ai, meu Deus!

Um homem de macacão branco saiu pela porta da frente da casa dos Wilson, carregando uma enorme gaiola de arame. Dentro da gaiola, estava Bonnie.

Esther nunca tinha entrado no prédio local da Sociedade Protetora dos Animais, e também não entrou naquele dia. Estacionou perto da caminhonete, que ela seguira, e observou o homem de macacão abrir as portas de trás e tirar uma gaiola. Dentro dela, havia três gatinhos cinza, que ele carregou para dentro do prédio, deixando as portas da van abertas.

Quando o homem já estava lá dentro, Esther saiu do carro e caminhou rapidamente até a traseira da caminhonete. Achou a gaiola de Bonnie, abriu-a facilmente e tirou a coelha lá de dentro. Bonnie estava muito mais magra do que na última vez em que Esther a vira, e a coelha olhou para ela com uma expressão completamente vazia de qualquer reconhecimento. Esther carregou Bonnie para o carro e voltou para a delegacia.

Quando chegou *àquele* estacionamento, segurou a coelha sob o braço esquerdo. Saiu do carro e enrolou-se totalmente com o cobertor de lã leve que levara para o pai. Esther caminhou rapidamente para a entrada da delegacia. Passou pelo policial mais velho, que estava conversando com Ace Douglas e Ronald Wilson. Levantou a mão direita ao passar próximo dos homens e disse solenemente:

— How, caras-pálidas.

Ace sorriu para ela, e o policial mais velho acenou.

A cela de Hoffman ficava no final de um corredor e estava mal iluminada. Hoffman não dormia bem havia várias semanas, estava com frio e tinha cortes. A moldura dos óculos estava rachada, e ele chorava desde de manhã cedo. Viu Esther se aproximando, enrolada no cobertor leve de lã cinza, e reconheceu nela a figura de sua mãe, que se cobria com um manto nos invernos de Budapeste e também caminhava com uma dignidade peculiar.

Esther se aproximou da cela e esticou a mão por entre as barras, em direção ao pai, que se levantou com esforço para ir ao encontro daquela mão. Em um momento de semiloucura, ele quase imaginou que ela fosse uma aparição calorosa da própria mãe e, quando foi em sua direção, ela sorriu.

Seu sorriso fez com que ele desviasse os olhos da mão para o rosto dela e, naquele momento, Esther tirou o braço de dentro das grades, pegou as dobras do cobertor que a envolvia e, graciosamente, fez aparecer o coelho. Ela deslizou Bonnie — mais magra agora, é claro — através das barras de aço e ergueu a coelha na cela, exatamente onde, um momento antes, estivera sua mão vazia. De tal forma que Hoffman, ao desviar os olhos do sorriso de Esther para baixo, viu Bonnie onde antes não havia coelho algum. Como num verdadeiro feitiço, alguma coisa surgira em pleno ar.

— Observe — sugeriu Esther.

Richard Hoffman observou a coelha sedosa e reconheceu nela a sua Bonnie. Ele a recolheu entre suas mãos quadradas. E então, logo em seguida, observou sua própria filha Esther.

Uma jovem verdadeiramente talentosa.

A melhor das esposas

Quando Rose tinha dezesseis anos, e cinco meses de gravidez, ficou em primeiro lugar em um desfile de beleza no sul do Texas, devido ao seu belo caminhar pela passarela, usando um delicado maiô azul-marinho. Isso foi pouco antes da guerra. Até o verão anterior, ela não passava de uma garota magricela de joelhos ralados, mas a gravidez rendera-lhe esse repentino corpo premiado. Era como se a vida estivesse sendo gerada em suas coxas, bunda e peitos, e não na barriga. Parecia até que ela carregava todos os suaves fardos da maternidade igualmente distribuídos de maneira perfeita por toda a sua compleição. Aquelas partes de sua pessoa que ela não conseguia embalar completamente no interior do maiô azul transbordavam no volume exato para perturbar emocionalmente diversos membros do júri e da plateia. Ela era de uma beleza campeã indiscutível.

O pai de Rose também viu as formas de *pin-up* que a filha assumira e, com cinco meses de atraso, começou a se preocupar com a preservação de seus encantos. Logo após o desfile, a condição dela tornou-se óbvia. O pai mandou-a para uma instituição em Oklahoma, onde permaneceu até passar por quatro dias de trabalho de parto e dar à luz um filho natimorto. Rose, na verdade, não poderia ter mais filhos depois disso, mas a bela figura em que se transformara permaneceu com ela, e, finalmente, casou-se, uma vez mais com base em seus encantos ao caminhar vestindo um belo maiô.

Mas ela só conheceu o marido depois que a guerra acabou. Enquanto isso, ficou em Oklahoma. Acabara por desenvolver uma certa preferência por determinados tipos de homens locais, altos e sorridentes com seus chapéus escuros. Também desenvolvera um certo gosto por homens que iam à igreja, e ainda por homens canhotos, e por militares, pescadores, carteiros, operários, bombeiros, assaltantes de estrada, mecânicos de elevadores, e também uma certa inclinação pelos cumins mexicanos que trabalhavam no mesmo restaurante que ela (que a reverenciavam chamando-a de La Rubia — a Loira — como se ela fosse uma famosa bandida ou uma trapaceira do carteado).

    Casou-se com seu marido porque era ele quem ela amava mais. Ele era gentil com garçonetes e cães, e não tinha a menor curiosidade por suas famosas preferências. Ele mesmo era um homem grandalhão, com um traseiro digno de um enorme animal — musculoso e peludo. Usava cotocos de lápis para discar números nos telefones, pois seus dedos não cabiam nos buracos do disco. Fumava cigarros que pareciam restos de palitos de dente no meio de sua boca enorme. Não conseguia dormir se não sentisse a pressão quentinha do bumbum de Rose junto de sua barriga. Ele a segurava como se fosse um filhotinho. Nos anos que se seguiram após comprarem uma televisão, os dois assistiam a game shows à noite, juntos no sofá, e ele aplaudia com genuíno entusiasmo os competidores que ganhavam carros e barcos. Sentia-se feliz por eles. Aplaudia-os com seus enormes braços esticados para a frente rigidamente, como se fosse uma foca amestrada.

    Por fim, se mudaram para Minnesota. O marido de Rose comprou um rebanho almiscarado de ovelhas e uma casinha pequena e aconchegante. Foram casados por quarenta e três anos, e então ele morreu de um ataque do coração. Ele era bem mais velho do que ela e viveu por um bom tempo. Rose pensou que ele tivera o tipo de vida que, no final, a pessoa podia dizer: "É isso! Foi mesmo muito bom!" Seu luto foi pleno de reconhecimento e afeto.

    Quando ele se foi, as ovelhas começaram a dar muito trabalho e Rose começou a vendê-las, pouco a pouco. E depois de vender todas elas — dispersas por vários estados como bichos de estimação, novelos de lã, ração para cães e guisado servido com geleia de menta —, Rose passou a dirigir o ônibus do jardim de infância local. Caramba, ela já tinha quase setenta anos!

Rose já não tinha mais muita facilidade para lembrar nomes, mas os olhos estavam bons e ela era uma motorista cuidadosa, sempre fora. Deram uma ótima rota para ela seguir. Primeiro, tinha que ir buscar o próprio ônibus, na garagem atrás das pedreiras, passando pelas duas vias de trilhos. Então ia buscar o menino, seu vizinho, que morava perto do posto de gasolina, junto da casa dela. Depois, era a vez do menino chorão. Então, era a menina cuja mãe sempre a vestia com coletes de veludo, o menino parecido com Orson Welles, a menina aborrecida, o menino que cantarolava e ainda a menina cheia de *Band-aids*. Na ponte junto à casa da menina dos *Band-aids*, ela cruzava o rio para chegar à estrada da montanha. Ali, pegava a menina negra, o menino com olhar de gratidão, o menino que dava empurrões, a outra menina negra e a garota sem fôlego. A última parada era a do menino ausente.

Treze passageiros. Doze, se o menino ausente fosse descontado, o que Rose não costumava fazer.

Mas, naquela manhã especial em que essa história acontece, o menino que era seu vizinho, o que chorava e a garota de colete de veludo, todos estavam ausentes. Rose pensou: *Gripe?* Ela continuou dirigindo e verificou que o menino parecido com Orson Welles, a menina aborrecida e o menino que cantarolava também estavam ausentes e se perguntou: *Catapora?* Depois de passar pela ponte onde não havia menina alguma, e pela estrada da montanha, onde não havia criança nenhuma por perto, ela pensou, com uma certa humilhação: *Será que hoje é domingo?* Ela então se lembrou de que não vira nenhum dos outros motoristas na garagem perto da pedreira, nem qualquer outro ônibus escolar passando sobre as duas vias de trilhos. Na verdade, nem mesmo vira qualquer outro carro andando pela rua. Não que fossem estradas movimentadas, mas certamente tinham algum tráfego. Eram estradas bastante utilizadas. E rapidamente passou por sua cabeça: *Armagedom?*

Mas ela seguiu por sua rota até o final. Foi uma boa decisão essa que ela tomou, pois havia alguém na entrada da garagem da casa do menino ausente, afinal de contas. Duas pessoas, na verdade, esperando por ela. Ela parou o ônibus, piscou as luzes da maneira apropriada, conforme a lei, abriu a porta com a manivela e deixou que entrassem. Eram dois homens velhos, um baixo e outro alto. Tiveram certa dificuldade para subir as escadas.

— Uma carona para os cavalheiros hoje? — ela perguntou.

Eles se sentaram nos bancos bem atrás dela.

— Isso aqui tem um cheiro de limpeza e lugar decente, graças a Deus — um deles disse.
— Eu uso desinfetante de banheiro — Rose respondeu. — Semanalmente.
O homem mais alto disse:
— Minha bela Rosie. Você está incrível.
Para falar a verdade, ela estava mesmo. Usava um quepe e luvas brancas para trabalhar todos os dias, como se levasse aquelas crianças para a igreja ou algum piquenique importante.
— Você poderia muito bem ser a primeira-dama — o homem alto continuou. — Você poderia ter se casado com um presidente.
Ela olhou para ele pelo enorme espelho retrovisor e sua expressão rapidamente foi de surpresa e reconhecimento. Olhou para o homem baixo, e a expressão foi a mesma. E eis que aqueles dois eram Tate Palinkus e Dane Ladd. Tate era o homem que a engravidara lá no sul do Texas, antes da guerra. Dane fora o auxiliar de enfermagem com quem trocara vários beijos e afagos durante a recuperação do parto, na instituição de Oklahoma para mães solteiras. O que também acontecera antes da guerra.
— Mas será possível? — ela disse. — Com toda a certeza, jamais achei que voltaria a ver vocês dois de novo. E bem aqui, em Minnesota. Que ótimo.
Dane disse:
— E não é que esse Tate Palinkus não passa de um sem-vergonha? Ele estava aqui me contando que foi ele quem te engravidou.
Tate disse:
— Rose. Eu não sabia que você estava grávida naquela época. Só fui ouvir falar disso muitos anos depois, quando voltei lá e quis saber de você. É a pura verdade, Rose.
— Tate Palinkus — ela disse. — Seu grande moleque.
Dane disse:
— Se meter com uma garota de quinze anos. Acho que essa é a pior coisa de que já ouvi falar.
— Dane Ladd. — Rose sorriu. — Seu grandessíssimo filho da mãe.
— Ela era uma garota danada de bonita — Tate disse, e Dane respondeu:

— Nem precisa me dizer uma coisa dessas.

Rose engatou a marcha e deu a volta com o ônibus.

— Vocês dois me fizeram uma surpresa que me deixou de cara no chão.

— Não descuide dessa carinha linda — Dane disse. — Muito menos desse corpinho.

Continuaram pela estrada. E o que aconteceu então é que havia alguém esperando na entrada da casa da menina sem fôlego, encostado na caixa de correio. Um outro homem bem velho. Rose parou e deixou-o subir.

— Preciosa — ele a cumprimentou e tocou a aba do chapéu. Era Jack Lance-Hainey, um diácono da igreja presbiteriana. Concorrera uma vez ao senado pelo estado de Oklahoma. Costumava fazer piqueniques com Rose na década de 1940, com cestas carregadas de porcelanas genuínas e talheres de prata verdadeiros da esposa. Ensinou Rose como ficar por cima de um homem durante o sexo e como atender a telefones em quartos de hotel dizendo: "Aqui é a sra. Lance-Hainey. Poderia me fazer o obséquio de me enviar um tônico para essa minha terrível dor de cabeça?"

Jack se sentou no corredor, na mesma fila dos outros dois, e colocou o chapéu ao seu lado.

— Senhor Ladd. — Ele assentiu. — É uma bela manhã.

— É mesmo — Dane concordou. — Em que belo país nós vivemos.

— É um belo país. — Jack Lance-Hainey disse, e completou: — E um bom dia para você, Tate Palinkus, seu verme tratante fecundador de garotinhas.

— Eu não sabia que ela estava grávida naquela época — Tate explicou. — Só vários anos depois. Eu teria me casado com ela com muito prazer.

E Rose disse, quase para si mesma:

— Ora, ora, ora... Eis aí uma novidade, sr. Palinkus.

Agora ela seguia por sua rota de ônibus deserta e a encontrou tomada por todos os seus antigos amantes. Ela tratou de recolher cada um deles. Na casa da menina negra, ela pegou seu primo do Mississippi, Carl, com quem se encontrara uma vez na cama de uma tia, em uma reunião de família no dia de Ação de Graças. Junto à caixa de correio do menino que empurrava, encontrou uma pequena aglomeração de velhinhos, esperando juntos. Eram todos os seus carteiros, mas sem os uniformes. Todos eles um dia dirigiram caminhões leves e deixavam pilhas de sacolas de lona extras na traseira, onde ela pudesse se deitar. Ela não conseguia se lembrar de seus nomes, mas os outros homens do ônibus pareciam conhecê-los muito bem, e todos se cumprimentaram com respeito profissional.

 Na casa da outra menina negra, ela pegou dois veteranos de guerra mais velhos, de quem se lembrava como recém-alistados, as cabeças jovens rosadas e raspadas, as orelhas grandes que davam vontade de segurar para puxá-los e guiá-los. Os veteranos se sentaram atrás de Lane e Tate e conversaram sobre a economia. Um deles tinha perdido um braço, e o outro, uma perna. O que não tinha braço repentinamente cutucou Tate com o membro que lhe restava:

 — Você é um desgraçado de um infeliz que não sabe segurar o pinto dentro das calças e engravida as moças e depois sai correndo, não é mesmo?

 — Ele diz que não sabia que ela estava grávida — Jack Lance-Hainey disse, e os carteiros caíram na gargalhada, sem acreditar.

 — Eu não sabia que ela estava grávida naquela época — Tate explicou pacientemente. — Só vários anos depois.

 — Meu Deus — Rose disse. — Nem mesmo eu sabia direito.

 — Aquele bebê deixou você com esse belo corpo — Tate sugeriu, e um murmúrio comum de aprovação pelo comentário percorreu todo o ônibus.

 Na casa da menina agradecida, ela pegou um homem tão gordo que ele teve que se reapresentar. Era o primeiro marido da irmã dela, ele disse, e Rose exclamou:

 — Treinador! Seu encrenqueiro! — Ele fora um mecânico de elevadores e costumava encontrar com Rose na oficina, à noite, para ensiná-la a embaralhar as cartas com agilidade e a beijar de olhos abertos.

 — Esses degraus são de morte — ele falou, com o rosto vermelho pelo esforço, e o veterano de uma perna só disse:

 — Está dizendo isso para mim, treinador?

 Na casa da menina de *Band-aid*, ela pegou os balconistas de bar dos três estados por onde passara, e na casa do menino que cantarolava, apanhou um patrulheiro rodoviário com quem passara a noite na cidade de Oklahoma, ainda nos tempos em que eram jovens. Ele estava acompanhado de um pescador de camarões e de um homem que dirigia caminhões de bombeiro. Eles o deixaram entrar primeiro no ônibus, pois achavam que era o mais graduado.

— Senhora — o patrulheiro a cumprimentou com um enorme sorriso. E então chamou Tate Palinkus de ovo podre, semente ruim, vagabundo, rufião e porco imundo por engravidá-la quando ela era só uma garotinha que não sabia diferenciar um filho da puta de uma cesta de frutas.

Havia um juiz itinerante do Arizona esperando por ela na calçada da garota aborrecida, e ele se sentou com Jack Lance-Hainey, na frente do ônibus. Disse para Rose que ela ainda estava bonita o bastante para visitar a parte de dentro de sua beca de juiz, qualquer dia da semana.

Ela respondeu:

— Meritíssimo, somos pessoas idosas agora.

E ele disse:

— Rose, você é uma flor.

Ela encontrou Hank Spellman chutando pedras junto à estrada diante da casa do menino parecido com Orson Welles. Ele entrou no ônibus e os outros homens o saudaram:

— Hank! — como se estivessem realmente felizes ao vê-lo. Hank, um dia, vendera e instalara caldeiras e sempre fora um sujeito popular. Costumava dançar com Rose no porão da casa dela, batendo de leve com a mão em seu quadril para marcar o ritmo. Gostava de deslizar as mãos pelo corpo dela enquanto dançavam. Costumava encher as mãos com as nádegas dela e sussurrava:

— Se algum dia eu desaparecer e você precisar me encontrar, pode começar procurando aqui mesmo, nessa bunda.

Onde a menina sempre vestida com um colete de veludo normalmente esperava o ônibus, havia um homem alto, com um chapéu preto. Um dia, ele fora o dentista de Rose. Tinha uma piscina coberta na casa e uma empregada que levava toalhas e drinques para eles durante a noite toda, sem fazer qualquer comentário. Precisou usar uma bengala para subir no ônibus, e seus óculos eram grossos como fatias de pão. Disse para Rose que ela estava linda e que sua aparência ainda era maravilhosa.

Rose respondeu:

— Muito obrigada. Eu tive sorte com a minha aparência. As mulheres da minha família tendem a envelhecer de duas maneiras. A maioria delas aparenta ter fumado cigarros demais ou então comido rosquinhas em excesso.

— Você parece ter beijado meninos demais — o mecânico de elevadores disse.

— Você poderia ter sido uma primeira-dama — Lane disse novamente, e Tate falou pensativamente:

— Você foi a minha primeira-dama.

Havia quatro ex-cumins mexicanos diante da cerca da casa do menino chorão. Estavam velhos agora, e idênticos, cada um vestindo um paletó branco bem-passado, com belos cabelos grisalhos e bigodes da mesma cor.

— La Rubia — saudaram-na. Seu inglês não estava melhor do que antes, mas o veterano sem braço havia lutado contra os fascistas na Espanha e os traduziu muito bem.

Seu ônibus nunca estivera tão cheio assim. Não era um ônibus muito grande. Era para crianças do jardim de infância e, para falar a verdade, era só para a turma da manhã do jardim de infância. Naturalmente, a empresa dera para Rose uma rota excelente, mas não era assim tão cansativa. Geralmente, ao meio-dia já tinha encerrado. E, caramba, ela já estava com quase setenta, é claro, e ainda que, certamente, não fosse uma mulher fraca, muito menos senil, ela se cansava. Portanto, deram a ela apenas aquelas treze crianças que moravam bem perto de sua casa. Ela vinha trabalhando muito bem. Na verdade, seu trabalho era excelente. Todos concordavam. Era uma motorista cuidadosa e gentil. Uma das melhores.

Fez a rota de volta naquele dia, acompanhada por todos os seus antigos amantes, no ônibus escolar do jardim de infância que dirigia. Seguiu por todo o caminho sem ver uma única de suas crianças e sem passar por nenhum outro carro. Concluíra, com um pouco de vergonha, que podia mesmo ser domingo. Ela jamais cometera um erro desses antes e sequer pensou em mencionar isso com seus antigos amantes, ou eles poderiam achar que ela estava ficando gagá. Então, ela fez todo o caminho de volta até a primeira parada, a casa do menino que morava ao lado do posto de gasolina, perto de sua própria casa. Havia um homem velho esperando ali também, um homem bem grande. E não é que era mesmo o seu marido? Os antigos amantes no ônibus, que pareciam todos se conhecer muito bem, não tinham a menor ideia de quem era o marido de Rose. Fizeram um silêncio respeitoso quando ele subiu no ônibus, e Rose puxou a manivela para fechar a porta quando ele entrou e disse:

— Senhores, gostaria que conhecessem o meu marido.

E a expressão no rosto de seu marido era a de um homem recebendo as boas-vindas em uma festa surpresa. Ele inclinou-se para beijá-la na testa, e foi ele o primeiro homem a tocá-la naquele dia. Disse:

— Meu pequeno botãozinho de flor, minha Rose.

Ela o beijou no rosto, que exalava o familiar cheiro almiscarado de carneiro.

Continuou dirigindo. Ele desceu pelo corredor do ônibus, que balançava como um barco, e era o convidado de honra. Os velhos amantes se apresentaram e, após cada apresentação, o marido de Rose dizia: "Ah, sim, claro, um prazer conhecê-lo", com a mão esquerda sobre o coração, sentindo-se maravilhado e grato. Ela olhou pelo enorme espelho retrovisor e observou-os dando tapinhas nas costas dele e sorrirem. Os veteranos o saudaram, o patrulheiro rodoviário o saudou, e Jack Lance-Hainey beijou sua mão. Tate Palinkus pediu desculpas por ter engravidado Rose quando ela não passava de uma garotinha do sul do Texas, e os cumins mexicanos de cabelos brancos atrapalharam-se no inglês para cumprimentá-lo.

O juiz itinerante disse que não se incomodava de falar em nome de todos ao expressar seu enorme prazer ao cumprimentar Rose e seu marido pelo longo e honesto casamento.

Rose seguia dirigindo. Logo ela chegou às duas linhas de trilhos, antes da garagem junto à pedreira. Seu pequeno ônibus cabia exatamente entre essas duas linhas de trilhos e ela parou naquele intervalo estreito, pois percebeu que os trens vinham das duas direções. Seu marido e seus antigos amantes abaixaram os vidros do ônibus e se inclinaram para fora, como se fossem crianças do jardim de infância, olhando. Os trens estavam pintados com cores claras, como brinquedos de madeira infantis, e na lateral de cada um dos vagões, em letras grandes, estava escrito o conteúdo da carga: AMEIXAS, BALANÇOS, CAMAS, DIAMANTES,

EXPLOSIVOS, FOLHAS, GALOS, HARMÔNICAS — uma lista contínua em ordem alfabética de todos os ingredientes da vida.

Ficaram olhando os trens passarem por um longo tempo. Mas os vagões se moviam lentamente e repetiam-se em novos alfabetos estrangeiros. Assim, os velhos amantes se entediaram e fecharam as janelas do ônibus de Rose para um pouco de silêncio. Relaxaram e esperaram, pois estavam presos entre aqueles dois trens preguiçosos. E Rose, que acordara bem cedo naquela manhã, tirou a chave da ignição, o quepe e suas luvas e adormeceu. Os velhos amantes conversavam sobre o marido dela, fascinados. Cochichavam baixinho uns para os outros, mas ela conseguia ouvir alguns fragmentos das palavras. "Sss", ela os ouvia dizer, e "eu" e "mar" e "ido". E, num murmúrio conjunto, esses pedacinhos formavam o som completo de "seu marido". Pelo menos, era isso que ela ouvia enquanto cochilava no ônibus, com todos aqueles velhos senhores reunidos atrás dela e imensamente felizes, apenas por voltarem a vê-la.

Este livro foi impresso
pela Lis Gráfica para a
Editora Objetiva em
junho de 2011.